Les cheveux dont je rêvais

Marjorie Jacquet

Les cheveux dont je rêvais

Max Milo
Témoignage

www.maxmilo.com
ISBN : 978-2-31500-817-9

Pincez-moi, je vais me réveiller. Noël est déjà bien loin et j'ai fêté mes 38 ans il y a quatre mois. Pourtant mes amis, ma famille, mes collègues, ma boss se sont mobilisés pour m'offrir un cadeau hors du commun. À première vue cette cagnotte pourrait paraître superficielle, pourtant c'est tout le contraire. Cela peut sembler contradictoire mais c'est à la fois le plus beau cadeau et le pire que j'ai reçu de toute ma vie. Jamais je n'aurais imaginé en avoir besoin un jour. Personne ne devrait jamais en avoir besoin. À chaque fois que je la regarderai, j'aurai un goût bizarre dans la bouche, entre douceur et amertume, entre fascination et répulsion. Il y a des jours où je ne pourrai pas m'en passer. Et d'autres où je ne pourrai plus la voir en peinture, où j'aurai envie de la brûler.

Un cadeau c'est toujours pour faire plaisir mais il est parfois si miraculeux qu'il peut vous sauver la mise. Non pas que j'eusse sous-estimé les sentiments de mes proches à mon égard, mais je ne m'attendais pas à ce qu'on remue ciel et terre pour moi. Je ne m'attendais pas à ce qu'on fît tout pour tenter de sauver ce qu'il y a de plus précieux à mes yeux. Jamais je n'aurais imaginé un tel élan d'amour car c'est bien de cela dont on parle. Oui, une affaire d'amour. Un amour sans faille.

Quand tout sera fini, j'espère que personne ne m'en voudra mais je la rangerai dans un coffre scellé tout au fond du placard. Comme un trésor de guerre.

1

Ma gynéco a du retard. Chaque fois c'est pareil. Il est 13 h 30, ça fait au moins une heure que j'attends. La musique classique résonne dans la pièce. J'ai déjà lu tous les magazines, qui datent de plusieurs semaines. Sur Instagram les gens postent des photos de leur salade, shootées sous le meilleur angle, avec des filtres merveilleux qui, telle une baguette magique, métamorphosent une omelette baveuse en plat étoilé au Michelin.

Ma gynéco est très sympa mais elle est bavarde. C'est pour ça qu'elle est constamment en retard. Elle pose toujours des questions indiscrètes du style : « Combien de partenaires sexuels avez-vous eu ces dernières semaines ? » De quoi je me mêle ! La dernière fois que je l'ai vue, elle a trouvé une capote coincée depuis trois jours dans mon vagin, la honte ! Souvenir d'un garçon dont le corps, taillé dans du marbre, rappelle celui des statues grecques. Deux heures de sport par jour, ça vous sculpte un corps d'athlète, il n'y a pas de secret. Julien a mon âge, et c'est suffisamment rare pour le souligner. Quand il m'embrasse, il me fait des nœuds dans les cheveux, il m'écorche la peau du menton avec sa barbe jusqu'à me défigurer ; en plus des croûtes que j'ai sur le visage, des traces de doigts sur mon cou pendant plusieurs jours, il me fait des bleus à l'intérieur des cuisses. Mon corps garde l'empreinte de nos ébats. Il est grand et fort, j'aime les clichés, tous les signes extérieurs de virilité, il me soulève, me retourne, et me porte à bout de bras comme une marionnette. Quand on s'envoie en l'air, j'ai l'impression de faire de la haute voltige. Ce jour-là, après avoir passé au peigne fin chaque recoin du canapé, des coussins, du parquet, de la literie comme une scène de crime, le lambeau de latex était resté introuvable.

C'est précisément à ce moment-là qu'elle avait trouvé judicieux de me rappeler que si je désirais un enfant, c'était maintenant ou jamais. 38 ans, pas d'enfant, pas de mari, pas même un amoureux. Je ne me pose pas cette question parce que je n'ai pas encore la sensation d'être périmée, et puis il ne suffit pas d'en avoir envie pour que ça arrive, on ne trouve pas un père comme ça, comme dans un paquet de lessive ou en frappant dans ses mains. Elle avait la solution à ce léger problème si jamais mon désir de maternité faisait surface. « Un accident est si vite arrivé. Réfléchissez bien, c'est la dernière année, après 38 ans la fertilité chute brutalement. »

Le mari, les enfants, les pâtés de sable, ça ne me fait pas vraiment rêver. Les amis, les verres, les soirées, les week-ends, les vacances, les jolis garçons, voilà ce qui me fait vibrer. Bientôt je ne serai plus désirable, il faut profiter de sa beauté et de sa jeunesse avant qu'il soit trop tard. Ça vous paraît peut-être pathétique mais ma vie me plaît telle qu'elle est. Elle n'est guère différente de celle que je menais à 20 ans. Dans l'absolu, bien sûr, j'aimerais être avec quelqu'un, mais ma plus grande terreur dans le couple c'est l'ennui. Et l'ennui à deux est bien pire que la solitude. Ce que je redoute le plus ce sont les amours fades, la vie plan-plan. Je rêve de baisers fougueux, de caresses électriques, de cris, de larmes, de coups d'ongles, de scènes de jalousie, de portes qui claquent, d'assiettes qui volent. Plutôt me pendre, me taillader les veines que de vivre une relation trop lisse. Comme j'ai 38 ans, parfois je suis rattrapée par la fameuse horloge biologique. Tic-tac. Ce jour-là ma gynéco m'avait bien recadrée. Ses paroles avaient trotté quelques jours dans ma tête. Cela n'était pas tant l'idée de faire un enfant dans le dos d'un homme qui m'horrifiait, mais celle de me retrouver seule avec un nourrisson.

Mon tour arrive enfin. Elle m'appelle madame. Je déteste qu'on m'appelle ainsi. Je déteste être une madame. J'ai l'impression d'être vieille. Il n'y a pas si longtemps de ça on m'appelait encore mademoiselle, puis tout a basculé du jour au lendemain, sans aucune raison. Je suis devenue madame pour la boulangère, le vendeur de fruits et légumes, le dentiste, le serveur, la caissière du Monoprix… Comme si tout le monde s'était passé le mot pour me faire enrager.

Elle me tend une main ferme et décidée, me fait signe d'entrer dans le cabinet d'une injonction du regard.

À peine le temps de m'asseoir qu'elle me demande de me peser et de me déshabiller avec son air à la fois sérieux et bienveillant. Je pose tous mes vêtements sur la chaise et m'installe machinalement sur la table d'auscultation dans cette position toujours élégante, les pieds dans les étriers, les fesses sur le nouveau drap de papier qu'elle a déplié, fixant un point imaginaire aux moulures du plafond immensément haut. Introduction du speculum glacé pour un contrôle de routine. Depuis l'âge de 15 ans je suis sous pilule mais cette année je ne l'ai pas prise, plus par négligence qu'autre chose, alors je voudrais qu'elle me donne une ordonnance. Elle palpe mes seins avec ses mains tièdes, tandis que je gamberge sur le sandwich que je vais engloutir en sortant. Elle s'arrête avec un air perplexe, puis malaxe à nouveau ma poitrine de jeune fille prépubère. Je vois bien qu'elle s'attarde du côté droit. Elle dit : « Je sens une petite anomalie, je pense que c'est juste un kyste, rien de grave, mais c'est mieux de passer une mammographie, juste par précaution avant de vous prescrire la pilule. »

À chaque fois elle me fait passer des examens complémentaires. La dernière fois j'ai eu droit à une colposcopie. D'autres que moi se précipiteraient pour prendre rendez-vous, mais je ne fais pas partie de ceux qui s'angoissent pour rien. J'irai dès que j'aurai le temps, bien sûr. Je me dandine pour rentrer dans mon slim taille haute, enfile mon tee-shirt, me glisse dans mes escarpins pendant qu'elle remplit ses papiers.

En descendant l'escalier, je froisse l'ordonnance en boule dans le fond de mon sac. Je ferai bien de m'activer parce que ma pause n'est pas extensible et ma boss est sympa mais psychorigide sur les horaires. Ce n'est pas le style de femme à se laisser attendrir par un rendez-vous médical. Comme d'habitude, je traverse sans regarder, ignorant les klaxons. Comme d'habitude, je fais semblant de ne pas connaître Beaubourg devant la touriste paumée qui me coupe maladroitement dans mon élan, alors qu'elle voit bien que je suis pressée. Enfin je ne vais pas prendre ça comme excuse, je n'ai aucun sens de l'orientation, je confonds systématiquement ma gauche et ma droite alors indiquer le trajet à quelqu'un…

Je suis attachée de presse dans la mode. Comme de nombreuses Parisiennes, je suis provinciale. J'ai vécu au Havre jusqu'à l'âge de 21 ans. Après un chagrin d'amour, je ne supportais plus toutes ces rues grises que nous avions parcourues ensemble. La ville était devenue trop petite pour moi et mon fardeau de souvenirs, et puis j'avais toujours rêvé de vivre à Paris.

Je travaille beaucoup. Cinq jours sur sept de 10 heures à 20 heures, souvent bien plus tard avec les cocktails, dîners et soirées au cours desquels on commère avec des sourires à s'en décrocher la mâchoire. Mon cadre de travail est hors du commun. Un splendide loft de trois cents mètres carrés irradiant de lumière, qui donne sur la place des Victoires. Mon bureau est aux premières loges, quinze ans d'ancienneté oblige. Le showroom est situé au cœur de Paris pour faciliter la vie des rédactrices de mode, qui ne se déplacent pas en dehors des deux premiers arrondissements. Il faudrait s'armer de courage, prendre le métro, marcher, et puis quoi encore.

L'appartement, décoré avec des meubles vintage chinés dans des brocantes ou avec des pièces signées de designers, pourrait figurer dans le dernier *Elle Décoration*. Il flotte toujours dans l'air l'odeur douceâtre de la cire. On se croirait dans une maison de poupée grandeur nature tellement tout est beau, impeccablement rangé, ordonné de manière quasi scientifique. Il ne faut rien laisser traîner : ni son verre sur le bureau, ni son sac par terre, et encore moins son manteau sur la chaise.

Ma boss est une très belle femme d'une quarantaine d'années, grande, brune aux pommettes saillantes, charismatique et drôle, mais lunatique. À force de la pratiquer, je sais dès qu'elle arrive, à sa manière de marcher – perchée sur ses talons de douze –, à sa façon d'ouvrir la porte et de dire bonjour, à quelle sauce nous allons être mangés. Aujourd'hui elle est de mauvaise humeur. Elle s'est pointée au bureau vers 16 heures avec sa mine des mauvais jours. Quand elle arrive ainsi en montant l'escalier avec fracas, on peut sentir une onde de terreur sillonner le bureau et crever toute bulle de bonne humeur. Le silence gronde pareil avant le verdict d'un procès comme si nos respirations et les battements de nos cœurs étaient suspendus. Comme d'habitude, elle nous passe au scanner, cherchant la petite bête, sans dire un mot. Moi, ça ne me fait rien, je ne me laisse pas facilement déstabiliser.

2

Mon job est sympa, mais stressant. Toute la journée j'ai pour mission de répondre aux demandes des journalistes – capricieuses, le mot est faible – et des clients exigeants. J'aime ce que je fais mais en réalité ma seule préoccupation aujourd'hui, c'est mon téléphone. Les yeux rivés sur mon iPhone, j'attends des nouvelles de Rémy. J'aime dire son prénom. Deux syllabes, deux petites notes de musique qui prennent beaucoup de place. Beaucoup trop, je dois le reconnaître. En ce moment c'est lui qui fait battre le cœur entre mes jambes à cent à l'heure. Je dois admettre que les garçons ont une grande emprise sur moi. J'en parle sans arrêt. Il faut toujours que j'aie quelqu'un à qui penser, quelqu'un qui pense à moi, sinon je m'ennuie. Les rendez-vous, les conquêtes, les messages pimentent mon existence. Je dissèque chaque texto, chaque signal au goût de testostérone au point de me laisser envahir par ces pensées qui finissent toujours par se substituer à mon ordinateur. Ça fait trois jours consécutifs que je n'ai pas de nouvelles. Je me pose mille questions. Mon pouvoir de séduction est constamment menacé par toutes ces filles qu'il rencontre dans la vie de tous les jours, dans la rue, à l'école, au sport, en soirée. Est-ce qu'il est tombé fou amoureux ? Est-ce qu'il m'a déjà oubliée ? Ces interrogations m'absorbent entièrement. O.K. nous ne sommes pas ensemble. Il ne me doit rien. N'empêche que je me sens en insécurité permanente, je n'y peux rien.

Son grand jeu consiste à m'envoyer des messages n'importe quand, à n'importe quelle heure, plus particulièrement entre 6 heures et 8 heures, entre le jour et la nuit, je me demande toujours s'il n'est pas encore couché ou s'il est très matinal. À chaque fois c'est pareil, il est capable de me harceler de SMS pendant des jours et puis, tout à coup, plus rien, il s'évapore. Il y a quelque chose à la fois d'excitant et de pervers dans sa manière de me faire voyager de l'excitation à l'indignation à la vitesse de la lumière. Malgré moi, je me sens aspirée par un grand vide à l'intérieur. Je me surprends alors à regarder toute la journée mon téléphone, à sursauter le cœur battant dès qu'un message arrive. Dans ces moments-là, quand je ressemble à une droguée en état de manque, je m'en veux de me laisser mener par le bout du nez comme une débutante. Quand il réapparaît avec son « salut toi » en me réveillant à 7 heures du matin, j'éprouve à chaque fois un sentiment de délivrance, comme si le nœud qui bloquait ma poitrine se desserrait pour me laisser respirer.

Rémy n'est pas souvent à Paris, il fait ses études à Marseille. Il a 22 ans. J'imagine que vous êtes déjà en train de faire le calcul. Oui, seize ans d'écart. Ça ne se voit pas autant que vous pouvez l'imaginer. Lui, il ne voit aucune différence, il me trouve belle. Il me trouve sexy. Si j'étais un homme, vous ne vous poseriez même pas la question. Il me plaît, tout simplement, je n'ai pas à me justifier. Pourtant je n'ai rien d'une femme fatale, j'ai des seins minuscules. Selon lui, je ressemble à s'y méprendre à Chiara Mastroianni. Quelque chose dans le regard et le bas du visage. C'est ce qu'il m'a dit la dernière fois quand il regardait un film à la télé.

Ne le dites pas à ma mère, mais je suis fascinée par les garçons de 20 ans. Je l'ai toujours été même quand j'en avais 13. Mes goûts n'ont simplement pas évolué avec mon âge, ce doit être un problème neurologique. J'ai lu quelque part qu'on s'amuse jusqu'à 30 ans, puis rattrapée par l'instinct maternel et l'horloge biologique, inconsciemment on cherche un père pour ses enfants. J'ai dû foirer un truc, rater un embranchement quelque part, l'instinct maternel n'a jamais frappé à ma porte et, sans trop savoir comment, j'ai développé une addiction aux jeunes comme d'autres à la cocaïne. Je n'en suis pas particulièrement fière mais je n'y peux rien. La vingtaine me semble être l'incarnation de la légèreté et de l'insouciance.

Ne vous méprenez pas, je ne suis pas en quête d'un enfant à materner. La preuve, la seule raison qui me pousse à séduire les jeunes garçons insolents, ceux dont on sait à l'avance qu'ils nous feront du mal, c'est la beauté, la fraîcheur, le ventre plat, le torse glabre, les muscles dessinés sous la peau douce et tonique.

Je devrais peut-être consulter un spécialiste pour qu'il me dise pourquoi j'ai un faible pour les garçons plus jeunes que moi. Je vois bien que ça fait rire mes copains gays, que ça fait flipper mes copines, qui s'obstinent à me répéter que je devrais me trouver un mec bien, un mec de mon âge. Que voulez-vous, je ne me sens pas en phase avec mon âge. Je suis peut-être dans le déni, c'est ma manière de ne pas vieillir. J'ai l'impression d'avoir la vie devant moi alors que la moitié est derrière. La meilleure moitié. L'autre est celle où je me verrai décrépir.

Rémy, je l'ai connu sur Adopteunmec. À moins de vivre sur une autre planète vous connaissez forcément ce site de rencontre. C'était le jour de Noël. On s'ennuie toujours un peu pendant ces déjeuners qui n'en finissent pas, et lorsqu'on est seul on se sent encore plus seul ce jour-là. C'est ainsi que tout a commencé. Par deux questions : que recherches-tu ? est-ce que tu as des tabous ? Nos échanges ont tout de suite pris un virage charnel pour ne pas dire sexuel. Dès que j'ai vu sa photo, j'ai senti une excitation fébrile bouillonner dans tout mon être. Ses yeux limpides sont comme deux aimants. Sa beauté particulière, sans doute liée à ses origines libanaises, et son assurance lui donnent l'air du garçon qui se glisse chaque nuit dans des draps différents. Tout de suite on a échangé nos numéros.

Dès le début pourtant j'aurais dû me méfier. Quelques jours après Noël, un soir où je dînais dans un restaurant du 9e avec Anne-Cha, mon téléphone n'a cessé de vibrer. Rémy voulait absolument me voir parce qu'il quittait Paris le lendemain. Trente messages au moins.

Cet empressement m'a amusé puis j'ai fini par lui dire qu'il me fatiguait à la longue. Ça se voyait qu'il était tordu dans sa manière de me harceler comme si c'était une question de vie ou de mort. J'aurais pu faire une croix sur lui mais il a suffi d'une avalanche de messages pour me faire plonger.

Notre grand truc depuis notre « rencontre », c'est le sexe virtuel. Le scénario se déroule toujours de la même façon. Lorsqu'il me contacte, je suis souvent au lit. Ses messages du matin sont des ondes exquises qui me donnent des frissons au creux des reins, le soir ses mots, comme des flèches brûlantes, me donnent la sensation de flamber comme une torche. Il me demande si je veux m'amuser avec lui. Histoire de me faire un peu désirer, je commence par jouer la fille réticente. Je n'ai pas le temps pour ça, j'ai autre chose à faire. Moi je lui demande comment s'est passée sa journée, si le temps est beau dans le Sud, pourquoi il est rentré si tard. Je veux tout savoir de son quotidien : comment il vit, ce qu'il fait quand il n'est pas en cours, comment se passe la coloc qu'il vient de prendre avec ses amis. D'une certaine manière j'essaie d'établir un lien de connivence mais il ne voit pas les choses du même œil, ce qui l'intéresse se situe en dessous de la ceinture. Le sexe l'obsède à n'importe quelle heure du jour ou de la nuit. Il veut des photos de moi en train de me masturber. Il insiste jusqu'à me faire plier. À force de m'envoyer des clichés de ses longs doigts caressant son sexe, l'onde piquante du désir finit par me traverser le ventre et me mordre les seins. Il écrit : « S'il te plaît, ne me laisse pas dans cet état-là, tu ne peux pas m'abandonner comme ça, fais-moi plaisir. » C'est son stratagème favori de me faire culpabiliser. Si je ne réponds pas, il me harcèle de messages et de photos. Par moments, il a l'air aussi affamé qu'un fauve, je sens une telle urgence dans son désir que je me demande s'il n'est pas complètement cinglé, habité par un virus obscur. Il sait comment s'y prendre avec moi. Bien sûr, je pourrais éteindre mon portable pour être tranquille mais sur le coup ça ne me vient jamais à l'idée parce que au fond je suis totalement incapable de résister à son physique. À chaque fois je me laisse happer pour finir par le vamper effrontément.

Sa moue enfantine, son corps à mi-chemin entre la poésie de l'adolescence et la force de l'âge adulte sont des armes redoutables. Sa peau lisse et mate est un appel aux caresses, ses lèvres à la fois claires et charnues sont faites pour être mordues. L'imperfection de son sourire dont les dents du haut se chevauchent légèrement est désarmante. Lorsqu'il se prend en photo debout avec son sexe dur dans la main, je contemple ses cuisses musclées et légèrement arquées. Mes bras, mon ventre, mes lèvres, ma tête, tout mon corps le réclame. Je me sens frustrée. Il me paraît si proche… Je connais la couleur de ses draps, la manière dont il pousse sa couette en tas au coin du lit, dans les angles morts des photos, je devine qu'il est bordélique aux jeans et aux baskets qui traînent un peu partout. Le miroir de sa salle de bains renvoie le reflet de ses bras délicatement musclés et son torse dessiné en « V ».

Rémy veut tout voir de moi. Au début je ne pouvais me résoudre à lui envoyer toutes les photos qu'il me demandait, je protestais. Et puis par un étrange sortilège je suis très vite rentrée dans son jeu. Ce qui le rend dingue ce sont mes jambes et mes pieds. C'est un fétichiste. Allongée sur le dos dans mon lit, je colle mes fesses et déploie mes jambes contre le mur en équerre pour qu'elles paraissent interminables. Je ne comprends pas ce qu'il y trouve d'érotique. Il imagine des scènes où on se suce les orteils. Pendant des heures, il me décrit ses fantasmes dans les moindres détails. Le sexe virtuel autorise toutes les déviances, on peut tout dire, ça n'engage à rien. Il me raconte ce que nous allons faire quand nous serons ensemble, comment il va s'y prendre pour me fouiller avec ses doigts, me faire jouir avec sa langue, éjaculer sur mon visage, cracher dans ma bouche, comment il se branlera pendant que je lécherai chaque recoin de son corps. C'est l'une des situations qui revient souvent ; il a comme projet que je lui lèche le corps tout entier. Dans son esprit je suis sûrement l'Éden, il me voit comme le champ de tous les possibles. Il doit s'imaginer qu'à partir de 35 ans, on se transforme en créature sexuelle pourvue de plusieurs langues miraculeuses, cavités mystérieuses, et talents surnaturels comme ces illustrations de déesses indiennes à mille bras. Il a toujours de nouvelles lubies : filmer notre première fois, se pisser dessus sous la douche. Je me demande pour quelles raisons je lui inspire ça, ça doit être un truc de sa génération. Moi qui tire toujours la chasse d'eau pour qu'on n'entende pas de bruit ! La première fois qu'il m'en a parlé, un frisson de stupéfaction m'a parcourue. J'étais à la fois choquée et intriguée en essayant d'imaginer ce qu'il allait me faire. Je suis celle avec qui il peut tout envisager dans la liberté la plus totale. Pour lui, rien n'est malsain. Tout est naturel.

À chaque fois, nos échanges sont poussés jusqu'à l'extrême. Il faut bien admettre que ses errances piquantes trouvent un écho inattendu en moi, elles ébranlent littéralement la vision lisse et esthétique que j'ai de la sexualité. Combien d'heures passées à se branler à huit cents kilomètres de distance. Toutes ces photos accumulées de sa queue sous toutes les coutures, de mon sexe trempé et écarquillé comme une fleur à la rosée du matin. Il veut me voir devant le miroir de l'entrée, les courbes harmonieuses de mon corps, mes fesses rebondies, accroupie, les lèvres bien écartées.

La première fois qu'il a proposé de m'appeler, j'ai refusé. J'étais d'accord pour lui envoyer des vidéos en train de me caresser mais il y avait quelque chose de terriblement intime à le faire par téléphone. Puis, un jour, j'ai fini par décrocher. Il voulait du concret, il voulait m'entendre gémir, il voulait qu'on jouisse ensemble. Il y a eu une seconde de gêne, rien ne venait. J'étais intimidée, je ne savais pas quoi dire. Je ne trouvais pas ça naturel. Tout bas, il a ordonné : « Touche-toi ». Sa voix brûlait l'oreille, mes joues s'empourpraient à l'autre bout du fil. Soupirs, râles, gémissements, pas besoin de mots. Sous l'effet de la chaleur dégagée par mon propre corps, les vapeurs de mon parfum me faisaient tourner la tête. Pour lui, je me suis laissée aller. J'ai fait ce qu'il me demandait. Quand il a entendu ma respiration se couper, quand il a senti l'explosion arriver, il a murmuré dans un râle : « Attends-moi, Attends-moi ». Je l'ai attendu. Avec lui, j'ai découvert l'extase téléphonique. À chaque fois que je fais l'amour avec lui par écran interposé, la violence de l'orgasme me laisse à croire que tout est bien réel.

3

Dans la catégorie petit con, Rémy pourrait remporter la palme d'or. Comme il fallait s'y attendre, il a annulé. Mon sang n'a fait qu'un tour au moment où j'ai lu ce SMS : « Je viens pas, j'suis crevé. » Oui, je sais, il ne s'embarrasse pas de formules de politesse. Ce genre de contrariété me mine le moral. Pour une fois, il n'a pas inventé un scénario catastrophe. L'alibi est presque décevant. À chaque fois il invente une excuse à dormir debout. Je savais qu'avec lui je ne m'ennuierai jamais. La semaine dernière il y est allé un peu fort. Son meilleur ami était à l'hôpital entre la vie et la mort après un accident de scooter. Comme si j'allais gober son histoire. Moi, je ne raconterais jamais une chose pareille, j'aurais trop peur que ça me porte la poisse. Cette fois je ne lui pardonnerai pas. Quand bien même il me rappellerait, je ne veux plus entendre parler de lui. C'est fini. Cela n'a jamais véritablement commencé, mais la réalité, c'est que je suis une midinette dans l'âme.

J'aime bien me raconter des histoires. Une fois de plus, je le supprime de mes amis Facebook même si je sais que je le regretterai car je ne pourrai plus l'espionner, je n'aurai plus aucune idée des endroits où il va, des nouvelles filles avec qui il est susceptible de coucher.

À huit cents kilomètres de distance, il est toujours pressé de me voir, il lui arrive parfois d'imaginer qu'on passerait le week-end enfermés dans mon appartement, qu'on prendrait un bain, qu'on regarderait un film, une fois à Paris il se dérobe, il a toujours d'autres obligations, des copains à voir… Pourtant quand il est là, il s'approprie l'espace immédiatement, il rayonne d'un éclat si spécial que mon corps tout entier est marqué par sa présence comme un tampon indélébile.

Le 15 mars, je l'ai vu pour la première fois. Je me souviens exactement de la date parce que c'était deux jours après mon anniversaire. Je me souviens parfaitement de chaque détail. Nos parties de cache-cache avaient laissé entrevoir un fort potentiel. Nous attendions tant de cette rencontre que j'avais peur d'être déçue. Ce soir-là je me suis éclipsée à minuit de mon dîner rue Vavin, je me suis dépêchée de rentrer, d'allumer des bougies dans la cheminée juste avant qu'il arrive. J'ai mis de la musique en sourdine. C'était de l'électro. Pour lui plaire j'avais parfumé ma peau dorée de tiaré, maquillé mes yeux, mes ongles et mes lèvres, enfilé un jean moulant, un débardeur noir et mes escarpins rouges qui me font des beaux pieds, je savais qu'il les remarquerait. J'avais le trac d'une actrice et l'impatience d'un enfant. La première fois est celle qui conditionne tout le reste. J'avais hâte de toucher son torse, goûter sa peau, respirer son odeur, le sentir en moi. J'avais hâte de savoir s'il m'excitait autant en vrai. J'appréhendais un peu de le faire venir chez moi, alors que chaque soir je ressens une espèce de peur panique en claquant la porte de mon immeuble à toute vitesse, terrorisée à l'idée que quelqu'un ne se faufile par-derrière. Il m'arrive de me dire que c'est dangereux, que je pourrais tomber sur un psychopathe et finir découpée en morceaux, comme ces filles dans *Esprits criminels*. Puis je me dis que je regarde trop de séries américaines, qu'on ne tombe pas sur des tarés à tous les coins de rue.

Lorsqu'il a sonné à l'interphone, je l'ai observé quelques secondes à travers le petit écran, il a arrangé ses cheveux parce qu'il n'avait pas conscience d'être filmé. Il m'a semblé grand. Le temps qu'il monte les quatre étages, j'ai relevé délicatement mes cheveux en queue-de-cheval puis je les ai lâchés à nouveau. Dès qu'il a franchi la porte, toutes mes appréhensions ont été balayées en un sourire. Un sourire immense. Ses yeux pétillaient. Je me suis senti rassurée par son visage d'ange comme si les tueurs en série étaient tous moches armés d'une scie électrique. Il était aussi beau que sur les photos. J'aime les garçons avec les cheveux en pagaille. Les siens sont châtains avec des reflets mordorés. Sa barbe lui donne un air un peu plus âgé. On lui aurait donné le bon Dieu sans confession avec sa chemise rayée de premier de la classe et ses bonnes manières. Nul n'aurait pu imaginer les photos et vidéos obscènes qu'il pouvait m'envoyer.

Il a posé son casque de scooter sur la table, sa veste sur une chaise. J'ai attrapé deux verres à pied, ouvert une bouteille de vin blanc, j'ai demandé s'il aimait ça. Il a répondu qu'il n'était pas difficile, qu'à son âge on buvait tout ce qui tombait sous la main. J'étais déjà ivre, comme souvent, parce que mes rapports se nouent dans l'exaltation de l'alcool. Le cortège de bougies diffusait dans la pièce une lumière tamisée. Malgré son apparente décontraction, il était un peu gêné, sans doute intimidé par mon débardeur largement échancré sur les côtés laissant apparaître la dentelle noire de mon soutien-gorge. Depuis le temps que nous attendions, nous nous sommes étonnamment assis côte à côte sur mon canapé, maintenant une distance de sécurité d'un mètre, qui donnait l'impression qu'un océan nous séparait. Il a fumé avec désinvolture. La fenêtre était ouverte, l'air était lourd de sous-entendus. Mes jambes croisées accentuaient la cambrure de mes pieds dans les escarpins rouges. J'ai relevé langoureusement mes cheveux qui flottaient sur mes épaules et feint de remettre en place la bretelle de mon soutien-gorge, fascinée par ses yeux couleur d'eau. Jamais de ma vie je n'ai vu des yeux aussi clairs.

Nous dévisageant l'air béat, nos verres de vin à la main, il a déroulé son CV comme s'il passait un entretien d'embauche. J'ai aimé tout de suite ce qu'il dégageait, l'assurance que j'ai lu dans ses yeux et la certitude qu'il était né pour accomplir de grandes choses. Le fil de la conversation m'échappait parce que je sentais des perles de sueur naître entre mes seins et les papillons au creux de mon ventre mourir cruellement d'attente. Il s'est lancé dans un monologue. À aucun moment il n'a fait allusion à toutes nos conversations sulfureuses, comme si elles n'avaient jamais existé. La façon qu'il avait de dévoiler ses ambitions de vie pour m'impressionner m'a attendri. Avec toute la candeur qui caractérise la jeunesse, Rémy envisage son avenir comme du papier à musique, réglé au millimètre près, ne laissant aucune place à l'imprévu : création de sa start-up à 26 ans, achat d'un appartement à 28 ans, bébé à 32 ans. Il est loin d'imaginer que des fausses notes peuvent modifier la couleur des accords. On n'est pas tout le temps maître de son destin. Moi aussi j'avais des projets fous. Quand j'étais petite, j'étais persuadée qu'à 30 ans je serai en couple avec deux enfants suivant le schéma classique de mes parents. Je ne concevais pas qu'il puisse en être autrement. Seulement voilà, je ne pensais pas si difficile de trouver quelqu'un. Ce garçon possède cette assurance à la fois exaspérante et charmante de tout contrôler, qui n'appartient qu'aux gens de son âge et donne l'impression que tout est possible. C'est précisément cette conviction à la fois touchante et insupportable qui m'a séduite d'emblée. Ma théorie est que la beauté va de pair avec l'arrogance. Les beaux garçons sont souvent odieux, ils n'ont pas besoin d'être gentils.

C'est un garçon qui doit briser le cœur des filles, cela se voit tout de suite à son air enjôleur et son regard ravageur. Après quelques verres de vin, il s'est détendu. Il s'est rapproché de moi. Son bras a délicatement effleuré le mien. Sa bouche. Je connaissais déjà par cœur la suite comme une vidéo qui passe et repasse à l'infini. Il a passé sa main dans ma nuque. Ce baiser, nous l'avions attendu des mois. Il nous aurait fallu une nuit de cent heures pour jouer tous les scénarios envisagés. Contrairement à ce qu'on pourrait penser il n'y avait aucune maladresse ou hésitation dans ses gestes. Certains hommes savent d'instinct caresser une femme, d'autres n'y parviendront jamais, ce n'est pas une histoire d'âge. Je me suis levée pour fermer le store à cause du vis-à-vis. Je l'ai poussé avec mon corps pour l'étendre sur le canapé. Je voulais qu'il soit à ma merci. J'ai desserré sa ceinture, fait sauter un à un les boutons de son jean. Je l'ai baissé des deux mains, le boxer en même temps pour libérer son érection. Je l'ai pris entièrement dans ma bouche. C'était à la fois doux et envahissant. Avec mes lèvres je sentais ses poils parfaitement rasés. Ma médaille se balançait dans mon cou. Mes cheveux étaient collés sur mon visage, alors il les a soulevés et maintenus d'une main, m'imposant son rythme sec. Au bout d'un moment, il les a tirés pour faire basculer ma tête en arrière. Il a plongé ses yeux dans les miens. Regard complice. Il s'est redressé, on s'est déshabillés en enroulant fiévreusement nos langues. Je me suis allongée. Il m'a léché le sexe pendant un temps que je ne saurais définir. Je serrais sa tête entre mes mains en gémissant. Mon corps se convulsait sous la pression de sa langue qui alternait des mouvements rapides et des cercles nonchalants, mon ventre affolé a fini par exploser, libérant une nuée de papillons aux ailes multicolores. Il s'est relevé, me dévisageant avec un sourire triomphant. Il s'est mis à genoux. Il m'a tiré vers lui. Il a écarté mes cuisses, me pénétrant d'un seul coup jusqu'au fond. Nous avons fait l'amour avec fougue découvrant nos corps qui n'avaient plus aucun secret l'un pour l'autre, si ce n'est le toucher et l'odeur de notre peau. J'ai posé mes pieds sur ses épaules. À sa manière de me regarder droit dans les yeux en me tenant fermement des deux mains par les chevilles, je me suis sentie belle. Dès le premier contact, nos corps se sont entendus à merveille. Je me souviens d'avoir contemplé les mouvements de nos chairs luisantes. Il bougeait d'avant en arrière au-dessus de moi, mon bassin le suivait dans une danse mystique. Sur un ton autoritaire qui contrastait avec l'odeur de la Soupline maternelle du jeune garçon de bonne famille, il n'a eu de cesse de chercher à me soumettre. Je crois qu'il aurait pu me demander n'importe quoi, je l'aurai fait. Quand il ne m'agrippait pas sauvagement par les cheveux, c'est moi qui les laissais couler lascivement le long de son torse, jusqu'à lui arracher des gémissements de plaisir.

Après le sexe, il s'est adouci. Il a précisé qu'il était en manque d'affection. Il m'a serré en cuillère toute la nuit comme si nous étions amoureux. Peau contre peau. Je ne sais plus dormir à deux, le contact de l'autre me gêne et m'apaise à la fois. Il y a si longtemps que je ne partage plus mes nuits avec un garçon que j'ose à peine bouger, à peine respirer, pleinement consciente que le moindre souffle, le moindre geste peut troubler le sommeil de l'autre. Rémy était derrière moi, ses bras et ses jambes m'encerclaient comme une digue, j'avais la sensation que rien ne pouvait m'atteindre. J'aurais voulu que la nuit s'étire, j'aurais pu rester des jours ainsi, veillant à ne faire aucun bruit, aucun mouvement, pour ne pas briser la magie de l'étreinte.

Nous avons pris l'habitude de discuter et de boire du vin avant d'atteindre l'orgasme. Rémy ne vient pas très souvent, j'aimerais le voir davantage. Quand il a faim, je lui cuisine des pâtes. Parfois, j'aime à croire que notre lien n'est pas uniquement basé sur le sexe. Je ne sens aucune différence d'âge lorsque nous parlons. C'est peut-être moi qui suis complètement immature. Lorsque j'évoque toutes ces filles avec qui il interagit sur les réseaux sociaux, il reste très évasif. Je lui demande s'il a une petite amie. Il dit qu'elles ne sont que des copines, rien de plus. Ça l'amuse que je l'espionne.

À chaque fois qu'il se déshabille, je suis subjuguée par son cou, la courbe de ses épaules, ses bras solides, le « V » de son bas-ventre. La chose qui me fascine chez lui c'est la facilité avec laquelle il exprime tous ses désirs. Avec lui, le sexe est complètement différent de tout ce que j'ai pu connaître avant. Entre nous c'est l'entente des chairs, l'accord des langues, l'emboîtage parfait comme les pièces d'un puzzle fascinant. Son corps, c'est la puissance, sa peau, c'est de la soie. Tout est simple et naturel. On ne s'embarrasse pas de question de lumière ou de pénombre. Je m'agenouille sur le parquet, on se serre tête-bêche sur le canapé, on déambule à poil dans l'appartement, il fait claquer ses hanches contre mes fesses dans le lit, on prend des douches brûlantes, il me prend debout devant le miroir de l'entrée pour qu'on se regarde. Il se met derrière moi. Il m'embrasse le cou. Face au miroir je regarde mon corps dont je suis fière : mes épaules, mon ventre plat, les courbes graciles de mes hanches, mon cul et mes cuisses, mes attaches fines.

Ma silhouette constellée de grains de beauté est toujours aussi légère qu'à 20 ans. Mes seins sont petits mais ils pointent joliment vers le ciel. Ses mains m'agrippent fermement la taille lorsque son sexe s'enfonce dans mon ventre. Je nous trouve beaux.

Tout est utile dans le don du plaisir : doigts, pieds, salive, langue, dents. Je pensais avoir fait le tour de la question mais c'était sans compter sur sa fantaisie. Avec lui, à chaque fois, je découvre des choses inexplorées jusqu'à présent. Avec lui je suis libre, je ne suis pas toujours dans le contrôle de mon corps, je ne cherche pas systématiquement à être belle. Donner et recevoir du plaisir, voilà la seule chose qui nous anime. Ce qui l'intéresse, c'est l'inédit. On se caresse, on se goûte, on se lèche, on se suce. J'aime la manière dont il se branle et crache dans ses mains, sur mon sexe, dans ma bouche. Il ne fait pas dans la dentelle. Jamais je ne l'aurais accepté de quelqu'un d'autre. Avec lui, tout passe. Il a fait voler en éclats toutes mes barrières avec la persuasion d'un hypnotiseur. C'est la confusion des sensations, les grandes eaux de Versailles, un véritable spectacle son et lumière. Une violence enrobée de miel. J'ai beau être une fille indépendante, j'aime quand il me force en me tirant par les cheveux. Après avoir joui, il s'effondre à côté de moi, il dit qu'il est mort. Il semble vaincu, vidé de toute son énergie, ça ressemble presque à un évanouissement.

Il me paraît si vulnérable quand il s'endort sur-le-champ en position fœtale, tirant toute la couette à lui. Pour ne pas avoir froid, je suis obligée de me coller contre son corps chaud, les seins entre ses omoplates. La nuit, ses jambes cherchent les miennes. Le matin, il est derrière moi, il m'enlace en roucoulant dans mon cou, le visage enfoui dans mes cheveux tout emmêlés. C'est son érection dans le bas de mon dos qui me réveille ou peut-être ses mains qui se promènent doucement sur mes fesses, mes cuisses, jusqu'à atteindre le clitoris. Je cambre les reins sous la caresse de ses doigts. Il m'embrasse délicatement dans la nuque. Il attend que je sois bien mouillée pour entrer en moi. Le sexe du matin est celui que je préfère, c'est une histoire de rythme. Il me semble plus intime, plus réconfortant.

Je me lève de bonne humeur. Toutes les tensions et les petits nœuds dans mon dos ont miraculeusement disparu. J'ai envie d'être belle, je mets du rouge à lèvres et des talons. Je pars au bureau en sautillant le cœur et le corps légers comme une bulle de savon. Passer la nuit avec un garçon m'apporte à chaque fois une sensation d'apesanteur. Il me semble que mon corps respire à nouveau, irradiant d'une lumière blanche. Le sexe a sur moi un effet apaisant. Le rythme de mon cœur se ralentit, je suis dans le coton dans un état proche de la méditation, un sourire heureux au coin des lèvres, la terre pourrait s'écrouler, tout glisse sur moi, je me sens à la fois puissante et imperturbable comme peut l'être un sphinx. Comme si l'odeur du sexe avait des propriétés thérapeutiques. Ma peau garde longtemps en mémoire l'odeur de nos ébats. J'ai beau m'être douchée et avoir passé soigneusement le savon entre mes doigts, entre mes bagues, l'odeur tenace ne disparaît pas, dès que je fais un mouvement, je sens cette agréable fragrance ancrée dans mon épiderme. Je passe ainsi la journée enveloppée dans le sexe.

4

Ce soir Anne-Cha fête ses 30 ans. Rien ne m'excite plus que les soirées d'anniversaire de mes amis. On les prévoit avec frénésie des semaines à l'avance, histoire que tout le monde soit là. On organise des cagnottes pour des bracelets d'or et de pierres, des billets pour le Canada, un abonnement à la salle de sport ou de jolis sacs pour ranger son bric-à-brac. On envoie une photo ridicule à la pâtisserie chinoise qui l'imprime sur des gâteaux crémeux, on déballe nos sentiments sur des cartes aux couleurs tendres. Lorsque les bougies pétaradent comme des feux d'artifice, on chante tous en chœur et l'émotion se lit dans tous les regards.

Je me rappelle encore d'Anne-Cha à l'époque où elle était stagiaire au bureau. Elle me détestait. Je la détestais encore plus. Je la trouvais prétentieuse. Trop jolie pour être modeste. Une pimbêche parisienne née avec une cuillère en or dans la bouche. Cette petite brune au visage poupon, fille de chirurgien, représentait tout ce que je détestais. Nous ne venions pas du même monde, c'était le genre de fille qui semblait à l'aise en toutes circonstances, tandis que provinciale je redoublais d'efforts pour m'intégrer dans la faune mondaine parisienne. Une fois, je lui avais demandé d'apporter le courrier à la poste. Elle m'avait répondu avec un brin d'insolence dans la voix qu'elle n'irait pas, qu'elle n'était pas mon larbin. Ce jour-là, j'ai eu envie de la claquer. Elle avait toujours quelque chose à dire. Elle me rentrait dedans comme si elle jouait aux autotamponneuses. Rien ne l'effrayait.

Je ne me souviens plus par quel coup du sort nous sommes devenues amies. Peu à peu mon hostile mépris s'est transformé en respect infini. Je voue une grande admiration à ces gens au tempérament de feu qui croient que tout est possible alors que le moindre pépin me paraît insurmontable. Anne-Cha incarne à mes yeux tout ce que je ne suis pas : l'assurance et la détermination. Moi, je me laisse porter par le courant. Je travaille depuis quinze ans dans la même agence. Je me dis qu'après tout travailler ici ou ailleurs, c'est pareil, il faut bien travailler et puis je n'ai pas le goût du risque, je n'aime pas les changements. Notre amitié n'a jamais été fusionnelle au sens propre du terme. C'est une relation qui s'est construite au fil du temps comme un château que l'on érige pierre après pierre. Un édifice discret. Rien d'extravagant ou d'ostentatoire. Un édifice solidement ancré dans la terre, équilibré, indestructible, résistant au-delà des vents et des tourmentes.

Chez Mathieu et Anne-Cha, comme chez tous les gens que je connais, un grand buffet scandinave côtoie des lampes design, un tapis marocain, une table basse en forme de haricot, des boîtes d'insectes accrochées au mur et des bougies partout. Ce soir, il y a des amis à moi et d'autres gens que je ne connais pas. C'est vraiment une belle soirée. Ils ne nous ont pas emmenés au restaurant. C'est Big Fernand le fast-food branché du 9e arrondissement qui est venu jusqu'à nous. Les cuisiniers font griller les steaks sur les planchas et secouent les frites qui sortent des bassins d'huile. Le champagne coule à flots. Pour trinquer, il faut se regarder droit dans les yeux et ne pas croiser, surtout ne pas croiser. L'ambiance est bruyante et joyeuse. Les fenêtres sont grandes ouvertes, c'est une de ses fantastiques soirées de printemps où la douceur de vivre et l'insouciance incitent à s'amuser toute la nuit sans autre préoccupation que celle de partager du bon temps. Paris a un air de vacances, la saison bénie de l'été approche et avec elle sa ribambelle d'apéros, de rires ensoleillés, de conversations légères et de robes virevoltantes. Et malgré ces présages de bonheur je me sens constamment angoissée, oppressée par je ne sais quoi comme ces moments trop parfaits qui précèdent souvent les événements dramatiques.

Je me contemple dans le grand miroir du salon à travers la brume des cigarettes. Dès que je croise un miroir, c'est plus fort que moi, je ne peux pas m'en empêcher, je m'observe, je me détaille. Mon père m'a toujours dit que j'allais finir par user les glaces. Chez moi, elles n'en peuvent plus de refléter mon image, je les use d'œillades, de battements de cils, de bouche en cœur, de moues boudeuses, de grimaces, de clins d'œil. J'aime être une fille, j'aurais détesté être un garçon. J'aime le gloss, les romans de gare, les robes qui tournent, les milk-shakes à la vanille. J'aime passer des heures à lisser mes cheveux, marcher sur des talons aiguilles avec la grâce d'une équilibriste et faire tinter mes bracelets dorés comme une femme-orchestre. Mon parfum, dont le sillage évoque des délices exotiques, flotte toujours derrière moi. Quand il y a du vent, j'aime sentir ma jupe et mes cheveux s'envoler, comme si au fond j'avais toujours pressenti qu'un jour je perdrais ma féminité. Brutalement. Sans préavis.

Ce soir je porte un jean si moulant qu'on n'y glisserait pas une main. Je le couperai juste au ras des fesses pour les vacances. Mes sourcils sont parfaitement dessinés, mes cils laqués de noir, mes cheveux sont bouclés, déployés sur mes épaules. Je ne les ai jamais eus aussi longs, jamais aussi blonds. Je suis allée chez le coiffeur, il paraît qu'en vieillissant le blond adoucit les traits. On peut dire que j'entretiens une relation particulière avec mes cheveux. Pendant mes années d'adolescence, complexée par mes cheveux frisés, j'ai passé mon temps à tirer laborieusement dessus, les domptant à force de lissages et de Brushing. J'ai fini par obtenir la texture que j'espérais et désormais je joue consciencieusement du fer pour les onduler. Paradoxalement, je n'aime pas le coiffeur parce que j'ai beau lui demander de couper deux centimètres, je me retrouve à chaque fois avec dix centimètres en moins. Ce soir tout me semble possible, j'ai enfilé mes bottes à talons rouges par-dessus mon jean. Il y a des choses comme ça qui marchent à tous les coups : ma jupe en cuir, mes escarpins à talons aiguilles noirs, mes tee-shirts trop courts et mes fameuses bottes rouges. Je porte un tee-shirt anthracite loose qui laisse entrevoir les os saillants de mes clavicules. Une enfilade de bagues brille sur mes doigts lustrés comme une Ferrari. Je dois remettre du rouge à lèvres. J'ai décidé d'aller danser. Ce soir je ne rentrerai pas seule.

J'attends qu'Anne-Cha souffle ses bougies et ouvre ses cadeaux pour m'éclipser. Je pars sans dire au revoir. Je rejoins Chrystelle devant le Carmen, un club dans un ancien hôtel particulier de Pigalle. Les gens se bousculent. Chrystelle est une petite blonde avec l'aura d'un soleil, c'est l'amie dont tout le monde rêve, aussi pétillante qu'une bulle de limonade. Je me demande comment elle fait pour être toujours heureuse. Il suffit de la regarder pour être regonflée à bloc. Elle fend la foule, je joue des coudes et la suis sans regarder autour de moi, ça me met mal à l'aise de griller les gens. Le physio nous ouvre la corde. Nous nous dirigeons droit sur le bar pour commander des vodkas Get Perrier. Elle connaît tout le monde. Tout le monde pense la connaître. Pour eux, elle est Martine la fleuriste. En réalité Chrystelle travaille dans la communication, mais la nuit elle vit sous l'identité qu'elle s'est inventée façon héroïne de roman, une manière comme une autre de préserver son intimité. Chrystelle sait que les relations qui naissent la nuit autour d'une bouteille ne sont pas des amitiés véritables, qu'elles sont truquées par les degrés de l'alcool et les paillettes des minirobes.

Dès que j'arrive quelque part, j'ai un radar qui se met en marche, il me faut à peine cinq minutes pour passer la boîte au scanner et repérer le garçon qui me plaît.

La seule perspective de lire la convoitise dans les yeux des garçons m'emplit de joie. Il est grand, très grand, brun, ses yeux sont clairs, ses cheveux ébouriffés lui donnent l'air de sortir du lit. Tout ce que j'ai à faire c'est danser en lui jetant des regards ingénus, ensuite j'entortillerai lentement une mèche de cheveux. Je ne m'en rends pas toujours compte mais il paraît que je suis tout le temps en train de toucher mes cheveux. Inutile de déployer des trésors d'ingéniosité pour séduire un garçon. Il a 25 ans, je lui donnais plus, les garçons me paraissent toujours plus âgés qu'ils ne le sont réellement. Je dis que j'en ai 30. Il ne se fait pas prier pour répondre à mes avances suggestives. Je sais d'avance comment va finir cette histoire. Quand il passe sa main dans mes cheveux en m'embrassant, que nos langues s'entrelacent et nos dents mordent nos lèvres mentholées, je sens le désir me traverser comme une fusée. On danse, on plaisante, on se dévore des yeux, jusqu'au moment où, rejetant mes cheveux en arrière, je lui propose d'aller boire un dernier verre chez moi.

Je n'habite pas très loin, on rentre à pied. Sur le chemin on s'embrasse, il me décoiffe. En riant je lui demande d'arrêter. On marche bras dessus bras dessous. Je ne retiens pas tout ce qu'il me dit ; il vient de Cannes, il travaille la nuit dans un hôtel. Il habite un petit studio près de Bastille, de sorte qu'en arrivant chez moi mes cinquante mètres carrés lui font l'effet d'un palais. Il pense que j'ai de la chance de vivre ici. Bien que je n'y sois pas souvent, j'adore mon appartement. C'est un appartement traversant, de la pièce principale on voit le boulevard Magenta, tandis que la chambre donne sur une cour calme où poussent des plantes vertes et des vélos. Il aime la photo de Miami accrochée au-dessus de la console, le grand miroir posé sur la cheminée, les moulures du plafond, le parquet en diagonale. J'allume seulement la petite lampe de l'alcôve pour sa lumière douce et j'ouvre une bouteille de vin blanc. Je vais chercher deux verres à pied d'une démarche chaloupante. Mes sandales claquent sur le parquet à chacun de mes pas. J'en rajoute des couches dans le registre de la séductrice. Rien n'est naturel. Je peux sentir ses yeux fixés sur mes fesses qui se balancent dans un mouvement savamment étudié pour le rendre fou.

Nous avons fait monter l'excitation par vagues, alors on se précipite l'un sur l'autre sur le canapé. En un éclair, on jette tous nos vêtements par terre, les jeans et les tee-shirts volent à l'autre bout de la pièce. Nous assouvissons le désir qui nous brûle depuis des heures sur le canapé. Avec l'alcool, je le sens aller et venir en moi, mais tout me semble flou, allongée sur le dos, agrippée à son corps, je sens une espèce de secousse, je porte ma main à ma tête qui tape nerveusement dans l'accoudoir et il me semble que mon cerveau éclate dans ma boîte crânienne. Je sens la chaleur de sa peau, ses doigts qui s'emmêlent dans mes cheveux. La nausée m'envahit lorsqu'il me retourne. J'ai trop bu. Quand il se retire on reste nus sur le canapé, on discute, conversation de fin de nuit dont on ne se souviendra pas demain, on regarde *Histoires naturelles* à la télé. Il a faim. Le réfrigérateur est quasiment vide mais il a de la chance, il y a de quoi faire un sandwich. Il trouve que c'est sympa une cuisine noire.

Puis une lueur dorée commence doucement à baigner le salon annonçant l'arrivée imminente du jour. Mon angoisse grandit à mesure que la lumière danse dans la pièce. Dans une demi-heure le soleil éclairera nos visages blafards et mon maquillage dégoulinant. Je déteste me coucher lorsque le jour arrive, j'ai la désagréable sensation que tout m'échappe. Je le prends par la main paresseusement en l'entraînant vers ma chambre où le lit est défait. C'est le bordel.

5

Je me suis enfin décidée à passer cette mammographie. Je déteste qu'on me dise ce que je dois faire mais ma mère a fini par me fatiguer à force de me demander tous les jours si j'avais pris rendez-vous. Depuis plus de deux mois, l'ordonnance était restée dans mon sac. Vous n'imaginez pas combien ça m'a coûté de me lever aux aurores un lundi matin. J'ai hésité à rester dans le fond de mon lit. J'y suis allée à pied parce qu'il faisait trop beau pour prendre le métro. L'air frais matinal était plein de promesses, les nuages comme de la dentelle, le ciel avait la teinte rosée de ces sublimes journées d'été. J'ai descendu le boulevard Magenta. Des types bizarres m'ont branchée dans la rue. J'ai fait comme si je ne les voyais pas, comme si je ne les entendais pas avec mes écouteurs enfoncés dans les oreilles.

Heureusement, il n'y avait pas d'attente au centre d'imagerie médicale. Je me suis mise torse nu dans la cabine. J'ai attendu que quelqu'un m'appelle. Sur le mur, il y avait une affiche préventive pour le cancer du sein. Je ne l'ai pas lue, je ne me suis pas sentie concernée. Je me suis recoiffée devant la glace. À cause de l'air frais, mes seins pointaient en entrant dans la salle d'examen. Je n'avais jamais vu un engin pareil. La manipulatrice m'a positionnée. Ses doigts étaient froids. La machine a compressé douloureusement mon bonnet « A » comme les appareils qui aplatissent les paninis. J'ai dit stop parce que mon sein menaçait d'éclater. Il a fallu s'y reprendre à plusieurs fois et dans plusieurs positions pour avoir les bons clichés. Ça doit faire exploser les prothèses en silicone, ce truc. Puis le médecin est venu me voir. Il était du même avis que moi, rien de grave car mon nodule avait des bords bien délimités. Allez savoir pourquoi, il a préféré planifier une biopsie. Juste par sécurité. Il a dit : « On ne prend aucun risque en matière de cancer du sein. » Je ne sais pas pourquoi il a parlé de cancer du sein alors que j'étais simplement venue parce que ma gynéco a cru sentir un petit kyste de rien du tout.

Voilà comment je me retrouve devant cette femme aussi froide qu'un bac à glaçons. Elle m'enfonce des aiguilles dans le sein droit, en contrôlant son écran pour être certaine de viser au bon endroit. Ça fait sacrément mal mais ça n'a pas l'air de l'émouvoir particulièrement. Elle plante la longue aiguille plusieurs fois comme une lance en me transperçant le sein. Elle préfère ne pas se prononcer. Je n'ai plus qu'à attendre les résultats qui tomberont dans une semaine à peu près. J'appelle ma mère pour lui dire que j'ai fait tous les examens. Elle n'a pas l'air rassuré. Moi je suis intimement persuadée qu'il n'y a rien de grave. Ma mère doit déjà s'imaginer le pire mais le cancer à mon âge, ça n'arrive jamais, et surtout je n'ai mal nulle part. Je ne sens rien du tout, pas de boule, rien, *nada*. Je ne suis pas malade. Je sais que j'ai une bonne étoile.

En sortant, je reçois un texto de Rémy, ou plutôt une photo. Une photo de lui, torse nu, prise dans le miroir de sa salle de bains. Il porte une serviette blanche autour de la taille. Ses cheveux sont mouillés. Il y a juste un mot : « cadeau ». Je vois bien qu'il contracte les abdos à fond. Une fois de plus son arrogance me fait sourire, cette façon de ne jamais douter de l'effet qu'il produit sur moi. Un éclair d'adrénaline me traverse le ventre, je me sens littéralement portée par son désir. Parfois il m'envoie des selfies juste pour me rappeler à quel point il est beau. Son assurance trahit l'habitude qu'il a d'embobiner les filles. Comme je ne suis pas insensible à ses atouts physiques, une pulsion irrépressible me pousse à répondre mais je préférerais être couverte d'urticaire plutôt que de lui faire ce plaisir. Le taux de probabilité que je ne lui réponde plus jamais est quasiment nul mais j'attends le moment où il me manquera trop. Je me suis habituée à ces messages quotidiens le matin au réveil, j'essaie de tenir un maximum de temps, histoire de marquer le coup et reprendre un peu le dessus.

Aujourd'hui nous présentons un nouveau jean qui promet de remonter les fesses. Les journalistes peuvent tester le modèle et repartir avec. Il ne manquerait plus que ça, qu'elles se dérangent sans cadeau. Elles picorent des trucs sans gluten dans de minuscules assiettes qu'on dirait tout droit sorties d'un service à dînette. Avec les rédactrices, on parle du jean mais surtout de nous. Elles me racontent leurs histoires compliquées, leurs peines, leurs joies, leurs problèmes avec la rédac en chef qui leur presse le citron, car tous les matins il faut arriver à 11 heures au journal, des hommes qui ne rappellent jamais alors qu'elles avaient passé une nuit d'amour à graver dans les annales, des enfants qui ont des poux, et c'est à ce moment-là que généralement je commence à décrocher. Je leur parle des autres rédactrices qui m'emmerdent à me demander des choses qui n'existent que dans leurs rêves, des clients qui m'appellent toutes les semaines pour savoir si *Vogue* est sorti, de ma boss qui pense que j'ai posé mon après-midi quand je pars à 19 heures, et des garçons qui ne me rappellent pas non plus. Si un jour je devais arrêter ce métier, ce serait ces confidences échangées entre femmes qui me manqueraient le plus, ces doux moments ouatés comme un matelas de plume.

J'aime la compagnie des femmes. J'aime leur beauté, leur force mêlée de sensibilité. Mes yeux de petite fille se sont toujours posés sur des femmes. Elles ont jalonné mon enfance comme des balises, influencé mes choix et mon mode de vie, façonné mon caractère et ma personnalité, elles ont fait de moi qui je suis aujourd'hui. Quand j'étais enfant, j'étais entourée de femmes avec des superpouvoirs. Ma nourrice formulait mentalement des prières secrètes pour faire disparaître la douleur des brûlures, ma mère préparait du cabillaud dans une marmite d'eau bouillonnante avec des cubes magiques dont elle seule avait le secret, elle rentrait parfois des courses avec une poupée Barbie dans une boîte à rêves, ma tante Claudine transformait les larmes en éclats de rire d'un claquement de doigt, les framboises en sorbet, les feuilles d'arbres banales en merveilleux herbiers, ma grand-mère fabriquait des pulls pour toute la famille, nageait comme un papillon, avalait des kilomètres à vélo, mon arrière-grand-mère savait lire l'avenir dans les cartes, ma maîtresse d'école jonglait avec les chiffres et les lettres, escaladait des montagnes à mains nues. À l'époque, je pensais que les femmes tenaient entre leurs mains l'équilibre du monde. L'idée que je m'en fais maintenant est une grosse maille enveloppante un matin d'hiver, un doudou, une présence feutrée dans laquelle on se laisse glisser sans crainte d'être jugé.

Une journaliste de *Vogue*, plus fine qu'un coton-tige, arrive. Toutes les autres se retournent discrètement pour détailler son look irréprochable et sa beauté froide. Je manque de m'étrangler en avalant mon jus cresson-épinard-ananas, quand elle m'apprend qu'elle est enceinte de sept mois, alors que son ventre est aussi plat qu'une planche à repasser. Les filles de *Vogue* sont toutes grandes, minces, belles et raffinées. Elles ont un métabolisme unique qui leur permet de ne jamais prendre un gramme.

Mon quotidien est le papier glacé. Un univers où les jambes des filles sont aussi longues que des autoroutes, les cheveux soyeux, les tailles étranglées, les peaux lisses photoshopées. Mes codes esthétiques obéissent ainsi à des règles précises. Depuis l'âge de 15 ans, je suis très préoccupée par mon poids. Après avoir regardé la météo sur mon portable pour choisir ma tenue, le second geste du matin c'est de tirer la balance rangée sous mon lit. Je mesure un mètre soixante-dix, dès que je dépasse les cinquante-cinq kilos ou que je ne rentre plus dans les jeans taille vingt-six du showroom, j'opte séance tenante pour un régime dont j'ai le secret à base de gaspacho en brique et de jus de pastèque/framboise au blender, qui a le don de me donner quelques crampes d'estomac.

J'ai la chance de faire naturellement plus jeune que mon âge mais à chaque fois qu'une nouvelle ride apparaît, j'ai l'impression de recevoir un coup sur la tête. Je ne suis pas faite pour vieillir, j'ai peur que ça ne m'aille pas. Depuis quelque temps des petites taches brunes se dessinent sur mon visage, des creux se forment sous mes yeux. J'essaie de ne pas trop penser à tout ça mais quand je tombe sur un cheveu blanc ou que je vois sur certaines photos des plis affreux dans mon cou, comme ceux des poulets, je suis bien obligée. Ma mère dit que lorsqu'on arrache un cheveu blanc, il y en a cent qui repoussent. Je préfère penser que c'est une légende urbaine. À 25 ans j'avais la tête d'une poupée, pulpée comme un abricot. Aujourd'hui, tout se fissure et dégringole. On dirait que mon visage s'affaisse, la peau se relâche comme de la guimauve. La vieillesse c'est comme une tornade ; rien ne peut l'arrêter. Le seul truc qui semble résister aux lois de la gravité c'est mon nez, il me semble qu'il grossit avec le temps, je me souviens qu'il était beaucoup plus petit avant. Mon père dit que si je n'accepte pas de vieillir, je serai malheureuse. Je fais partie de ces femmes qui luttent contre les effets du temps. Je ne vois pas ce qu'il y a de mal à s'embellir, à vouloir rester jeune et désirable le plus longtemps possible. Le grand drame des femmes dans notre société, c'est que passé 45 ans elles sont bonnes à jeter comme de la piquette bouchonnée. Tandis que les hommes se bonifient au fil du temps comme les grands crus, on leur pardonne tout : rides, cheveux blancs, crâne chauve, gros bide. Pourtant, même dans ces conditions, je préfère être une femme. Vous imaginez une femme qui ne se rase pas les jambes, qui ne se teint pas les cheveux, une femme complètement chauve ? Le choc. Depuis que nous sommes petites, nous n'y pouvons rien, nous sommes conditionnées pour être belles. Pour présenter toujours le meilleur de nous-mêmes.

J'ai beau donner quelques petits coups de pouce à la génétique, consacrer toute mon énergie à appliquer des crèmes qui promettent la jeunesse éternelle, courir après le temps sur un tapis roulant, j'ai bien conscience que c'est une quête insensée, perdue d'avance, que je ne pourrai sans doute plus cacher l'âge qui figure sur ma carte d'identité encore bien longtemps. Mes cheveux vont blanchir, mon visage va s'affaisser, mes rides se creuser chaque jour un peu plus. Mon apparence finira par m'échapper totalement. Que se passera-t-il à ce moment-là ? Que vaut-on encore à 40 ans sur le marché de l'amour et de la beauté ?

6

Le soleil de midi éclabousse la terrasse du café. Comme cela doit être agréable de vivre dans le Sud. Je ne suis pas assez concentrée pour lire. J'envoie un texto à Rémy. Il me manque. Toute ma rancœur s'est volatilisée. Je n'arrive pas à mettre un terme à cette relation. Je me demande s'il pense à moi ? Je relis sans cesse nos échanges au point de finir par les connaître presque par cœur. Ils sont exaltés, ils pourraient paraître vulgaires parfois. Avec ce soleil et à la lecture de ces messages, je suis en proie à une excitation extrême qui aurait pu m'inciter à me caresser si je n'étais pas en terrasse d'un café. Est-ce qu'il les relit aussi parfois ? Quand je serai à la plage, j'irai sur Tinder, peut-être qu'il y a de jolis garçons ici... En parcourant des yeux la terrasse, je ne vois aucun garçon intéressant. J'observe les gens passer, ils ont cet air détendu, ces visages apaisés, ces yeux rieurs qui laisse à penser qu'ici tout est plus simple. Il n'y a qu'à les regarder revenir du marché les bras chargés de cageots d'abricots, de tomates, de courgettes, de bouquets d'herbes, pour comprendre qu'ils sont heureux. Je sais que la vie est plus douce pour les gens qui vivent près de la mer, je sais que sa caresse tempère les humeurs et cicatrise les plaies de l'âme.

Chaque année à la même période, nous passons le week-end à Montpellier avec David et Cédric. David en a plus qu'assez de nos rythmes de dingues, il rêverait de tout plaquer pour s'installer ici. Quand on est ivres morts, on projette d'ouvrir un bar sur une plage, de dire adieu à la vie parisienne. Le quotidien nous étouffe. On rêve d'une autre vie, une vie meilleure. J'ai un bel appartement dont je ne profite jamais. Quand je suis chez moi, c'est pour dormir. J'ai de belles fringues, une collection de maillots de bain et de sacs à main mais je n'ai pas de temps pour moi. C'est vrai, parfois je me demande quel est l'intérêt de vivre de cette façon. Existence chronométrée, rythmée par les alarmes du métro. Tous les matins, c'est la course, il faut se lever, nourrir le chat, sauter dans la douche, étaler sa crème de jour, se maquiller, se coiffer, choisir sa tenue, s'habiller, prendre le métro ligne 4, direction Les Halles à la manière d'un robot. La journée commence à peine que déjà je me sens lessivée, sans aucune énergie. Il me semble que vivre de cette manière, au fond, ce n'est peut-être pas vivre.

Depuis quelques mois mon existence me donne le vertige. Je ne sais plus où donner de la tête. Par moments, ma vue se dédouble, j'ai l'impression d'évoluer dans un décor qui se met à tournoyer de sorte que la réalité qui m'entoure m'absorbe dans un tourbillon sans fin.

J'ai souvent la sensation pénible de flotter comme si mes pieds n'étaient plus en contact avec le sol. Un en mot, je voudrais RESPIRER.

David est mon plus vieil ami. Un ami de quinze ans. Je n'ai pas su préserver ces passions enfantines qui enfièvrent les cours d'école, ces complicités qui naissent sur les bancs de la fac, ces pactes fragiles qu'on scelle le temps des vacances, je les ai perdus au fil du temps et des kilomètres. À l'époque, David et moi avons écumé les soirées de la mode. Je montais à l'arrière de son scooter, le casque à peine attaché, la jupe relevée par le vent, les cuisses à l'air. Je ne passais pas vraiment inaperçue.

Il est déjà tard, je vais rejoindre les garçons dans le petit studio de pierre qu'ils louent en plein cœur de l'Écusson. Je déambule en sautillant dans les ruelles du centre historique. Je suis toujours heureuse pourvu qu'il fasse beau, je carbure à l'énergie solaire. J'apprécie ces week-ends de détente passés entre amis. À mon arrivée, je remarque immédiatement Martin, l'ours en peluche, assis sur une chaise comme s'il était vivant. Les garçons ont une nouvelle lubie depuis quelque temps, ils traînent ce doudou partout avec eux à la manière des tout-petits. L'appartement est impeccablement rangé. David est obsédé par la propreté au point de faire tourner plusieurs machines par jour. C'est sa manière à lui d'appréhender le monde, que le monde soit propre, c'est ce qui le rassure. Quand je vais chez lui, je m'amuse à déplacer une bougie et ça le rend dingo, comme si au fond il craignait que son univers religieusement organisé ne se désintègre sous ses yeux. Moi, je crois que c'est l'envers, c'est l'ordre qui m'angoisse. Je trouve que les décors aseptisés manquent cruellement de vie.

Nous partons pour la plage du Grand Travers, *Boule de flipper* à fond dans la voiture. David et moi avons une passion commune pour les chansons ringardes. Les garçons se baignent. La mer glacée, pareille à une claque, me saisit, je fais demi-tour. Je ne nage pas quand l'eau est trop froide. Je ne nage pas quand je ne vois pas mes pieds, j'ai peur des méduses, des requins, des crabes, des algues gluantes. Je porte mon minibikini Stella MacCartney imprimé de cœurs, que mes amis m'ont offert pour mon dernier anniversaire. Uniquement le bas, je ne porte jamais le haut, je n'aime pas les traces de bronzage. C'est toujours un moment délicat le choix du maillot de bain. Mes cinquante modèles sont rangés dans une caisse. Je tergiverse toujours mentalement pendant des heures : le rouge est un peu voyant ; les fleurs un peu fades ; le noir est trop classique ; Eres est une valeur sûre ; la culotte barrette boudine sur le côté ; le blanc est transparent.

Sur la plage, je ne trouve rien de mieux à faire que regarder les garçons sur Tinder. Je fais défiler les photos à la recherche de quelque chose qui me titillerait dans le regard ou l'attitude. Ça défile vite entre ceux qui sont avec leur gosse, le chien, la déco ringarde… Je distribue mes cœurs au compte-gouttes comme au poker jusqu'à ce que je matche avec un mec mignon. Étalée sur la plage comme une galette de sarrasin, je discute avec Xavier, 29 ans. Nous échangeons nos numéros, nos Facebook. Il se vante, il dit qu'il est certain de me plaire. C'est vrai qu'il n'a pas l'air mal et, ce qui m'attire encore plus, c'est qu'il n'en doute pas. Après les banalités d'usage, on se fixe un rendez-vous pour le soir même. Je lui propose de me rejoindre dans ma chambre d'hôtel, après ma soirée. Parfois on me dit que j'agis comme un garçon, que les filles ne font pas venir chez elles des inconnus pour un plan d'un soir. N'empêche que les garçons ne couchent pas avec le Saint-Esprit ! Il faut arrêter l'hypocrisie ! Que les gens pensent ce qu'ils veulent, je revendique le droit de faire venir des inconnus chez moi si ça me chante, être une femme, c'est aussi prendre les devants. Pourquoi les jeux de garçons ne pourraient pas être des jeux de filles ?

En fin de journée, nous décidons d'aller à une fête électro. Le spot au milieu des vignes dans la campagne est plutôt insolite. Mon visage profite des derniers rayons du soleil. Je porte une robe bustier courte à volants. Je ne compte plus les mojitos qui m'étourdissent avec la chaleur. On danse. Les garçons sont jeunes et très mignons, ils portent tous des lunettes de soleil pour cacher leurs pupilles dilatées par la MD. Certains finissent défoncés dans la piscine. Nombreux allers-retours aux toilettes. Devant moi un mec n'attend pas son tour, il pisse dans le lavabo devant tout le monde. Je découvre un verre dans le fond des chiottes. Mes voisins, rentrés à deux dans les toilettes, se font déloger par un agent de la sécurité. Histoire de sexe ou de drogue ? En partant, Cédric prend une jolie photo de moi dans les vignes. J'adore mes cheveux sur cette photo. Longs, délavés, ondulés, ils respirent l'été, le soleil et la mer. J'ai mis du temps à obtenir la bonne nuance de blond.

Nous rentrons en ville. Je me douche. Dans un impérieux besoin de plaire, j'enfile une robe trop étroite qui a le don de remonter jusqu'aux fesses dès que je fais un pas. Nous allons danser au Moom, l'un de ces clubs où il n'y a que des garçons. Je n'ai pas le temps de finir mon verre, que David revient du bar avec une nouvelle vodka tonic. Il danse en sautant partout comme s'il était sur un trampoline, il fait semblant de secouer des maracas. Avec lui, tout est matière à rire. Il baisse ma robe bustier d'une main, la remonte de l'autre, lorsqu'il a bu, ça l'amuse beaucoup de me foutre à poil. En plein milieu de la piste de danse, je ressens subitement une douleur foudroyante dans la poitrine, un flash dans la tête. Le spasme est si intense qu'il me coupe le souffle, me plie en deux. J'ai l'impression qu'on m'enfonce un morceau de verre dans le sein droit. Quelque chose ne va pas. Je ne dis rien aux garçons, trop occupés à danser. C'est en titubant que je rentre à mon hôtel situé juste à côté. Bien que la lutte n'ait duré que quelques secondes, elle m'a vidé de toute mon énergie. Dans la rue, je marche vite, il est plus de 4 heures du matin, il n'y a personne à part quelques bandes de mecs ivres morts, j'ai peur de me faire agresser. Je tremble, malgré la chaleur. J'ai froid. J'ai froid à l'intérieur de mes os comme si un courant d'air glacial m'avait traversé. Arrivée à ma chambre d'hôtel, je m'endors tout habillée. Je n'entends pas mon téléphone sonner.

7

Je me traîne. Ce doit être le contrecoup du week-end. Un rideau de pluie s'abat sur Paris. L'été sera pourri. La nuit en plein jour. Il fait un temps d'automne. Paris me fait penser à un chien mouillé, les immeubles et les arbres dégoulinent, l'odeur enivrante de la pluie s'insinue par tous les pores de la peau en même temps qu'une mélancolie brumeuse et inexplicable. C'est toujours comme ça dès qu'il se met à pleuvoir, je me sens submergée par un flot de tristesse inexplicable. La pluie, c'est mon ennemi numéro un.

Mes yeux sont barbouillés de noir. Je suis de mauvaise humeur. D'une humeur bizarre. Dans la douche, je ne sais pas quel flacon attraper, tellement il y a de produits sur le rebord de la baignoire. Des gels douche, des shampooings lissants, des lotions après-shampooings de toutes les couleurs, des masques hydratants, des gommages. Campée devant le miroir du lavabo, je ne sais pas quelle crème de jour choisir. Les fluides, les crèmes, les sérums, les laits qui recouvrent la vasque, me donnent le tournis. Plantée devant mon dressing, je ne sais pas quoi mettre. Pas inspirée ce matin. On ne sait plus comment s'habiller avec cette météo capricieuse. Tout le monde ne parle que de ça en ce moment, les gens disent que le temps est fou, qu'il n'y a plus de saison. Je me change dix fois. Les vêtements s'amassent négligemment sur mon lit. C'est la panique ce matin. J'ai trop de choix peut-être, ou plus rien de bien à me mettre… Certains tops portent encore une étiquette. Mes placards débordent, c'est le chaos. Je ne vois rien parce qu'il y a au moins trois fringues par cintre. Je pourrai ranger un jour… le mois prochain peut-être… Moyennement convaincue, j'enfile un jean, un tee-shirt à la hâte, sans soutif, j'attrape une veste masculine noire que j'ai depuis des lustres.

Hier, j'ai fini par appeler le laboratoire. Je n'y ai pas du tout pensé mais ça fait plus de deux semaines que j'ai passé cette biopsie. Il y a eu pas mal de jours fériés, mais quand même. Ils ont envoyé une lettre à ma gynéco. Ils n'ont soi-disant pas le droit de me communiquer les résultats. C'est bizarre, pour le test du VIH je passe tout simplement prendre mon enveloppe et personne ne fait autant de cinéma. Il doit s'agir d'un kyste ou quelque chose dans ce goût-là. À croire que je suis tombée sur une secrétaire zélée. En même temps je la comprends, elle n'a pas envie de se faire taper sur les doigts. La gynéco n'a rien reçu. Mine de rien tout ça commence sérieusement à m'inquiéter.

Ma gynéco finit par se manifester dans l'après-midi. « Bonjour, Je vous attends dans mon bureau demain à 17 heures. » Je fais un bond en arrière, mon cœur un looping dans ma poitrine. Ce message sonne comme une convocation. La panique m'envahit avec la violence d'une déflagration. C'est certain, j'ai quelque chose de grave. Elle ne me ferait pas venir pour rien. Elle ne veut pas me parler au téléphone. Je le dis aux filles du bureau. L'ambiance pesante m'écrase comme un étau. J'appelle Anne-Cha. Elle me rassure. J'appelle ma mère. Mes parents vont passer une mauvaise nuit.

Ce soir tout le monde va boire des verres à L'Inconnu. Le bar est bondé, le trottoir déborde. Il fait chaud. Émilie fait un style Hunter pour le *Grazia*. Elle porte un microshort en jean et un maillot de baseball américain. À presque 34 ans, son allure est plus proche de celle d'une adolescente que d'une femme. Un photographe l'accompagne pour shooter les meilleurs looks de la soirée. Elle a l'embarras du choix. Tout le microcosme de la branchitude parisienne s'est donné rendez-vous ici. Une armada de jolies filles stylées, des photocopies de hipsters barbus, cheveux en pétard, chemises de bûcheron.

Je dis bonjour à des gens. Chrystelle est là aussi, elle a envie de faire la fête ce soir. Je me sauve sans lui dire au revoir, sinon elle ne va jamais me laisser partir. Je ne suis pas d'humeur. Je n'ai pas envie de boire, de parler, de rire. Vers 21 heures, je remonte la rue d'Hauteville puis l'escalier du parvis de l'église Saint–Vincent-de-Paul, où l'odeur d'urine est plus que jamais irrespirable. Je suis complètement anéantie. Mauvais pressentiment comme une armée de chats noirs. J'avale un quart de Lexo. Dormir immédiatement pour ne pas me laisser coloniser par des pensées lugubres.

À mon réveil le ciel est gai, c'est une de ces journées éblouissantes ou absolument rien de mal ne peut arriver, du moins c'est ce que j'ai toujours pensé, que rien de mal ne peut arriver avec un soleil pareil. Les rayons éclatants traversent les vitres, inondant mon salon d'une lumière saturée. Pour la peine j'enfile une nouvelle robe avec mes sandales en cuir naturel. Vendredi 13. Ce n'est pas un jour ordinaire. C'est un chiffre porte-bonheur. C'est mon mois anniversaire. J'ai 38 ans et trois mois. Ça ne doit pas être si grave. Aucun antécédent dans ma famille, aucune douleur, et personne n'a de cancer du sein à 38 ans. Pas de panique ! Le cancer du sein, tout le monde le sait, c'est une maladie de vieille.

À l'heure du déjeuner, mon esthéticienne m'épile les sourcils au fil m'arrachant quelques soupirs de douleur. En début d'après-midi, j'ai rendez-vous chez Lolita Lempicka où l'on sirote du thé le petit doigt en l'air dans de jolies tasses en porcelaine fine. Les coupelles assorties regorgent de petites grappes de groseilles aussi brillantes que des rubis. Je jette un œil par la fenêtre qui paraît grande ouverte tant le carreau est propre. Il me semble que la tour Eiffel va s'écraser sur la vaisselle. Je me demande ce que je vais faire ce soir. Je pourrais relancer Julien, je ne l'ai pas vu depuis trois semaines au moins.

Je repasse par le bureau pour répondre à quelques mails. Je souhaite un bon week-end aux filles avant de partir. Je descends la rue Étienne-Marcel d'un pas assuré, comme pour conjurer le mauvais sort. Sur le chemin, mes sandales martèlent le trottoir brûlant qui dégage une odeur de goudron cramé.

J'entre dans la salle d'attente déserte. Je m'installe sur une chaise. La musique classique résonne dans la pièce. Pendant ce qui me semble être une éternité, par la porte entrouverte de son cabinet j'aperçois ma gynéco mettre une pile de documents au carré de façon machinale, debout, l'air concentré, sans regarder vers moi. À la voir se pincer les lèvres et plisser le front, une vague d'effroi me saisit, comme un capitaine de navire qui verrait un iceberg surgir devant lui. Je comprends qu'elle prend son temps pour choisir ses mots, sa respiration pour m'annoncer le pire.

« Entrez madame Jacquet. » Je m'assieds en face d'elle sans rien dire. L'air grave, consterné, croisant les mains avec une grande solennité, elle lance sans autre préambule : « J'ai une mauvaise nouvelle à vous annoncer. Vous avez un cancer du sein. »

En une phrase, ce vendredi 13 juin à 17 h 5, ma vie bascule. Aucun son ne sort de ma bouche, toutes les fibres de mon corps se paralysent, ma tête se vide de son sang. Tout s'effondre, glissement de terrain, avalanche de poudreuse instable dont la chute est inexorable. Ma vie m'apparaît comme la chose la plus fragile qui soit, aussi fragile que des flocons de neige. D'instinct, j'ai l'intime conviction que plus rien ne sera jamais comme avant. Je fonds en larmes.

Elle dit « carcinome canalaire infiltrant grade 3, triple négatif, deux centimètres » comme si j'étais experte en tumeur. Elle signe des ordonnances. Il faut passer très vite des examens pour vérifier que le cancer ne s'est pas propagé à d'autres organes. Elle demande si je suis venue seule, si j'ai des questions. Elle dit d'un ton qui se veut maternel qu'ils vont enlever la tumeur, qu'il n'y aura pas d'ablation, qu'ils vont faire de la chimiothérapie puis de la radiothérapie. « J'ai déjà fait une demande de prise en charge à l'hôpital Saint-Louis, c'est un très bon hôpital, c'est près de chez vous. » CHIMIOTHÉRAPIE. Ce mot barbare provoque un court-circuit dans ma tête. Toute cette scène me semble irréelle. À moins qu'il n'y ait eu une confusion au labo, il semble que j'ai basculé dans la quatrième dimension. L'espace d'un instant, c'est comme si elle me parlait dans une langue étrangère. Des images de femmes chauves couvrent les murs du cabinet. J'ignore ce que c'est exactement, ce dont je suis convaincue, c'est que ce truc rend complètement chauve. Rien qu'à m'imaginer sans cheveux je me sens défaillir. Une seule question me vient à l'esprit. Est-ce que je vais perdre mes cheveux ? « Oui. C'est ce qu'il y a de plus difficile à vivre pour les femmes. » Elle a prononcé cette phrase avec un air à la fois compréhensif et déterminé, consciente de l'effet dévastateur qu'elle aurait sur moi. Les larmes coulent en cascade. Comment pourrait-on accepter l'inacceptable ?

En partant, elle me donne un guide sur le cancer du sein. Elle dit de faire attention aux feux en traversant. Je balbutie un au revoir à peine audible, le visage baigné de larmes. Mes jambes flageolent lorsque je me lève. Mes hauts talons me font l'effet d'échasses interminables. Les brides de mes sandales me cisaillent la chair. Il faut que je sorte de là. Mes jambes se dérobent, ne semblent plus obéir à mon cerveau. Les câblages ont dû disjoncter.

Je suis dans le brouillard. Tout vacille autour de moi. Prostrée dans l'escalier, j'essaie de reprendre mes esprits. Je descends les marches, en essayant de ne pas m'écrouler. Mes cuisses sont tétanisées. Je m'agrippe à la rambarde comme à une bouée de sauvetage. Jamais je n'oublierai cette robe corail qui me calcine la peau tel un habit de lave. Il faut que je prévienne ma mère. Je l'appelle, je ne comprends pas ce qu'elle répond, comme si elle vivait dans un pays lointain. C'est à peine si je parviens à articuler le mot cancer. En ouvrant la porte de l'immeuble, la réverbération du soleil m'aveugle affreusement comme un flash gigantesque en plein visage. Cernée par l'agitation, je ne sais plus comment rentrer chez moi. J'ai envie de crier mais le cri reste coincé douloureusement dans ma gorge. Ce serait embarrassant de se mettre à hurler dans la rue comme une hystérique. L'effort inouï dont j'use pour me maîtriser bloque ma respiration comme un rocher sur ma poitrine. Tout semble différent comme si j'étais sur une autre planète. Ce n'est plus le ciel heureux ni le monde pétillant que je connais, l'atmosphère est inquiétante, l'air asphyxiant, l'empressement insupportable. Les klaxons des voitures déchirent l'air.

Je dois rentrer vite. Vite. Je ne vois pas de taxi. Je ne vois plus rien. Sans réfléchir, je m'engouffre dans la bouche de métro Étienne-Marcel. Ligne 4. La rame est bondée, grouillante, oppressante. Il fait chaud, une étuve, les gens me collent, empestent la sueur, me bousculent comme si j'étais en carton-pâte. Je prends sur moi pour ne pas m'écrouler par terre. J'ai l'impression que le mot CANCER est tatoué sur mon front en lettres de sang. Je n'essaie même pas de cacher mon visage. J'ai honte, je suis une paria, mise à nue par l'éclairage cru des néons. C'est comme si je n'avais déjà plus de cheveux. Impossible de prendre sur moi. Un torrent de larmes éclabousse les vitres crasseuses. Je crois que tout le monde me regarde, que tout le monde me prend pour une pauvre fille désespérée, en réalité tout le monde s'en fout. Personne ne prend la peine de feindre un regard, encore moins un sourire d'empathie. Je pourrais bien m'évanouir, personne ne me relèverait, je resterais là inanimée sur le sol dégueulasse du wagon. Gare du Nord. Je rentre chez moi, égarée, en pilotage automatique.

En arrivant à la maison, je claque la porte, verrouille la serrure à double tour d'une main tremblante. Bizarrement, je me sens plus en sécurité derrière ce rempart de pacotille comme si la menace venait de l'extérieur alors qu'elle grandit sourdement dans mon sein droit. Je reste un instant immobile, j'inspecte attentivement l'appartement plongé dans un silence absolu. Rien n'a bougé depuis ce matin : ni le linge qui sèche dans la salle de bains, ni la vaisselle qui déborde dans l'évier, ni les chaises du salon qui croulent sous le poids des vêtements à repasser, ni mes sandales noires qui traînent négligemment sur le tapis, ni le bouddha imperturbable, ni le chat lové sur le canapé étranger à tous les malheurs. Je suis troublée parce que je m'attendais à un chaos indescriptible, un fracas de musique, d'éclats de verre, de meubles renversés. J'aimerais que tout soit sens dessus dessous, qu'il n'y ait plus aucune logique. Ce serait la preuve irréfutable que le monde ne tourne pas rond. Mais de toute évidence, la tornade qui a ravagé ma vie semble avoir épargné le reste de l'univers. J'avale un quart de Lexo, promesse de réconfort.

Je vois mon visage sidéré dans le miroir de la salle de bains, souillé et déformé par la peur. Une lueur d'angoisse assombrit ma pupille. Je m'asperge d'eau froide, étalant encore plus le rimmel qui a dégouliné en marée noire sur mes joues, dans mon cou, jusque dans le lavabo. Je m'affale dans mon fauteuil dont les fils de plastique me lacèrent le dos. J'ai la sensation que mon corps m'a trahi. Pourquoi moi ?

J'appelle mes amis les plus proches. J'annonce que j'ai un cancer, leurs paroles m'échappent. Mon cerveau est embrumé. Pour me rassurer, tous mes amis me disent avec force de conviction qu'on va choisir le meilleur hôpital, comme si c'était un soulagement. Je m'en fous comme de l'an quarante de l'hôpital. Je ne veux pas y aller. Il est possible que je sois victime d'une erreur médicale. Ça arrive tout le temps ce genre de chose. Le labo va m'appeler, ils ont dû confondre mes analyses avec ceux de quelqu'un d'autre. Anne-Cha qui habite à deux pas me propose de venir dîner avec eux. Je dis *propose*, mais en réalité son ton ne laisse place à aucune négociation. Je dévale l'escalier avec des lunettes de soleil et tombe nez à nez dans la cour avec mes voisins, qui ont installé une grande table. C'est « la fête des voisins ». Il ne manquait plus que ça. Je les laisse vite, déconcertés. Je marche au radar jusqu'à la rue des Martyrs pour rejoindre Matt et Anne-Cha. J'ai besoin de marcher, de prendre l'air.

Il n'y a qu'à voir leurs mines de chien battu pour comprendre que ce qui m'arrive est terrible. Ce matin il faisait beau, je me suis demandé si j'allais mettre mes talons ou mes K.Jacques et maintenant je me retrouve avec le mode d'emploi du cancer entre les mains. Anne-Cha, qui a pour habitude de toujours prendre les choses en main, a déjà appelé son père pour savoir si Saint-Louis est le meilleur hôpital en matière de cancer du sein. Il lui a parlé de Curie. La soirée est surréaliste. Anne-Cha, pour qui les histoires ne peuvent que bien finir, déguise son inquiétude sous des mots rassurants, elle arrive même à me faire rire. Le soleil est très bas dans le ciel, comme une caresse apaisante. Nous ignorons tout de cette maladie, alors sur la terrasse autour d'une bouteille de vin blanc, je lis les fiches du guide thérapeutique avec détachement comme si elles concernaient quelqu'un d'autre : quatre grades d'agressivité tumorale, injection de produits chimiques, effets secondaires. C'est là que je comprends que grade 3 sur 4, ça n'est pas terrible, et que le cancer triple négatif n'a rien de positif. 15 % des cancers du sein. Risque de métastase plus élevé. Pronostic plus défavorable. J'ai du mal à déglutir. Moi, j'aurais voulu un tout petit cancer, un cancer de rien du tout, un grade 1, un cancer sans chimio. J'aurais voulu garder mes cheveux, rester telle que je suis. Ce qui me surprend le plus, c'est de lire que parfois les malades sont abandonnés par leurs proches, « le cancer évoque une crainte qui dépasse la réalité ». Vais-je perdre mes amis parce que j'ai un cancer ? Parce qu'ils ne trouveraient pas les mots ? Parce que je vais devenir aussi chiante qu'un jour de pluie ?

David m'appelle. Lui qui ne prend jamais rien au sérieux, qui a toujours l'art de tourner habilement les choses les plus graves à la dérision, ça ne le fait pas rire cette histoire de cancer. D'après lui tout va bien se passer, et j'ai envie d'y croire. Il ne peut pas nous rejoindre, c'est sa soirée de bénévolat à l'association Le Refuge qui soutient les jeunes homosexuels marginalisés. Sa façon à lui de lutter contre la misère du monde qui lui colle aux baskets. Quand je repose bravement le téléphone sur la table basse, mes yeux sont humides, un courant d'air fait voler quelques petites feuilles desséchées, le chat vient se rouler en boule sur mes genoux. Anne-Cha et Mathieu me proposent de dormir chez eux. Je préfère rentrer. J'ai besoin d'être seule pour pleurer en paix.

Étouffée par les sanglots, épouvantée par les photos des femmes chauves que je fais défiler sur Instagram, je reprends un de ces tic-tac contre l'angoisse. Dans quelques semaines je serai comme elles, j'aurai l'air de sortir d'un camp de concentration. Je ne veux pas perdre mes cheveux. Ils sont le prolongement de ma féminité. Une arme de séduction. Du moins c'est l'image que je m'en fais depuis que j'ai feuilleté les catalogues de jouets à mon cinquième Noël et découpé toutes les Barbie consciencieusement. C'est la panique rien qu'à l'idée d'imaginer que je serai repoussante au point que plus aucun garçon ne me regardera.

8

Hier soir, j'ai relégué ma robe corail tout au fond du placard, je savais que je ne pourrais plus jamais la porter, qu'elle serait pour toujours mariée au mauvais sort. Au réveil, j'étais désorientée, comme si j'avais passé la nuit dans le tambour d'une machine à laver. Je ne savais plus très bien où j'étais, si j'avais fait un cauchemar ou si j'avais vraiment un cancer. J'aurais tant aimé qu'il s'agisse d'un mauvais rêve. J'ai souhaité de toutes mes forces que tout cela ne soit jamais arrivé. Il ne m'a fallu que quelques secondes pour que la journée d'hier me revienne à l'esprit. J'ai entendu la voix navrée de la gynéco qui m'a fait l'effet d'une gifle : « Vous avez un cancer du sein. » Vlan. Je me répète inlassablement cette phrase surréaliste. Chaque mot me fait l'effet d'un couteau lancé à pleine force, à pleine vitesse, dans mon crâne. Elle n'a pas pris de gants pour me l'annoncer, me lâchant la vérité brute sans préavis, sans détour, comme une bombe. Est-ce que j'aurais mieux digéré une tendre missive sur un joli papier grainé rose pastel ?

Je ne peux pas croire ce qui m'arrive. Que s'est-il donc passé pour que ma vie soit sens dessus dessous ? Si je pouvais revenir en arrière, je le ferais. L'ennui, c'est que je ne saurais pas comment m'y prendre, à quel instant précisément m'arrêter. Je ne saurais pas comment changer le cours des choses pour ne pas avoir à vivre ce moment-là. J'ai le sentiment que tout aurait pu être différent, que j'ai sans doute fait les mauvais choix de vie. Jamais je ne me suis sentie aussi abattue. Nous sommes samedi matin, nous sommes le premier jour de ma nouvelle vie, ma vie de malade du cancer. Les gens que je connais vont s'éveiller paisiblement, abrutis par une nuit d'ivresse avec l'insouciance d'un nouveau-né. Ce matin, je me sens terriblement seule.

Je procède à un examen minutieux de mon visage dans le miroir comme si je m'attendais à voir des modifications. Ai-je changé ? Je suis presque étonnée d'avoir la même tête qu'hier matin, à part des yeux de lapin russe. Mais hier, c'était hier. J'étais loin de me douter que j'avais une tumeur, je nageais encore dans un doux nuage d'ignorance, avec pour seule préoccupation ce que j'allais me foutre sur le cul, et si j'allais m'empiffrer de pâtes ou de pizza. Soudain mes petites broutilles du quotidien me paraissent dérisoires. Fini le temps de l'insouciance et des problèmes qui n'en sont pas. Hier encore j'avais 25 ans, je me suis réveillée ce matin vieille comme le monde.

Dehors le ciel est gris, sans lumière. En regardant par la fenêtre, j'essaie de me souvenir si j'ai déjà été aussi triste.

Je repense à Vincent, mon ex, mon plus grand bonheur, ma plus grande douleur. Le premier réflexe qui me vient alors à l'esprit est de l'appeler. Depuis quelques mois, il vit à Berlin où il tente ce qu'il n'a pas réussi à Paris : percer en tant que DJ. Parce qu'on croit toujours qu'ailleurs c'est mieux et parce que Vincent fuit la sécurité comme d'autres fuient le danger. Je l'ai rencontré au Queen. Il avait 18 ans, j'en avais 26. Une petite amourette. Il était au lycée. C'était la première fois que j'avais autant d'écart avec un garçon. Et puis, cela a duré plus longtemps que prévu. Beaucoup plus longtemps. L'histoire sans lendemain a tourné à l'amour. Pendant ces quelques années, j'ai connu cet état de grâce, ce sentiment euphorique qui nous donne l'air un peu idiot et l'implacable sensation d'être invincible. J'étais éperdument amoureuse. Amoureuse de nos différences. Il était tout ce que je n'étais pas, il était libre, il voulait vivre de sa passion, il prenait des risques. C'était ce qui m'avait plu, cette façon de vivre sans contrainte alors que j'étais enchaînée à un bureau douze heures par jour. Ça, et cette manie qu'il avait d'entrelacer ses jambes aux miennes quand nous dormions. Le temps ayant passé, le souvenir palpable de ces émotions me paraît si loin qu'il évoque en moi un vestige aussi illisible qu'un livre en braille.

Nous nous étions installés dans un appartement avec terrasse. Une terrasse en plein soleil tapissée de plantes. J'avais acheté une table et des chaises en rotin. Le soir, je cuisinais de bons petits plats, j'allumais toutes les bougies, je nous servais du vin blanc frais pendant que Vincent travaillait sur un son techno. Nous passions Noël à Trouville dans la petite maison de ville que louaient ses parents, l'été à Mykonos dans un petit hôtel aux murs blancs et aux volets bleus. À l'époque, j'étais heureuse et il me semblait naïvement que ce serait pour l'éternité. Pendant sept ans, j'attendais chaque jour la sortie du bureau, comptant les heures qui me séparaient de lui. Je me dépêchais pour le retrouver. Je traversais Paris en métro, comptant les stations qui me séparaient de ma vraie vie. Je me suis envolée si haut que l'atterrissage n'en a été que plus brutal.

Un jour, à la naissance de ma nièce, j'ai regardé Vincent avec des yeux implorants. Je n'avais jamais désiré d'enfant auparavant mais j'étais fascinée par la beauté surnaturelle de Cléophée. Avec le recul, c'est à se demander si je voulais réellement un enfant ou si je ne voulais pas plutôt cette petite poupée parfaite, cette petite fille modèle comme dans les livres de la comtesse de Ségur. Quoi qu'il en soit, ça n'était pas du tout dans ses projets, il se trouvait trop jeune. La vérité, c'est qu'il méprisait la vie banale et la conception du couple classique encore plus que moi. Il est parti, revenu, puis reparti, définitivement cette fois. Le jour où il m'a quittée pour de bon, il a seulement emporté quelques affaires. Il avait abandonné son ordinateur, il n'avait pas pensé à se déconnecter de sa page Facebook me laissant tout le loisir d'espionner ses messages. Le jour de mes 33 ans, j'ai surpris une conversation avec un ami à lui dans lequel il évoquait notre rupture. Quand j'ai lu cette phrase : « Enfin libre, je vais pouvoir me taper de la chair fraîche », mon sang s'est mis à bouillir dans mes veines. Mais au lieu de jeter l'ordinateur par la fenêtre, dans un réflexe de désespoir, j'ai parcouru les pages jaunes à la recherche d'un dermatologue spécialisé en médecine esthétique et j'ai pris rendez-vous pour ma première injection de botox. Bon anniversaire Marjorie.

Je n'arrivais plus à parler, manger, dormir. Chaque matin, je devais me faire violence pour me lever. Mon corps se décharnait à vue d'œil, je voulais disparaître. J'aurais voulu rester dans mon lit pour le restant de mes jours, histoire de ne plus avoir à souffrir. Son départ a suscité en moi un manque viscéral comme si je n'étais plus que la moitié de moi-même. J'étais inconsolable parce que je savais combien il est difficile d'aimer et être aimée en retour. Combien c'est rare. Ce qui me terrifiait le plus, c'était le silence, le vide. Je redoutais les moments de solitude, j'avais peur de la nuit, l'appartement me semblait si grand que je m'enfermais à clef dans ma chambre, sursautant au moindre bruit. Affronter le monde me paraissait insurmontable, le quotidien dénué d'intérêt. Il me fallait réapprendre à vivre seule. C'est la nuit, lorsque le bruit des portes de l'ascenseur me réveillait, comme quand il rentrait après son service ou une soirée, que son absence me paraissait la plus cruelle parce que je guettais en vain le cliquetis de la clef dans la serrure. Dans mes draps, enveloppée de douceur, je trouvais quelques îlots de réconfort tentant d'étirer cette sensation de torpeur le plus longtemps possible pour ne pas me confronter à ma peine. C'est à se demander comment je réussissais à aller au bureau tous les matins. Je garde de cette période l'impression d'une vie au ralenti, de sons étouffés, de gestes automatiques, sans envie, sans désir, d'humeurs régulées par des tranquillisants, la sensation pénible de vivre dans des ténèbres de coton. Depuis, mon cœur est totalement hermétique, comme emprisonné à perpétuité dans une cage de verre. Peut-être que chaque individu a un stock d'amour à la naissance plus ou moins important. Il existe peut-être une comptabilité des sentiments, le cœur ne palpite peut-être pas à l'infini.

Vincent m'a longtemps hanté, il m'aura fallu des années pour véritablement tourner la page. Aujourd'hui, nous avons une relation particulière. Je peux l'appeler n'importe quand, à n'importe quelle heure du jour où de la nuit. Ce matin-là, le plus triste de ma vie, c'est donc la première personne que j'appelle. Et comme dans la vie il n'y a pas de hasard, seulement des coïncidences troublantes, Vincent est à Paris. Il raccroche, prend son scooter, il arrive. Au bout de dix minutes, il sonne à l'interphone. En arrivant, il m'étreint longuement tandis que nous pleurons. C'est injuste, il dit. C'est vrai. Je n'ai rien fait pour mériter ça.

La journée file mystérieusement comme dans un tunnel. Vincent me console, il m'emmène en scooter à l'hôpital Saint-Louis parce que j'ai envie de voir à quoi ça ressemble. Il me raccompagne ensuite à la maison. Après son départ, j'appelle la plupart de mes proches. Ils sont tous désolés pour moi. Malgré toute leur bonne volonté, il n'existe aucun mot, aucun geste qui pourrait me consoler, rien ne peut me rassurer. Chacun gère la mauvaise nouvelle à sa manière. Certains ne peuvent retenir leurs larmes. Ma copine Johanna, désemparée, me dit en sanglotant : « Mais tu n'as pas de seins. » Mon bonnet « A » qui s'est fait si discret jusqu'à présent, prend désormais toute sa place sur le devant de la scène. Je me rends compte que c'est vraiment grave parce que leur voix laisse transparaître une terreur animale qui m'effraie encore plus que le cancer lui-même. Le mot cancer a cette particularité d'effrayer littéralement les gens. On me parle comme à une condamnée. Je me demande si je ne ferai pas mieux de commander un cercueil dès maintenant. La vision que les gens ont de moi est bouleversée. Ma vie commence déjà à se désintégrer. Les filles surtout accusent le coup. Elles ont peur pour moi, peur pour elles. Ce que j'avais pris pour une maladie rare est en réalité un fléau, avec une statistique édifiante. Saviez-vous qu'une femme sur huit est touchée par le cancer du sein ? Comment aurais-je pu imaginer ça ? Quinze ans de presse et pas une seule fois je n'ai lu ce chiffre dans ces foutues pages. On dirait que dans les magazines féminins le cancer n'existe pas. Comment peut-on prétendre être au cœur des préoccupations des femmes et ne pas informer – au lieu de nous montrer des publicités pour des sacs qu'on ne pourra jamais s'acheter. Ne devrait-il pas y avoir une obligation d'information ? J'en entendais vaguement parler bien sûr mais j'étais loin de m'imaginer que j'avais plus de chance de tomber sur un cancer du sein que sur un mec bien. J'avoue ne m'être jamais véritablement penchée sur le sujet, si j'avais su... Je crois qu'en plus d'être triste, j'en veux à la terre entière. Je voudrais que tout le monde soit malade, que tout le monde partage mes sentiments. Oui, ça me plairait ça. On serait tous chauves. Tous pareils.

Ça tombe mal, c'est le week-end de la fête des pères. J'ai appelé mes parents. C'est ma mère qui a décroché. J'ai demandé à parler à mon père pour lui souhaiter une bonne fête. Elle a répondu qu'elle ne pouvait pas me le passer, qu'il était couché, qu'il était malade. Elle n'a pas beaucoup parlé. Elle ne pleurait pas. Elle a dit qu'elle passerait le message d'une voix neutre qui dissimulait laborieusement son angoisse. Habituellement, ma mère pleure facilement, elle verse des larmes à l'eau de rose devant les téléfilms tandis que mon père la pousse du coude en se moquant d'elle.

Tu vois maman, toi qui a peur de tout, toi qui vois une catastrophe à chaque fois que je prends l'avion, le train, le bateau, la voiture, toi à qui il faut envoyer un texto dès qu'on arrive quelque part pour dire que tout va bien, tu vois maman, malgré toutes tes recommandations, tu ne pouvais pas voir venir le mal qui infusait, aucune de tes précautions n'aurait pu endiguer cette menace souterraine. Tu sais ce qu'on dit maman, la peur n'évite pas le danger. Il n'y a pas eu d'erreur d'aiguillage, de carambolage, ni de tempête, et pourtant ma vie a chaviré, je me sens dans le creux de la vague, emportée par un courant d'une puissance inouïe dans une vie sur laquelle je n'ai plus aucun contrôle. J'ai le sentiment de me noyer.

En raccrochant, j'ai eu cette atroce vision de mon père allongé dans son lit le jour de sa fête. Mon père n'est pas le genre d'homme à se laisser abattre, il trouve que c'est malsain de rester enfermé dans le noir. Je n'oublierai jamais la fois où je l'ai vu pleurer. Je devais avoir 18 ans. Mon père avait préparé des papillotes de lapin à la moutarde. Il était assis à table, pile en face de moi. Il ne disait rien. D'un coup, il s'est mis à sangloter dans son assiette comme un enfant, il a caché son visage entre ses mains. L'idée que mon père puissant et rassurant qui avait toujours incarné la force puisse perdre le contrôle m'a clouée à ma chaise. Je suis restée à le regarder bêtement sans rien pouvoir dire ou faire, complètement tétanisée, alors qu'il venait de perdre sa mère. Ce jour-là, j'ai compris avec effarement que mon père n'était pas aussi solide que je pouvais le penser. Ce jour-là, je n'étais pas triste pour ma grand-mère, j'étais triste que mon père soit triste.

Aujourd'hui, je l'ai imaginé, recroquevillé sous les draps, terrassé de chagrin, la mine défaite et vieillie, dans l'obscurité parce que ce n'est pas un jour où il avait envie de voir la lumière flamboyante de ce mois de juin. C'est un jour où il n'y aurait rien dû avoir de gai, même le soleil n'aurait pas dû se lever. Ce n'était pas un jour de fête. Je me suis sentie triste pour lui. J'avais envie de le rassurer, de lui dire que tout irait bien, que j'allais m'en sortir. Papa, comment peux-tu renoncer à ta fête ? Aujourd'hui c'est la célébration des hommes comme toi qui ont porté les petits sur leurs épaules, qui ont rempli les baignoires d'eau bénite, qui ont fabriqué des colliers de pommes de pin, qui ont déposé chaque année en offrande une clémentine et un verre de lait pour le père Noël, qui ont drapé les tables de nuit de bouquets de roses, qui ont enterré les vieux chiens et les chats malades dans le jardin au pied du pommier gardien des âmes, payé des études à Paris pour que les enfants mènent leur propre vie. C'est vrai papa, ce n'est pas le ciel qui nous tombe sur la tête, c'est un déluge de météorites, mais comment peux-tu imaginer que je ne vais pas me battre ? Laisse-moi te dire que je ne vais pas me laisser faire, que je suis debout aujourd'hui et qu'il en faudra beaucoup pour nous mettre à genoux.

J'ai pensé à toutes ces fêtes des pères, ces rendez-vous familiaux providentiels, les côtelettes d'agneau au barbecue, les coupes de champagne qui sous l'effet du soleil scintillent tels des joyaux, les rosiers et les buissons de fleurs multicolores qu'il passe des heures à choyer comme des pierres précieuses, les oiseaux qui sifflent dans les arbres, l'air surpris qu'il prend en découvrant la chemise ou le flacon de parfum qu'avec mon frère nous lui offrons invariablement chaque année, il rayonne de joie, on dirait le plus heureux des hommes. J'ai pensé à l'empreinte de ma petite main dans l'argile rouge qui trône toujours dans la cuisine accrochée au-dessus de la table comme un trophée. Ce devait être son premier cadeau de papa. Il y a des gens doués pour le bonheur, des familles sans histoire, et j'ai toujours pensé que nous faisions partie de cette catégorie, celle épargnée par les séismes de la vie. J'ai toujours pensé qu'il ne nous arriverait jamais rien, que le malheur ne viendrait jamais frapper à notre porte comme si le bonheur protégeait des cataclysmes. Rien dans nos vies si paisibles ne laissait présager un tel désastre. Mais on n'est pas dans le monde des Bisounours. La vie n'est pas une corbeille de cœurs et de douceur. Je me dis que toutes les familles doivent peut-être porter leur croix, que nous étions trop heureux jusqu'à présent et qu'il faut bien partager les drames.

Au fond de moi, je sais pourquoi tu es si mal papa. Tu es malheureux parce que tu ne peux rien faire. Un épisode particulier de ma vie me revient alors comme un boomerang. Ce devait être un soir d'hiver parce qu'il faisait nuit, j'avais froid, je me souviens combien le trottoir brillait sous la lumière des réverbères, on aurait dit une patinoire. Je n'avais pas encore 18 ans. Un détraqué échappé d'un asile m'avait suivi de l'arrêt de bus jusqu'à la maison. C'était peut-être à cause de ma tenue. Un caleçon noir moulant, un petit blouson court, des bottes à talons. Cet homme était connu dans tout Le Havre, on le voyait souvent à la plage, il marchait des heures sans but, les yeux dans le vague, on voyait qu'il vivait dehors, il ressemblait à un mendiant, il était sale, son éternelle parka kaki était déchirée, son pantalon de velours élimé, j'étais terrorisée, me faire agresser était ma plus grande peur. Ce moment où j'ai remonté la rue Eugène-Boudin m'avait paru durer un siècle alors que tout allait extrêmement vite dans mon cerveau, j'ai évalué la distance qui me séparait de la maison, trois cents mètres seulement, je mettais habituellement cinq minutes pour grimper la petite côte mais en marchant rapidement il m'en fallait à peine trois, j'ai pensé qu'il pouvait se passer tellement de choses en trois minutes, je ne voulais pas courir pour ne pas montrer ma peur, les lampadaires éclairaient les pavillons jaunes et roses mitoyens tous identiques, je sentais sa présence derrière moi, il n'y avait aucun bruit à part celui de ses pas et le cliquetis de la fermeture éclair de sa parka, j'ai regardé à droite et à gauche afin d'évaluer les zones de dangers, je connaissais le trajet sur le bout des doigts, j'ai évité l'entrée un peu glauque du HLM en changeant de trottoir, je guettais les voitures, les passants mais la petite rue de notre quartier sans histoire était déserte, j'ai pensé à mon père, je savais que si j'arrivais à atteindre la barrière du jardin, j'étais sauvée. Il était 19 heures, ils m'attendaient, ils devaient déjà être à table.

À la fois soulagée et tremblante, j'ai ouvert la petite barrière métallique avec les larmes aux yeux, l'homme qui visiblement n'avait pas toute sa raison était resté planté, immobile, il ne m'avait pas touchée, ne m'avait pas parlé, mais mon père l'avait vu par la fenêtre, d'instinct il avait lu le danger, il était sorti en trombe sur le perron habité par une violence que je ne lui connaissais pas. Je crois que le plus fou des deux à ce moment précis était mon père. Je me souviens qu'il hurlait. Il s'est mis à lui taper dessus avec tant de rage et de folie, lui donnait tant de coups que j'ai cru qu'il allait le tuer. L'homme étendu, prostré sur le trottoir ne bougeait plus. Pendant ce temps ma mère avait appelé la police. Ce sont eux qui ont réussi à raisonner mon père et ils ont emmené l'homme amoché dans leur voiture banalisée. Jamais je n'ai repris le bus. J'ai continué à m'habiller comme une femme.

Aujourd'hui, papa, tu ne peux pas cogner. Pour la première fois de ta vie tu dois te sentir désarmé. On ne peut pas lutter contre l'invisible, contre des choses qui nous tombent dessus sans préambule, comme des couperets. Il n'est pas toujours possible de défendre ceux qu'on aime. C'est cette impuissance qui te cloue au lit, cette sensation terrible d'être incapable de secourir ton enfant face à la fatalité. C'est sûr, j'aurais préféré avoir autre chose à t'offrir pour ta fête. Ce n'est pas dans l'ordre des choses d'avoir un enfant malade, aucun parent ne devrait avoir à subir ça, mais le cancer s'en moque de l'ordre des choses, aucun respect, il le fout en l'air comme un jeu de quilles. Bim ! Bam ! Strike !

Je n'ai jamais remercié le ciel d'être en vie et en bonne santé. C'était acquis, et rien, il me semblait, ne pouvait remettre cela en question. Aussi loin que je me souvienne, la maladie n'a jamais été une crainte pour moi. J'ai développé d'autres phobies, mais pas celle-ci. Comment aurais-je pu imaginer qu'un cancer du sein allait faire basculer ma vie à l'âge de 38 ans ? La seule maladie que je connaissais et qui m'avait toujours paru la plus grave était le chagrin d'amour. L'idée de la possibilité de mourir ne m'a, je crois, jamais effleuré l'esprit. C'était une chose si abstraite que je ne la concevais pas, je n'y pensais jamais, je ne voulais pas en entendre parler. Je m'imaginais peut-être éternelle. Je me suis toujours sentie invincible, pensant que ce genre de choses n'arrivait qu'aux autres. J'ai fait fausse route semble-t-il.

9

Tout a changé dans ma vie. J'ai espéré qu'on m'appelle pour me dire qu'il y avait eu une erreur au labo. Personne ne l'a fait. L'élan festif qui m'encerclait a disparu. J'ai beau cacher que j'ai peur de souffrir, que j'ai peur de vomir, que j'ai peur de mourir, il n'y a plus de joie, plus de folie autour de moi. Un nuage de mélancolie me suit comme mon ombre. Les regards sont pleins d'appréhension, les gens parlent à voix basse, les gens tremblent. L'autre soir, j'ai appelé Émilie pour qu'elle nous rejoigne chez Mme Gen. Elle est passée, elle ne pouvait pas s'éterniser, des légendes à rédiger. En arrivant, elle s'est assise en face de moi, muette, l'esprit accroché à un quartier de lune, les yeux rivés sur le sol comme si elle cherchait de l'or. En allumant sa clope, elle s'est mise à pleurer discrètement sans un bruit, sans une grimace, le visage sombre, ses yeux ruisselaient comme une pluie d'été et le vin blanc avait un goût de sel.

En dix jours, j'ai dû pleurer l'équivalent des chutes du Niagara. La seule évocation de la perte de mes cheveux m'étrangle la gorge. Tout en moi se soulève contre cette injustice. Je n'en veux pas du cancer. Je n'en veux pas. Tout se passait plutôt bien dans ma vie jusqu'à ce qu'on me trouve une tumeur. Moi, je n'ai rien demandé à personne, alors il peut bien retourner d'où il vient celui-là. Je reprends le cours de ma vie, je retourne à mes problèmes de garçons, chacun regagne ses pénates, on fait comme si tout cela n'avait jamais existé. Malheureusement, ce n'est pas comme ça que ça marche.

Je ne vais plus au bureau parce que je suis incapable de penser à autre chose qu'au cancer, il me colle à la peau comme ces vieux chewing-gums poisseux collés sous les bureaux du lycée. Une fois, j'ai essayé d'y retourner. Continuer à mener ma vie habituelle pour oublier la maladie. Je suis arrivée, le cerveau paralysé d'angoisse, mes pieds ne touchaient plus le sol, comme si j'étais suspendue à un fil imaginaire dans l'espace. Les Post-it sur mon Mac n'avaient pas bougé depuis dix jours, comme si le temps s'était figé : rappeler Aurélie de *Elle* ; envoi communiqué bijoux ; racheter du Nutella... Je pleurais comme une madeleine sur mon clavier, j'avais le tournis, je voyais flou. J'étais là mais pas vraiment là, comme un élément du décor. Il me semblait que les gens parlaient en messages codés.

La vérité, c'est que mon cerveau ne raccroche plus les wagons, je me sens irréelle comme un personnage de fiction, je suis déboussolée au point de ne plus avoir de repères. La capacité de concentration de Nemo. Quand j'essaie de regarder un film, les images se brouillent comme sur Canal +, quand j'essaie de lire, les lettres s'entremêlent les unes aux autres comme si mon cerveau n'enregistrait plus la moindre information.

Alors que je pouvais m'enflammer pour le moindre message, Rémy a beau continuer de m'envoyer des photos de son corps, ça ne me fait plus aucun effet. J'ai d'autres chats à fouetter. Je lui ai dit la vérité. Cancer du sein. Il m'a envoyé une émoticône cœur. Un cœur rouge. Il a dit qu'il était là si j'avais besoin de parler, et puis, tout de suite après, il m'a demandé si j'étais toujours disponible pour le sexe. J'ai éprouvé un sentiment curieux à la fois d'incompréhension et de satisfaction. J'avais peur qu'il cesse de me voir comme une femme. Peur que mon potentiel érotique tombe en dessous de zéro. De toute façon, je finirai par le dégoûter. Le jour où j'ai appris que j'étais malade, mon cerveau a commencé à éloigner inconsciemment tout le reste : le travail, les garçons, le sexe, les apéros entre copains, les fringues. C'est simple : tout ce qui n'a pas trait au cancer n'a plus d'importance à mes yeux. Je ne suis plus disponible pour rien ni pour personne. Le cancer m'envahit, occultant tout le reste. Je ne pense qu'à ça et à tous les changements que cela va impliquer dans ma vie. L'examen minutieux des photos de femmes chauves sur mon portable m'absorbe entièrement. Passer des heures sur Internet à lire des témoignages, dresser dans ma tête la liste des effets secondaires. Je veux savoir précisément ce qui m'attend, au bout de combien de temps et de quelle manière leurs cheveux sont-ils tombés, où ont-elles trouvé leurs perruques, comment ont-elles vécu avec, à quel moment, à quelle vitesse repoussent-ils, auront-ils exactement la même texture et la même couleur qu'avant ? Ces femmes m'obsèdent, elles peuplent mon esprit comme les sorcières peuplent les cauchemars. Il paraît que dans certains cas rarissimes les cheveux ne repoussent jamais, si ça m'arrivait à moi ?... J'ai terriblement peur de ne plus jamais plaire à personne. Peu à peu j'entraperçois ce que va être ma nouvelle vie. À vrai dire, j'ai bien conscience que cela ne va pas être une sinécure. À force de lire tout et n'importe quoi sur Internet, je finis par ne plus savoir ce que je recherche. Je deviens complètement cinglée. Les questions se bousculent et m'embrouillent l'esprit. Impossible de dormir. J'essaie d'imaginer ce qui va se passer mais c'est difficile d'imaginer que dans quelques semaines je n'aurai plus de cheveux et que je ne vais peut-être pas m'en sortir. Certaines situations sont si graves que le cerveau n'arrive pas à les appréhender comme la réalité. Pour ne pas se laisser envahir, il faudrait arrêter de cogiter. Je suis consciente de flirter avec la mort, mais c'est plus fort que moi, je ne pense qu'à la perte de mes cheveux.

Fini le shopping ! Désormais, j'erre passage de l'Industrie. La première fois que je suis entrée dans une de ces boutiques spécialisées, la vendeuse a compris que je ne venais pas pour une soirée déguisée. Elle m'a demandée si j'avais mon ordonnance. Toutes les perruques étaient alignées sur des étagères, j'avais l'impression d'avoir des centaines de paires d'yeux braquées sur moi. Mal à l'aise, je ne savais pas quoi essayer. Mon tempérament hésitant était perdu devant toutes ces chevelures synthétiques. Dans ces cas-là on se demande s'il vaut mieux garder une coupe et une couleur similaires aux siennes, ou tenter quelque chose d'inédit comme un blond platine. Ma seule préoccupation étant de faire en sorte que personne ne devine que je porte une perruque, j'ai joué la carte de la sagesse en montrant du doigt un carré sobre châtain clair avec une frange. Devant la glace je me suis à peine reconnue, j'avais l'impression de passer un casting chez Michou. C'est fou comme une coupe de cheveux peut changer un visage. Je n'ai aucune envie de porter ces horreurs, pourtant il va bien falloir en choisir une. La vendeuse a dit que j'allais m'habituer.

Chez Any D., le spécialiste du genre, il n'y a aucune perruque exposée. J'y suis allée avec Chloé. À notre arrivée, la jeune femme derrière la caisse nous a expliqué qu'il fallait prendre rendez-vous avec un conseiller. Après tout comme j'étais là, j'ai demandé à consulter le catalogue au slogan rassurant : « Créatrice de cheveux. Des cheveux qui vous ressemblent. » Je me suis rendu compte de quelque chose d'horrible en tournant les pages de la plaquette. Il n'y avait que des coupes de vieilles toutes plus ringardes les unes que les autres. J'en ai repéré une avec les cheveux longs naturels, à mille deux cents euros. La vendeuse m'a aidée à la positionner. On s'est marrées, pourtant il n'y avait pas de quoi, on aurait dit que j'avais un poulpe sur la tête. Aucune ne me correspond vraiment. En réalité je ne trouve rien qui me plaise parce que je me cherche moi. Je cherche une perruque qui imiterait mes cheveux mais je comprends que je vais devoir vivre avec une autre moi.

Moi qui déteste qu'on perturbe mes habitudes, je suis servie. Les jours qui ont suivi l'annonce n'ont été qu'une interminable succession de salles d'attente glaciales et d'examens médicaux. Le plus étrange, qu'on appelle « scintigraphie », consista à m'injecter une substance radioactive de contraste puis à passer dans un énorme tube en plastique, comme on en voit dans les films de science-fiction, pour vérifier que le cancer ne s'était pas infiltré jusque dans mon squelette. Alléluia, mes os sont sains et saufs. Le cancer ne vous laisse pas une minute de répit, c'est un job à plein temps. Je commence à me familiariser avec le vocabulaire médical, je n'ai presque plus peur des aiguilles et du sang, j'apprends à être forte et résistante.

Ma mère est venue en train pour mon premier rendez-vous avec l'oncologue. En arrivant nous passons devant plusieurs magasins de pompes funèbres et une horrible boutique de perruques. À Saint-Louis, on se croirait dans un hall de gare avec des armées de blouses blanches. Et comme dans tous les halls de gare, on ne connaît personne, on se sent désorienté, les gens vont et viennent dans tous les sens, il y a un boucan pas possible, des panneaux de signalisation, et aussi des larmes, des sourires, des étreintes. Nous demandons à la dame de l'accueil notre chemin. Plot B. Coquelicot. Centre des maladies du sein. C'est la première fois de ma vie que je remarque les femmes au foulard. C'est facile de reconnaître les cancéreuses, elles camouflent leur crâne mutilé sous des tissus colorés, leur teint est jaunâtre. Cernées, fatiguées, déshumanisées, on ne peut plus leur donner d'âge, la chimiothérapie a gommé tous les signes de féminité, on dirait des clones, des mannequins de cire sans expression.

Le cabinet de la docteure C. est minuscule : un bureau sans photos, sans souvenirs, deux chaises, une table d'examen, un appareil pour lire les radios. C'est là qu'elle pose le cliché de mon sein, qu'elle le tourne et le retourne plusieurs fois et dans tous les sens. Je la regarde ahurie. C'est une personne sympathique, dynamique, aux cheveux très courts, à l'allure sportive et masculine, elle a bien failli me broyer la main. À choisir, je préfère que mon oncologue soit une femme. C'est une maladie de femme, je ne pense pas qu'un homme puisse comprendre tout ce qu'elle implique. La docteure C. est spécialiste du cancer du sein. Toute la journée, elle ne voit que des seins. C'est dire si elle s'y connaît. Je sens qu'elle n'a pas une minute à perdre. Elle rentre tout de suite dans le vif du sujet. Elle me malaxe les seins comme le boulanger pétrit la pâte à pain. Elle déclare à son interne qui prend des notes sur un carnet : « Tumeur non palpable ». En déglutissant, je prends conscience que ma gynéco m'a sauvé la vie.

Au moment où ma mère éclate en sanglots, l'oncologue s'interrompt l'espace de quelques secondes, une vague de reproches défile dans son regard. Moi, je ne pleure pas. Ma mère demande avec un soupçon de colère dans la voix, si la pilule que je prends depuis l'âge de 15 ans a quelque chose à voir là-dedans. En aucun cas répond-elle, se prenant pour un avocat commis d'office. Elle précise, il n'y a pas de cause unique, le cancer frappe au hasard. C'est juste pas de chance que ça tombe sur moi ! Ça ressemble à une mauvaise blague, hein ?

Son vocabulaire militaire m'impressionne, je sens qu'on ne va pas rigoler tous les jours : « On va frapper fort, sortir l'artillerie lourde » ; « anéantir la tumeur » ; « vaincre » ; « bombarder » ; « éradiquer » ; « arme ». Ma tumeur est agressive, elle peut entraîner des métastases au foie, cerveau et poumon. Le protocole c'est un plan de bataille : opération, chimiothérapie, radiothérapie, curiethérapie. Deux chimiothérapies différentes, rien que ça. Quatre séances d'EC, quatre séances de Taxotère. Chaque séance espacée de trois semaines pendant lesquelles vous êtes libre de faire ce que vous voulez, comme si je partais six mois en cure de thalasso. Des microcellules cancéreuses invisibles pourraient s'être infiltrées dans mon organisme, se répandant tel du chiendent, et comme on n'est jamais trop prudent, il vaut mieux mettre le paquet.

Tout se passe à peu près bien jusqu'à ce qu'elle prononce ce mot : chimiothérapie. Je n'y peux rien, je n'arrive pas à m'y faire. C'est un mot qu'on devrait supprimer du dictionnaire. Au moment où elle ajoute qu' « il n'y a que grâce à la chimiothérapie que vous pourrez vous en sortir, vous n'avez pas d'autre choix », je m'enfonce dans ma chaise, mes lèvres tremblent et des larmes, aussi lourdes que des gouttes de pluie roulent sur mes joues. Le sol s'ouvre sous mes pieds, je voudrais qu'il m'engloutisse. Je me mets à pleurer comme une enfant espérant vaguement déclencher chez elle une vague d'empathie. Si ça se trouve elle va m'épargner, ça va l'attendrir de voir que je suis complètement traumatisée. Mon grand espoir, c'est qu'elle me dise qu'il y a des solutions, qu'on a découvert un traitement qui permet de garder ses cheveux. La docteure C. continue comme si de rien n'était malgré mon regard suppliant à travers le rideau de larmes. Elle me recommande de me faire couper les cheveux pour que je m'habitue, pour que ce soit moins traumatisant. Ils vont commencer à tomber deux semaines après la première injection. Soit en se détachant à la manière des plaques tectoniques qui se fracturent sous la pression du magma, soit petit à petit comme les épines des sapins morts après les fêtes de Noël. Elle ne tergiverse pas, ne me raconte pas d'histoires. Son discours est rodé. Elle dit que, bien sûr, les cheveux repoussent après la chimio, comme si c'était un détail insignifiant de les perdre. Comme si ça allait aider à faire passer la pilule. Si le cancer est pour moi un cataclysme, pour elle c'est la routine.

Elle précise ensuite que bien évidemment après la chimiothérapie, je serai stérile et a priori ménopausée. Et là, deuxième choc. C'est une chose de perdre ses cheveux, c'en est une autre de devenir stérile. Je n'avais pas décidé d'avoir un enfant maintenant, mais ça restait une possibilité. L'idée de devenir stérile m'effraie, en même temps je ne peux pas dire que mon instinct maternel est très développé. Je ne me suis jamais imaginée en mère de famille, mais si ça me prenait comme ça, d'un coup ? Qui sait, j'aurais peut-être envie de trouver un mari après mon cancer. Tout se bouscule dans ma tête. Je lui demande ce qu'on peut faire. C'est là qu'elle griffonne sur un bout de papier le numéro de portable d'un médecin spécialisé en congélation d'ovocytes. Pour couronner le tout, je dois annuler mes vacances en Grèce, elle a une autre destination en tête pour moi : Chimioland. La poisse, ça fait un an que je bosse comme une acharnée, et voilà que je vais devoir passer l'été à Paris en chimio. Je bataille sévèrement pour partir au moins une semaine à Formentera dans la maison de Mathieu et Anne-Cha, j'ai besoin de me préparer psychologiquement à encaisser tout ça. Là-bas, il n'y aura plus ni aiguille, ni blouse blanche, juste du soleil et de la sangria à la Cava. Lorsque je pars, elle manque encore de me broyer la main. Elle dit que le plus difficile c'est maintenant, qu'après on s'habitue.

En sortant, j'appelle aussitôt le professeur G. qui me donne rendez-vous dès demain. C'est drôle parce que plusieurs de mes copines célibataires ont dû se rendre en Espagne pour congeler leurs ovocytes. À 40 ans, elles sont belles, elles incarnent la réussite, elles croient encore au grand Amour, elles ne veulent pas vieillir seule. Elles veulent défier le temps. En France, allez savoir pourquoi, les hommes ont le droit de faire congeler leur sperme, mais la congélation d'ovocytes, elle, est interdite. Seules les femmes en chimiothérapie bénéficient d'une dérogation.

Le lendemain, je me rends à l'hôpital de Bondy. C'est toute une expédition. Il faut prendre le RER puis un bus. En arrivant dans ce coin sinistre du 93, je serre si fort mon sac contre moi que j'en ai des crampes dans les bras. Une fois de plus, je me demande ce que je fais ici. À mon arrivée au service de médecine de la reproduction, on me donne un ticket VIP. Je suppose que c'est une sorte de privilège cancer. C'est le professeur G. qui m'accueille. Il est plutôt beau gosse, dommage qu'il soit trop petit et trop âgé pour moi, même si dans les faits je dois être plus vieille que lui. Il me présente toute son équipe : sage-femme, docteur et infirmière. Après une échographie pelvienne, la sage-femme m'annonce que mes ovules sont en bon état. L'infirmière prélève mon sang dans une dizaine de petits tubes en verre. La docteure S. me reçoit. C'est une jeune femme plutôt jolie, bien qu'elle ne soit pas du genre à être obsédée par son apparence. Je la sens passionnée. Elle est si douce, elle prend tout son temps pour dessiner gracieusement sur des feuilles volantes des petits schémas savants avec les ovaires, les follicules, les ovocytes. C'est beaucoup plus complexe que je ne l'imaginais. Elle explique que l'intervention se déroulera sous anesthésie locale parce que j'aurai déjà subi une anesthésie générale pour la tumorectomie quelques jours avant. Elle précise que la douleur est supportable. Quand la docteure S. me montre comment je vais devoir me piquer tous les jours à heure fixe pour stimuler la croissance des ovocytes, je sens une boule d'angoisse remonter dans ma gorge. La peur de se rentrer une aiguille dans le ventre. Elle me donne un numéro de portable pour l'appeler le soir si je n'y arrive pas. Touchée par tant d'égards, ma poitrine se serre. Je suis si habituée à faire la révérence et me plier en quatre dans mon travail, que je me sens quelqu'un d'important. Plus important que la Septième Merveille du monde. Je me sens pousser des ailes et cette simple manifestation d'intérêt me donne envie de pleurer. Je vois bien qu'elle me parle comme si elle s'adressait à une enfant de 3 ans. Ça doit se voir que je perds la boule. Elle ne m'explique pas la technique de ponction, je ne pense pas à demander. Franchement je préfère ne pas savoir.

Je quitte l'hôpital lugubre, après trois heures d'examens et d'entretiens. J'ai le sentiment d'avoir avalé l'encyclopédie Larousse en vingt et un volumes. Toutes les femmes que je fréquente ne maîtrisent que l'art du chiffon, si bien que ce puits de science m'a littéralement hypnotisée. Je suis subjuguée par cette jeune femme qui me paraît bien plus brillante et généreuse que toutes les femmes que je connais, toutes réunies. Je l'imagine le matin enfiler sa blouse blanche et chausser ses petites lunettes sans se demander si son collant va tenir toute la journée. Je réalise combien parfois dans mon métier on se stresse pour rien, pour des petites culottes, alors qu'il y a des gens qui sont occupés à sauver des vies. Je me demande si je n'ai pas raté une vocation de médecin.

Jamais je n'ai eu une décision plus difficile à prendre. Pouvoir donner la vie, ou faire une croix définitivement dessus. C'est assez flippant quand on y pense. Ça m'a toujours terriblement angoissé de prendre des décisions radicales. Astrologiquement parlant, je suis en proie à de violents conflits intérieurs avec le côté artiste du Poisson, et le côté terre à terre de mon ascendant Capricorne. Je ne sais pas ce que c'est d'avoir des certitudes. J'hésite toujours entre l'Italien et le Thai, un pull ou un sweat, un thriller ou une comédie romantique, du vin blanc ou du vin rouge, je suis incapable de choisir une place dans une salle de cinéma sans en changer dix fois. Je me pose toujours des tas de questions inutiles. Comme d'habitude, j'appelle tous mes amis pour avoir leur avis, mais cette fois il ne s'agit pas de choisir entre pois et rayures, personne ne peut se mettre à ma place. J'explique à Patrick cette histoire de congélation d'ovocytes. Il me demande si je vais les conserver dans mon congélateur entre les minicroque-monsieur Picard et la vodka.

10

C'est à cette période tourmentée que je laisse Hamid entrer dans ma vie. Cette période où je suis à la fois fragile, vivace et envahissante comme les mauvaises herbes. J'ai discuté avec ce garçon sur Tinder pour la première fois il y a deux mois. Depuis, il m'a appelé plusieurs fois sans que je daigne décrocher. Il n'a jamais caché qu'il avait une petite amie. Il dit toujours qu'il ne me drague pas, que c'est juste pour parler sans aucune arrière-pensée. C'est vrai qu'il n'a jamais fait allusion au sexe. Ce qui m'attire chez lui, je crois, c'est qu'il est originaire de Marrakech, ville qui me touche comme aucune autre. C'est un de ces soirs où nous sommes entre amis chez Charlotte. Le vin blanc est rafraîchissant, il monte vite à la tête. Jeudi je me fais opérer. Les effets à la fois euphorisants et apaisants de l'alcool sont un soulagement. Le cerveau se déconnecte, le corps relâche toutes les tensions accumulées des dernières semaines car entre les hôpitaux, les salles d'attente, les examens, je ne me suis pas accordé de temps. Ce qu'on est bien quand on est ivre. Mon téléphone sonne. Je n'ai pas enregistré son nom mais à force je reconnais son numéro quand il s'affiche. Cette fois je décroche, animée par une furieuse envie de caresses incontrôlables pour chasser toute la peur qui s'est infiltrée en moi comme un vent glacial. Depuis un mois j'ai laissé de côté ma vie mais ce soir j'ai envie de profiter. Mon corps est réceptif, je sens des fourmillements dans mon ventre à l'idée de le rencontrer.

D'emblée, sa voix rocailleuse éveille en moi des pensées érotiques, à moins que ce ne soit le vin blanc. Charlotte me dit de le faire venir, comme ça, juste pour voir. J'ai à peine le temps de lui proposer, qu'il m'envoie un SMS illico pour me demander l'adresse. Il a déjà commandé un Uber. Quand il arrive, il me demande de l'attendre en bas. Je dévale les cinq étages. Je sors, grisée par l'alcool. Je regrette d'être sortie de chez moi comme si on était dimanche. Mes sous-vêtements ne doivent même pas être assortis. Ce garçon ne sait pas que je suis malade et ça ne se voit pas encore, alors je vais pouvoir jouer à être comme avant. Je cherche le trouble, le plaisir, la fièvre, l'intensité, l'exotisme, l'imprévu, l'étourdissement, le danger. Les mains croisées dans le dos, je me balance nonchalamment d'une jambe sur l'autre sur le trottoir, partagée entre l'euphorie et la crainte d'être déçue. Je l'observe descendre de la voiture. Il n'est pas très grand. Il me paraît plus fin que sur les photos. J'aime son allure. J'adore son sourire. Il est sexy. Je ne sais plus. J'ai tellement bu que je trouverai le poteau électrique ultrasexy. Je suis dans un état pas possible.

Dans le hall d'entrée de l'immeuble, je remarque immédiatement qu'il a quelque chose d'insolent dans le visage. J'aime l'assurance avec laquelle il me plaque contre le mur jusqu'à ce que je ne puisse plus lui échapper. Ça commence fort. J'aime ce moment où la tension sexuelle est palpable, ce moment où l'on a la certitude que les corps vont s'accorder parfaitement. Il est dans le même état que moi, pire encore. Ses yeux, noirs comme la cendre, sont révulsés. Il est parti sur un coup de tête, a quitté le festival sans prévenir ses amis. Il me dit qu'il est comme ça, qu'il n'en fait qu'à sa tête et je crois qu'il n'en fallait pas davantage pour me troubler. Il plonge sa langue dans ma bouche, mon cœur se balance à toute allure dans ma poitrine comme une attraction à la fête foraine. J'ai envie de bouillir. Nous restons de longues minutes à nous embrasser avec ferveur comme si notre vie en dépendait, avant de monter en chancelant les cinq étages, accrochés l'un à l'autre.

Quand on arrive chez Charlotte, les autres ont l'air de trouver ça bizarre de nous voir enlacés. Nous prenons place sur un grand coussin à même le sol autour de la table basse. Je m'affale sur lui. Son corps est confortable. Il me serre dans ses bras. Il plonge son visage dans mes cheveux. Des baisers dans le cou qui donnent des frissons. Il joue le *lover*, il doit être sous MD. On boit du vin, on parle de tout et de rien, on fait des plans sur la comète. Il faut se regarder droit dans les yeux et ne pas croiser, surtout ne pas croiser. L'ambiance est drôle et chaleureuse. Les heures défilent. Je ne fais pas tellement attention aux autres, je n'écoute que d'une oreille les conversations, concentrée sur ses mains qui serrent mes cuisses, subjuguée par l'érotisme de sa langue qui danse dans ma nuque. Je relève mes cheveux, je me mords la lèvre. Avec un regard lubrique, Hamid me prend par la main pour m'entraîner sur le balcon. Malgré le brouhaha des fumeurs devant les bars et les conversations qui parviennent du salon, nous sommes seuls au monde. Adossée à la rambarde, je me dérobe mollement pour la forme tandis qu'il presse son corps contre le mien, dépose dans ma bouche un goût de tabac froid délicieux. Ses mains audacieuses courent à l'aveuglette sous mon tee-shirt. Avec un geste vif, il dégrafe d'une main mon soutien-gorge. Il me caresse. Ses mains sont douces sur mes seins durs. Elles descendent rapidement jusqu'à mon ventre. Ce garçon envahit tout mon espace, il est partout, je n'ai aucune échappatoire. La bonne humeur, la chaleur de la nuit, les rires qui montent de la rue, l'alcool, tout donne envie de lâcher prise. C'est excitant d'être piégée entre le vide et lui. Je veux aller plus loin, qu'il continue à me brusquer. Ça fait un mois que ma vie est un cauchemar, je me laisse aller sous ses doigts comme des rapaces qui se faufilent entre ma peau et mon jean provoquant dans tout mon corps d'imperceptibles décharges électriques. Lorsqu'ils atteignent l'élastique de ma petite culotte en dentelle et qu'il glisse son index en dessous pour caresser les lèvres imberbes, je me liquéfie. Il murmure dans le creux de mon oreille : « Tu es belle, tu m'excites. » Sa voix me rend folle. Je presse son érection à travers la toile de son jean. Tout bas, il ne cesse de répéter : « J'ai envie de toi. » C'est cette ardeur, ce désir inouï qui me fait me sentir belle. Sa barbe qui m'arrache la peau comme du papier de verre me tire des soupirs de plaisir. Tandis que le mercure grimpe de dix degrés d'un seul coup, un fluide brûlant et fulgurant circule dans mes veines. Dans le mélange de nos parfums exhalés par la chaleur, j'ai la sensation grisante de le désirer comme je n'ai jamais désiré personne. Le vin blanc, le vide, ses doigts en moi me font tourner la tête jusqu'au vertige. Tout à coup il dit : « On y va. » Comme si ça allait de soi qu'on rentre ensemble.

Il est déjà 4 heures quand il appelle un Uber. En partant, Marin lui demande de faire attention à moi comme si je pouvais me dissoudre d'une seconde à l'autre, me désintégrer, me dématérialiser, me briser. Disparaître. On dégringole les cinq étages en nous soutenant mutuellement. Hamid se moque éperdument du regard inquisiteur du chauffeur dans le rétroviseur. Je tente par tous les moyens de repousser ses mains d'une agilité sauvage. Je me demande dans quel état j'ai laissé mon appartement. Arrivés dans le hall de mon immeuble, nous montons les quatre étages avec des arrêts à chaque palier pour s'explorer.

Chez moi, il passe sa musique, il préfère. Il n'allume pas toutes les lumières, ça l'éblouit. Même si je meurs d'envie d'en savoir plus sur lui, je ne lui pose aucune question sur sa vie car je ne veux pas qu'il m'en pose sur la mienne. Je me contente de profiter du moment présent. Il se laisse tomber en arrière sur le canapé. Je rampe vers lui, je défais les boutons de son jean. Je ne ressens rien d'autre que du plaisir. L'odeur de nos peaux me fait oublier la réalité. Je l'entraîne dans ma chambre parce que j'ai un peu froid. Sur mon lit, c'est moi qui suis sur lui. Nous n'avons pas utilisé de préservatif. Je sais combien mon attitude est irresponsable mais je vais sans doute mourir alors… Tout ce que je veux c'est m'accrocher à mon paradis. Je ne me lasse pas de regarder son torse nerveux et sensuel, sa peau mate. Je renverse la tête en arrière, je sens mes cheveux balayer mon dos. Puis je me penche vers lui pour rapprocher ma bouche de la sienne et l'embrasser. Il se relève, j'enroule mes jambes autour de sa taille, mes bras autour de son cou comme un étau. Il est contre moi, nous ne faisons qu'un. Grâce à lui ma conscience part très loin. Quand il m'empoigne les hanches pour me soulever et m'empaler brutalement sur son sexe raide, un flux rayonnant m'irradie du ventre jusqu'à la tête. Mon corps donne et reçoit, il est en quête perpétuelle. Une immense fièvre s'empare de mon être tandis que je franchis une frontière invisible qui mène vers un autre territoire ; celui où il n'y a plus aucun repère, celui où l'on accède à l'oubli, celui où l'on s'abandonne entièrement. Loin de tout. Tant de choses à effacer. Paysage de coton, corps emmêlés, peaux trempées de sueur.

Contre lui, apaisée, je trouve enfin le sommeil. Quand je dors avec un garçon, je n'ai pas besoin de regarder sous le lit et d'ouvrir les placards comme si je faisais une partie de cache-cache avec des fantômes. Plus rien ne me fait peur. Au réveil, je suis dans les vapes quand il s'enfonce en moi sans rien dire. Sa peau est brûlante. Chaque matin je voudrais sentir son sexe palpiter dans mon ventre. Chaque matin je voudrais sentir nos corps en fusion. Nous restons au lit, je ne sais pas de quoi nous parlons. La tête tourne. Nous prenons un Doliprane en guise de petit déjeuner. Il est collé contre mon dos, il joue négligemment avec mes cheveux. Mon sang se glace à l'idée que plus personne ne le fasse jamais, à l'idée de n'être plus désirée, à l'idée de tout perdre. Je resserre le drap autour de nous. Je vais devenir une fille dont personne ne voudra. Je crois que l'idée de ne plus avoir d'aventures m'effraie davantage que la possibilité de mourir. Vers 15 heures il se lève, se rhabille pour acheter des clopes. Quand il revient les bras chargés de McDo, je le regarde éperdue de reconnaissance comme s'il avait pillé tous les fleuristes de Paris. Je m'entends balbutier un merci avec mon sourire en sucre Candy.

En fin de journée, Je rejoins Chloé pour passer la soirée au Wanderlust. J'ai le sentiment d'être en apesanteur comme si je marchais sur un nuage. Si on m'avait doté d'un superpouvoir à cet instant, j'aurais choisi celui d'arrêter le temps. Immortaliser ce 13 juillet et revivre invariablement cette nuit au parfum de liberté. Cette nuit durant laquelle je me suis abandonnée pour approcher du vertige. Cette nuit durant laquelle j'ai oublié comme par enchantement cette tumeur qui me pourrit la vie depuis un mois. La peur avait pris possession de mon esprit comme une force démoniaque. Seul le pouvoir incroyable du sexe est capable d'un tel miracle. Quand on baise on arrête de réfléchir. C'est la meilleure façon de vaincre les démons. Peut-être que le sexe ne nous sert qu'à oublier notre condition.

Il n'y a pas foule. Il pleut sur l'immense terrasse en bord de Seine. Je souris confusément aux anges, même le temps maussade auquel je suis d'habitude si sensible ne peut ébranler ma joie. On a beaucoup moins de soucis météorologiques quand on a un cancer. Il pourrait neiger, ça n'aurait aucune importance. Je me sens rayonner. Nous commandons des mojitos au bar. En débriefant Chloé sur ma nuit avec Hamid, un courant de bien-être se déploie dans tout mon corps. Je me sens prodigieusement vivante. Mon téléphone sonne. Le numéro d'Anne-Cha s'affiche. Je décroche. Elle dit, je t'appelle pour te parler de tes cheveux, de ta perruque, je ne veux pas te voir avec une pieuvre sur la tête, ce n'est pas possible, je ne veux pas te voir comme ça. J'ai appelé John Nollet, j'ai pris un rendez-vous pour toi. L'espace d'un instant, je pense que mon amie me fait une blague. Elle ajoute, j'ai décidé de créer une cagnotte Leetchti pour t'offrir la Rolls de la perruque, c'est un cadeau, ne discute pas. Je jurerai à cet instant que mon cœur s'arrête de battre une fraction de seconde. Des larmes s'échappent de mes yeux. Je trouve l'idée tellement insensée que je me sens presque gênée. Je n'arrive plus à prononcer un mot à part un merci minable. Je raccroche, complètement sonnée. J'explique à Chloé médusée avec sa paille entre les lèvres qu'Anne-Cha organise une collecte pour ma perruque, que je vais avoir rendez-vous avec John Nollet. Je croyais qu'il n'y avait que dans les comédies romantiques que ce genre de chose arrivait. Par quel miracle, mon amie a obtenu un rendez-vous avec la coqueluche des stars ? John n'est pas un coiffeur, c'est un artiste capillaire.

Nicole Kidman l'a imposé tout au long du Festival de Cannes, Uma Thurman l'a fait venir de Paris pour les Golden Globes, Monica Bellucci ne jure que par lui, Marion Cotillard et Diane Kruger lui confient également leur tête. Toutes les stars se l'arrachent.

Je dois revenir sur un épisode particulier qui a eu lieu il y a quelques jours. Un soir, j'ai raconté à Anne-Cha un geste de soutien qui m'a bouleversée dans un reportage. Une bande d'amies qui débarquent le crâne rasé à un brunch chez leur copine atteinte d'un cancer du sein. Autant vous dire que la copine en question s'est littéralement effondrée en voyant toutes ses proches complètement chauves franchir le seuil de sa porte. Anne-Cha a dû se creuser les méninges pour me prouver son indéfectible amitié sans avoir à sacrifier ses cheveux.

11

Le ciel est bleu, la chaleur caniculaire. Je pourrais déplacer des montagnes. Je me contenterais d'être brave. C'est aujourd'hui qu'on me retire cette saleté de tumeur. Je suis contente parce que l'idée de cohabiter avec cette chose qui pousse en moi sans que je m'en sois rendu compte me plonge dans un malaise assourdissant. Un taxi me conduit jusqu'à l'hôpital. En arrivant, je monte au sixième étage, service Lavande où m'attend une place dans une chambre double. Le lit voisin à cinquante centimètres du mien, une décoration plus que sommaire, un vieux ventilateur grinçant en guise de climatisation, un placard en Formica, seulement un lavabo et des toilettes dans la salle de bains. La seule douche de l'étage est collective et au bout du couloir. En un mot : l'angoisse.

Heureusement David et Cédric arrivent, je commençais à trouver le temps long. Je ne me fais opérer que demain matin mais ils m'ont demandé de venir aujourd'hui pour planter un harpon de repérage dans la tumeur. Je propose aux garçons de sortir. L'air est étouffant. Ils annoncent plus de trente degrés. Il n'y a pas qu'un bâtiment moderne à l'hôpital Saint-Louis. Il y a des bâtisses d'autrefois qui ressemblent à des monastères encadrant un jardin aussi beau qu'un poème, doux comme un baiser, inespéré comme un mirage, silencieux comme une carmélite. Je l'ai souvent traversé ces dernières semaines. Son atmosphère calme m'apaise. C'est un lieu plein d'histoire où l'on entend murmurer les âmes. Les malades, le personnel soignant, les visiteurs discutent sur les bancs de pierre et les pelouses à l'ombre des arbres centenaires fleuris. C'est l'un des plus beaux jardins de Paris. Mon père l'aimera beaucoup.

Comme tout ce qu'ils ont fait dans leur vie, c'est ensemble, soudés, indissociable tandem, que mes parents arrivent à l'hôpital. Mes parents portent tous les deux le même prénom. Il y avait une chance sur un million pour que ça arrive mais c'est arrivé. Tout le monde les appelle « les Dominique ». On improvise un pique-nique avec quelques victuailles sous vide de la cafétéria, et un foulard que je dresse en guise de nappe dans une flaque de soleil. Je leur présente David et Cédric. Nous passons l'après-midi à profiter du beau temps. Je me sens détendue. Vers 18 heures nous remontons dans ma chambre. Avec des yeux aussi grands que des frisbees, l'infirmière me demande où j'étais passée. Pour elle, ça a l'air bizarre de passer l'après-midi dans le jardin. Elle dit que le chirurgien et l'anesthésiste sont passés, qu'ils me cherchaient, que quand on rentre à l'hôpital pour se faire opérer d'une tumeur on ne prend pas de bain de soleil, on reste dans son lit. Quand je lui demande pourquoi elle ne m'a pas appelé sur mon portable, ses yeux semblent littéralement sortir de leurs orbites. L'hôpital possède ses propres codes, je les apprendrai vite. Ici, je ne décide de rien. Je vous passe sa tête quand six de mes amis et collègues débarquent les uns derrière les autres, cortège de sourires et d'étincelles, avec tout un tas de magazines de poche, un panier de flacons et de crèmes pour la peau, des fleurs dans un vase fabriqué de papier transparent, un bò bún à emporter de mon vietnamien préféré, alors que c'est écrit noir sur blanc sur la porte, les visites sont limitées à deux personnes à la fois. J'ai presque l'impression de la faire rire. L'ambiance est si drôle qu'on oublierait presque qu'on est dans une chambre d'hôpital.

Je demande l'autorisation à l'infirmière de les accompagner en bas. Nous discutons à l'entrée de l'hôpital, parmi les malades qui trimballent leur pied à perfusion comme leur frère siamois. Quand tout le monde m'embrasse, j'essaie de contenir mes larmes. Dans la chaleur de l'été, je les regarde s'éloigner avec un pincement au cœur. La porte s'ouvre automatiquement. Quelques femmes en robes de chambre discutent dans le hall. Je me dirige vers l'ascenseur. Ma gorge se serre au point de me faire mal. Anne-Cha m'appelle. La cagnotte de solidarité qu'elle a montée est un vrai succès. Elle a envoyé le message à une quinzaine d'amis qui l'envoient à d'autres amis et ainsi de suite. Déjà une trentaine de personnes tiennent à m'apporter leur soutien dans cette épreuve. Des amis mais aussi des relations.

Le lendemain, le brancardier vient me chercher à 16 heures précises. Je n'ai rien bu, rien avalé depuis minuit. Ma bouche est sèche. Ma mère me vaporise d'eau fraîche depuis ce matin. C'est la journée la plus chaude de l'année. J'ai pris une douche à la Bétadine. Je ne porte qu'une charlotte et des chaussons de papier bleu. En faisant rouler mon lit, le brancardier dit à mes parents : « Ne vous inquiétez pas, je vous la ramène vivante. » Sa tentative d'humour retombe comme un soufflé. Au moment de refermer la porte de la chambre derrière lui, il me précise que mon père pleurait. Défilé de couloirs, larmes silencieuses. Le solide brancardier dit : « N'ayez pas peur, vous n'avez rien à craindre, ils savent ce qu'ils font. » L'acte chirurgical ne me fait pas peur, je n'aime pas faire pleurer mon père, c'est tout. Avant d'être anesthésiée, un tas de gens s'agitent autour de moi comme si j'étais transparente.

Quelques heures plus tard, le brancardier me remonte dans ma chambre. Il y a du brouillard dans les couloirs. Sur la table à roulettes en Formica, une infirmière dépose un plateau-repas identique à ceux des avions et mon téléphone. Ma boîte vocale est saturée. Ça me réconforte de voir que tout le monde prend de mes nouvelles. Malgré la nuit, la chaleur reste intenable. Prostrée dans mon lit, elle me colle à la peau. Il y a quatre jours, dans les bras d'Hamid, mon corps était encore source de plaisir. Aujourd'hui, pour la première fois de ma vie, je peux véritablement mettre une image sur le mot douleur. La sensation de mes chairs déchirées me donne le vertige. La perfusion de morphine qui me transperce la main gauche m'envoie dans des contrées lointaines où fragments de réalité et délire de monstre rose à deux têtes se mêlent confusément.

Ce matin, étrangement je me sens en pleine forme, limite euphorique. Le chirurgien me rend visite vers 11 heures, l'intervention s'est bien déroulée. Elle m'autorise à rentrer à la maison. Ma mère vient me chercher. Cette nuit, elle m'apprend qu'ils ont reçu une visite surprise vers 5 heures du matin. Ma mère me décrit le jeune homme « typé » du visiophone. Il a longuement insisté et donné des coups dans la porte, si bien que mes parents ont fini par ouvrir, pensant qu'il avait oublié son code, vu son air défoncé. L'ennui, c'est qu'il a bien sonné chez moi. Mon père l'a sommé de décamper dare-dare à travers la porte. Ma mère me demande si je vois qui ça peut être. Ça ne peut être que lui. Hamid. Pas du tout, je lui réponds. Mon visage s'illumine, intérieurement je jubile. Je ne peux pas tout raconter à ma mère ! Je devrais concentrer toutes mes forces sur ma guérison mais pas moyen, c'est plus fort que moi, je ne pense qu'à papillonner. Comment s'est-il souvenu de mon adresse et du code ?

À peine suis-je arrivée à la maison, un coursier m'apporte des fleurs aussi blanches que des meringues. Une enveloppe en papier kraft est accrochée au bouquet. Je sais avant même de lire la carte qu'il ne peut venir que de Patrick. Patrick est toujours plein d'attentions qui réchauffent le cœur. Parmi les nombreux petits gestes qu'il multiplie à mon égard, il y a ces cartes postales qu'il m'adresse systématiquement quand il voyage, ces chansons qu'il m'envoie tous les lundis matin pour démarrer la semaine de bonne humeur, le tarama à la truffe qu'il me laisse si j'arrive en retard au restaurant parce qu'il sait que j'en raffole. Mes parents reprennent la route en direction du Havre. J'ai besoin de me reposer. La température est intolérable. Le mercure frôle les trente-cinq degrés. Les rayons désespérants du soleil se faufilent à travers les persiennes. J'aurais voulu qu'il pleuve, que l'univers entier soit en larmes. L'ivresse liée à la morphine a visiblement disparu, me laissant dans un état de profond désarroi. En ce moment, de toute façon, je suis cyclothymique, je navigue sans cesse entre le rire et les larmes. Tantôt résignée, tantôt révoltée, mon humeur tourne aussi vite qu'un manège à grande vitesse. Paradoxalement, c'est au moment où l'on m'a retiré la tumeur que le cancer devient une réalité. Tant qu'il n'y avait pas de souffrance, l'idée de la maladie, aussi cruelle soit-elle, restait insaisissable ; la morsure foudroyante de mes chairs ne me laisse plus la moindre possibilité de l'ignorer. Les agrafes me rentrent dans la peau sous l'aisselle, irradiant tout mon bras droit. Une semaine à tenir avec cette ferraille. Je ne réponds à aucun appel ni message, je ne veux voir personne. Dormir pour faire comme si tout cela n'existait pas.

C'est la sonnerie retentissante du visiophone qui me réveille en sursaut. Marin apparaît sur le petit écran, il fait un signe à la caméra. J'enfile un jean et un tee-shirt à la hâte. Je lui ouvre la porte, il me tend une boîte d'Esquimau à la vanille et une bouteille de rosé. Je fonds en larmes, il me serre tendrement dans ses bras. Il dit : « Ma chérie, ma chérie ne pleure pas, je suis là. » Puis arrivent Patrick et son amoureux londonien avec des fleurs, David et Cédric avec un troisième bouquet et une bouteille de rosé, enfin Charlotte qui a braqué le Naturalia avec des jus de carotte, de betterave, des amandes et des noisettes. Je m'efforce de sourire à travers les briques de mélancolie. Je pensais vouloir rester seule à me morfondre mais avoir ses amis auprès de soi est un véritable soulagement. C'est une journée radieuse et au lieu de profiter du beau temps, ils sont venus s'enfermer chez moi pour me soutenir sans que je leur demande. Nous passons l'après-midi ensemble, moi agrippée à mon verre de jus de carotte, eux à leur bouteille de rosé. Je raconte qu'Hamid a sonné à la porte de chez moi cette nuit, qu'il se souvenait de mon adresse, du code, qu'il a envie de me revoir. Malgré les circonstances, je trouve encore le moyen de penser aux garçons, ce qui semble à la fois rassurer et amuser mes amis. Ils savent, rien qu'à voir mes cils onduler, que la flamme qui m'anime n'a pas été emportée avec la tumeur. Je suis irrécupérable ! Je me laisse bercer par les rires éthyliques communicatifs, des éclats ronds comme des bulles. À l'heure du dîner, je les accompagne au restaurant car je n'ai pas envie de rester seule dans ma fournaise, mon étuve. Taxi pour la terrasse du Loup. Le serveur coupe mon poulet en petits morceaux comme si j'étais une petite fille. Après dîner, Patrick insiste pour me raccompagner en taxi. Prévenant, il attend que je pénètre dans l'immeuble pour dire au chauffeur de redémarrer. Je ferme la porte sous son regard protecteur. Je monte les escaliers, fatiguée de cette journée joyeusement triste. Je me couche en pensant à Hamid. Ma seule consolation est qu'il soit venu chez moi, qu'il ait pensé à moi. Je suis persuadée que nous allons nous revoir. Quand je pense à lui, j'en oublie presque que je suis malade.

12

J'ai dû me faire belle sous la pression bienveillante d'Anne-Cha pour notre rendez-vous avec John Nollet : jupe, talons, rouge à lèvres. Pourtant j'ai mal au bras, au sein et j'ai le ventre en compote. Hier ils ont ponctionné trois ovocytes à l'aide d'une longue seringue. Quinze jours à s'enfoncer des aiguilles dans le ventre, à faire des prises de sang et des échographies pour seulement trois ovocytes, c'est décevant. Même si la docteure S. et moi n'avions pas la même définition du supportable, je ne regrette pas d'avoir sauvé quelques parcelles de ma féminité. Ça me fait bizarre de penser que je ne pourrai plus jamais donner la vie de manière naturelle, et que, si un jour j'ai envie d'un enfant, il faudra d'abord passer par la case décongélation.

Anne-Cha est en retard. Je l'attends devant le Park Hyatt, le palace de la rue de la Paix, où John occupe une suite. Un chauffeur ouvre la portière d'une berline de luxe à une femme brune avec de grosses lunettes noires qui lui mangent le visage. Il ouvre le coffre d'où il sort des paquets de chez Colette, Dior, Vuitton. Les bagagistes orchestrent le va-et-vient des valises. Sac Chanel sur l'épaule, téléphone greffé à l'oreille, Anne-Cha débarque de son Uber. Les grooms en noir nous ouvrent les portes. En traversant le hall, j'aperçois des centaines d'orchidées blanches sur les tables. Comme dans tous les grands hôtels parisiens, le temps semble délicatement suspendu. La moquette amortit le bruit de nos pas dans les couloirs comme si on marchait sur de la ouate.

Nous sommes attendues suite 101. John Nollet frappé en lettres d'or sur la porte en acajou. Nous sonnons. Un jeune garçon souriant nous reçoit. John est en retard, il arrive de l'aéroport. De la terrasse couronnée de jasmin où nous patientons, nous observons le ballet des serveurs slalomant entre les tables du patio empreint de sérénité. John arrive, il s'excuse. C'est un très bel homme au style dandy, qui ne passe pas inaperçu. Grand, barbu, aux yeux très clairs, il relève toujours ses cheveux en un chignon savamment négligé. La démarche de mon amie l'a sensibilisé.

Assise dans le fauteuil en velours carmin, je vois son reflet dans le miroir tournoyer au-dessus de moi, prendre les empreintes de mon crâne et couper une mèche de mes cheveux. Son sourire bienveillant qui réchauffe le cœur laisse deviner une personnalité attachante. Une bougie de luxe diffuse une odeur délicate. L'ambiance est feutrée. Mes yeux balaient la pièce qui ressemble davantage à une loge d'artiste raffinée qu'à un salon de coiffure. Des objets insolites rapportés de voyages côtoient une méridienne élégante, des photos, livres, dessins et des malles Vuitton disséminées un peu partout. Sollicité par les actrices, les chanteuses, les *shootings* et les tournages, son emploi du temps est millimétré. Pourtant il est aux petits soins. Ses paroles reboostent mon ego. Il dit la même chose que mon père : « Quand on a un aussi beau visage que le vôtre, on est belle avec ou sans cheveux. » Il me fixe avec ses grands yeux et demande : « Quels seraient les cheveux dont vous avez toujours rêvé ? » Longs, bien sûr, longs, longs jusque sous les seins. Je tiens à rester féminine. J'ai apporté des photos avec des coiffures que j'aimais bien. Je lui montre le *moodboard* improvisé dans mon portable avec des photos de Freja, la top danoise. Coupe sexy et naturelle. John a déjà son idée : Jane Birkin dans les années 1970. Il faut impérativement une frange pour cacher la démarcation de la perruque. Jamais, je n'aurai eu d'aussi beaux cheveux. Je serai la cancéreuse la plus bonasse. *Make-up*, talons, lunettes de soleil, tenues sexy. Samantha dans *Sex and the City*. Hier j'étais dans un hôpital froid à me faire charcuter le ventre, là je suis traitée comme une princesse par le coiffeur adulé des stars, dans une suite du Park Hyatt. Tout ça est tellement romanesque. Je souris pour la première fois depuis plusieurs jours.

Après le rendez-vous, nous commandons une coupe de champagne dans le patio. Je réalise qu'il fait beau et chaud. C'est l'été. Le soleil a toujours eu sur moi un effet apaisant. Anne-Cha me presse car nous devons rejoindre Mathieu pour dîner. À trente euros la coupe, elle ne me laisse même pas le temps de la savourer.

De loin, en arrivant au Corso la terrasse a un air de fête. C'est drôle j'aperçois Chrystelle, elle doit boire un verre avec des amis. Et puis il y a aussi Émilie, quelle coïncidence ! En m'approchant je n'en reviens pas, tous mes amis sont là. Dans ma poitrine c'est doux et fondant comme du chocolat chaud. Ils sont tous là pour moi. Et ces quarante personnes m'offrent chacune une poignée de cheveux pour que je me sente un peu moins triste, un peu moins moche. Je n'aurais jamais cru dire ça un jour mais l'amitié parfois peut tenir à un cheveu. C'est à la fois touchant et intimidant de les voir tous réunis. Au-dessus de leur tête, le soleil rond et affectueux déverse des auréoles de lumière. Je passe de table en table immergée dans une atmosphère de complicité qui me donne chaud au cœur. Tendres baisers, pression des bras autour de la nuque. Si les câlins pouvaient guérir, je serais déjà sauvée.

Chrystelle, à l'initiative de cette surprise, a dû se démener pour rassembler tout le monde. Chrystelle est toute petite mais elle a autant de cœur et d'énergie qu'un géant. Les cendriers débordent de vie, les glaçons tintent joyeusement dans les verres et font voler en éclats toute la tristesse et la douleur qui s'amoncellent sur moi. Des perles de reconnaissance dévalent les méandres de mon cœur. Emportée dans un sillage d'enthousiasme, je laisse la lumière apaisante du soir, les sourires rassurants, les regards en coin et l'alcool s'immiscer en moi. Ça rigole, ça picole, ça s'agite, ça me donne le tournis. Après une soirée qui me laisse à penser que je ne serai jamais seule pour traverser ce tunnel, je remercie le ciel de me donner l'armure la plus solide qui soit et je repars avec mille mots d'amour gribouillés sur les cartes du restaurant. Ce soir ils ont véritablement réussi à chasser ma peine.

C'est dans l'adversité que l'on reconnaît ses amis. Malgré nos liens fiables et sacrés, je ne peux m'empêcher de penser que le traitement qui m'attend est interminable. Parfois je me demande ce qui se passera en plein cœur de la tourmente, qui sera encore là, qui me soutiendra quand je n'aurai plus ni cheveux ni sourire, quand je ne saurai plus rire ?

En rentrant, Hamid m'appelle. On pourrait croire qu'une fille qui vient de se faire opérer d'une tumeur dans le sein et prélever des ovocytes n'a aucune envie de baiser mais quand j'entends sa voix teintée de soleil, je crois entendre le chant des sirènes. Cette voix, rien à faire, comment ne pas céder ? Il insiste, il demande pourquoi je n'étais pas à la maison la dernière fois. Il s'obstine à vouloir venir, je finis par lui avouer que j'ai un cancer du sein. Il est déjà dans le taxi. Je n'ai ni l'envie ni la force de résister. Je cède sans trop me faire prier. Il aurait été plus sage de lui dire non, ça doit être mon instinct de survie qui me fait faire des choses déraisonnables.

Il y a des garçons dangereux. Des garçons qui vous font perdre la tête. Des garçons qui, d'une voix ou d'un regard, vous aimantent littéralement. Hamid fait partie de ce genre-là. Celui après lequel on court comme on court après un courant d'air. J'ai développé malgré moi une addiction aux relations impossibles. Ce que j'aime, ce sont les challenges. Posséder ce que je ne peux pas avoir, voilà ce qui est jouissif.

J'ai pensé qu'il venait pour discuter, pour me consoler, tu parles ! Il est incapable d'aligner trois mots.

Il s'agite, on dirait un pantin sous ecsta. L'éclairage est trop jaune à son goût. Décidément il a toujours des problèmes avec la lumière celui-là. Il me dévisage avec un sourire provocant allongé sur le canapé. Sûre de moi, je soutiens fixement son regard noir impénétrable comme si je cherchais à l'ensorceler. Je me sens sexy, j'humidifie ma lèvre inférieure, me tortille, j'ai un peu trop bu et l'alcool anesthésie ma douleur. Il se jette sur moi. Ses lèvres ont un goût de métal. Il me déshabille. Il me soulève. Je noue fermement mes jambes autour de sa taille. Quand son torse, dont on pourrait compter les abdos un à un, se contracte, c'est un mur de pierre qui donne une impression de force. Il me porte d'une main, je me sens si légère. De l'autre il dégage violemment tout ce qui se trouve sur la table du salon avant de m'y clouer sauvagement dans un bruit sec. Il me caresse les seins, je sens la blessure de l'opération, je lui dis que j'ai mal, qu'il doit faire attention. Il est trop défoncé pour enregistrer l'information. Il reste un truc sur la table qui s'enfonce dans mon dos, ce doit être un livre. Même si à chaque coup de reins, son sexe imprime une douleur déchirante dans mon ventre, je ne laisse rien transparaître. Je n'aurais peut-être pas dû. Je voulais juste retrouver le moment de félicité que j'ai vécu la dernière fois. Cette nuit-là, je n'arrête pas d'y penser. Je le laisse faire, en m'accrochant aux rebords de la table. Dans cette intensité proche de la violence, dans cette douleur, il y a une dimension incroyable : celle d'être vivante.

Je ne dors pas de la nuit, blottie contre son torse protecteur, à l'écoute des milliers de décibels de son cœur qui se débat comme un fou. Je m'ancre à son bras comme si j'allais couler, collant obstinément mon visage, mon nez, mes lèvres sur son épaule pour profiter du contact rassurant de sa peau. J'ai besoin plus que jamais de chaleur humaine. Je me demande s'il a bien intégré ce que je lui ai confié au téléphone. Son sommeil est agité. Il est beau. Du bout des doigts je frôle le paysage aride de son torse, je le photographie mentalement. Je le flaire comme un animal pour mémoriser son odeur. Je crève d'envie de lui parler, lui dire que j'ai peur, qu'il y a quelque chose en moi qui cherche à m'exterminer. J'ai envie qu'il me serre contre lui, il suffirait qu'il me dise que je n'ai rien à craindre, que tout va bien se passer pour que je le croie. Même pas en rêve. Qu'est-ce que j'espérais ? Il se réveille pour mieux se jeter sur moi, gorgé de vigueur, à la manière d'une plante carnivore. J'ai mal mais ça n'a pas d'importance. Ces coups de reins sont comme des électrochocs. Mon corps tremble, s'agite, convulse. Je joue les contorsionnistes avec l'entrain d'une otarie qui répète son numéro pour la centième fois de la journée. C'est ça, parfois, le sexe : mimer des convulsions, contracter les muscles du vagin, simuler des râles et crier pour en finir parce que au fond on ne cherchait qu'un peu de réconfort. Je ne voulais pas d'une nuit torride. N'empêche, peu importe ce qu'il me donne, ce qui compte, c'est qu'il soit là.

Au réveil, il me demande un Doliprane, le visage fuyant, l'air de dire « me prends pas la tête avec tes problèmes ». Ce serait bien trop d'implication pour une relation qui se veut légère. Il n'est pas venu pour absorber mes angoisses.

Naturellement, il était là juste pour le plaisir. Du plaisir éphémère. Rien de plus. Est-ce que tous les hommes sont égocentriques ou bien ça m'est exclusivement réservé ? Je me donne du mal pour ne pas laisser filtrer mon malaise en lui tendant le comprimé avec mon sourire bidon, mes yeux trop brillants. En l'observant du coin de l'œil, je remarque comment il évite soigneusement mon regard. Des nœuds rétrécissent ma gorge. Ce moment de gêne où il enfile son jean me semble durer un siècle. C'est fou comme parfois le silence peut s'avérer bien plus cruel que les mots. Il lace ses baskets, glisse son téléphone dans sa poche arrière, se dirige vers la porte. J'espère qu'il va se retourner pour me dire quelque chose. « Salut, bonne journée ». Le claquement de la porte déchire l'air. Voilà. Il est parti sans se retourner. Tout ce qu'il reste de lui est un creux chaud dans le matelas. Plus seule que jamais, je plonge ma tête dans l'oreiller pour respirer son odeur. Le pire dans tout ça, c'est que si je n'avais pas été malade, c'est le genre de garçon louche auquel je me serai accrochée.

13

D'après moi le meilleur moyen de lâcher prise est de m'éloigner de Paris et de l'hôpital. Il n'y a qu'au soleil, au bord de la mer avec des amis que je pourrais retrouver une vie à peu près normale et un semblant de sérénité. Assise sur le rebord de la piscine, immergée jusqu'aux genoux, je dessine des ronds dans l'eau avec mes pieds. Le rouge de mes ongles contraste avec le bleu des carreaux légèrement floutés. Tout est exactement comme dans mon souvenir. J'ai le sentiment étrange de n'avoir jamais quitté la maison de Formentera, comme si cette année n'avait pas existé. La luminosité exacerbée me fait plisser les yeux. Je lève mon visage vers le ciel sans nuages pour sentir les rayons brûlants du soleil et tenter de retrouver l'insouciance de l'été dernier. Je me sens comme une bulle de *bubble gum* qui aurait éclaté. Vidée.

Chaque année, Mathieu et Anne-Cha louent la même maison pendant trois semaines en août. Chaque été, ils invitent les mêmes amis. C'est une maison de vacances comme on en voit dans les magazines de décoration. Les murs blancs sont peints à la chaux, l'extérieur recèle de nombreux coins isolés comme des secrets. Ici tout est calme et respire la sérénité. De la terrasse, on voit la campagne environnante, terre sèche, la mer au loin, bleue céleste. L'espace est conçu de telle sorte que toutes les chambres possèdent leur propre salle de bains garantissant ainsi l'indépendance de chacun.

Le temps s'écoule paisiblement à Formentera. Mes journées sont remplies de lumière. Aux heures les plus chaudes on n'entend que la complainte entêtante des cigales. La chaleur soporifique nous immobilise au cœur d'un coussin moelleux, ou dans un hamac bercé par le rythme lent du mouvement estival. Parfois nous allons à la plage. Ma préférée est celle du Bisou. On y accède par un chemin de terre cabossé connu exclusivement des initiés. Notre arrivée est toujours remarquée. Mathieu et Anne-Cha sont très équipés : un chapelet de paréos, parasols, livres, magazines, repose-tête, casquettes, lunettes, bouteilles d'eau, matelas et bouées. Anne-Cha joue les infirmières et me protège comme de la poussière d'étoiles. J'ai beau lui répéter que je suis allergique à l'ombre, que ça me donne de l'urticaire, elle me harcèle toute la journée pour que je m'abrite du soleil. Elle pose mes compresses, m'oblige à porter une casquette, étale ma crème solaire, m'empêche d'aller dans l'eau alors que j'ai des pansements waterproof, si bien que dès qu'elle s'endort à l'ombre d'un parasol, je vais me baigner.

Sur le sable brûlant, je marche sur la pointe des pieds. Je sens mon corps se dénouer. La seule chose qui me soulage quand je me sens mal c'est le soleil. En séchant, les embruns salés ont imprimé sur mes jambes des dessins mystérieux comme des tatouages sacrés. Je me glisse lentement dans l'eau, sans un bruit. Mes épaules se relâchent. Je m'enfonce avec délectation. La mer est calme, accueillante, si transparente qu'on a l'impression qu'elle livre tous ses mystères. Toutes les tensions se dissipent. Avec mes mains je m'éclabousse légèrement le haut du corps en prenant soin de ne pas mouiller mes cicatrices. J'emmagasine l'air iodé. Mon regard se perd à l'horizon devant les yachts qui chaloupent au large et le ballet incessant des annexes. J'essaie d'évacuer la peur. Ne pas penser à ce qui m'attend. Se concentrer uniquement sur l'instant présent. Je me relaxe vraiment pendant ces premiers jours de vacances. Depuis quelques semaines j'ai le sentiment que mon corps pèse une tonne et dans l'eau je me sens si légère. Je passe mes journées à prendre le soleil, à lire, à rêver. Et dans mes rêveries il y a le visage d'Hamid. Quand je ferme les yeux, j'essaie d'imaginer ses traits, entendre la mélodie cassée de sa voix, sentir son odeur, la douceur de ses lèvres, les épines de sa barbe, toutes ces choses qui se dérobent avec le temps. J'ai déjà eu mon compte de cinglés, pourtant, malgré moi, je ne parviens pas à l'effacer de mon esprit. Je voudrais tant qu'il m'envoie un message, juste un signe pour me dire qu'il pense à moi. Je voudrais avoir un tout petit peu d'importance à ses yeux. Intérieurement je me dis « si je ne pleure pas, il va me rappeler. »

Je m'isole parfois dans le hamac, le chant des cigales aux oreilles comme une comptine de vacances. Anne-Cha passe toujours devant moi en riant de voir mes lèvres remuer, je n'aime pas lire dans ma tête. Je me penche sérieusement sur le livre qu'une copine m'a offert, *Le Pouvoir de l'intention*, en me balançant à la force d'une jambe. L'auteur, psychothérapeute de son état, émet une théorie selon laquelle l'intention est un potentiel de notre esprit qui peut radicalement changer notre vie. Pour résumer, le psychothérapeute affirme que si l'on souhaite ardemment quelque chose en se convainquant que cela va se produire, nos projets se réalisent. Une thèse simple et logique qui résonne en moi comme une révélation. Depuis le 13 juin, tout le monde ne cesse de me dire que je vais changer de vie, que derrière cet épisode effroyable m'attend une vie merveilleuse. Tout cela me met un peu la pression, d'autant plus que les gens commencent sérieusement à me demander ce que je vais faire après. Je me triture le cerveau pour trouver un projet. J'attends un déclic. Je me dis que si je ne change pas de vie, c'est en quelque sorte comme si je ratais mon cancer.

Il faut avant toute chose se connecter au pouvoir de l'intention et pour cela, commencer par vider son esprit. Je me positionne, ferme les yeux, manque de me retourner dans mon hamac et j'essaie de ne penser à rien… Ce qui n'est pas si facile. J'ai beau me concentrer, une pensée traverse toujours mon esprit vagabond : « Est-ce que j'ai bien refermé le congélateur en prenant mon Cornetto ? » Je me visualise après le cancer, j'essaie de me projeter, en faisant abstraction de la période de traitement, je me répète que tout ira bien, je suis sûre de m'en sortir, il n'y a pas d'autre choix.

Notre vie est rythmée par les repas qui ont lieu autour de la grande table sous les pins parasols. Il faut balayer les épines pour circuler pieds nus. Tout le monde arrive à son rythme pour le petit déjeuner, les yeux encore gonflés de sommeil. Il fait déjà chaud. Pour me faire plaisir, Mathieu a acheté mon jus de fruits préféré, des pains au lait et du Nutella. De temps à autre, il passe à la boulangerie prendre des croissants pendant que tout le monde dort encore. À midi, les garçons font griller la viande pendant que les filles dressent la table et s'évertuent à élaborer des salades auxquelles les garçons ne toucheront jamais comme si elles étaient vénéneuses. Nous parlons de ce que nous cuisinerons le soir et nous listons les courses pour le lendemain.

Un peu avant le coucher du soleil, lorsque le ciel se poudre de rose, se prépare le rituel de l'apéritif. Sur la table il y a toujours du rosé de Provence bien frais, un petit bol de glaçons, du jambon ibérique et des *croquetas*. Pendant que les autres jouent à la pétanque, je m'apprête à ouvrir mon bar à ongles. C'est tout un cérémonial. Je récupère en courant, pour éviter de contracter un rhume, le nécessaire dans la chambre de Mathieu et Anne-Cha, où il fait un froid sibérien qui me dresse aussitôt les poils sur les bras. Mathieu ne supporte pas la chaleur, il laisse la climatisation allumée sur cinq degrés, vingt-quatre heures sur vingt-quatre. Anne-Cha a tellement froid la nuit qu'elle dort avec des chaussettes et s'emmitoufle sous la couette. Armée des vernis, base et *top coat*, je laque les ongles d'Anne-Cha, avec un corail dénommé *Sexy Summer Beach*. Nous plaisantons. Après la maladie je pourrai changer de vie et ouvrir un institut de beauté. Je fais découvrir aux filles l'application Tinder et on se moque des garçons qui posent tous la même question : « Tu cherches quoi sur Tinder ? » Nous répondons « un job » et nous éclatons d'un rire sonore. En réalité pour une fois, je ne cherche rien. C'est juste pour rire. Cette année je n'ai pas emporté toutes mes jolies robes. Ni bijoux, ni rouge à lèvres, ni capotes. Je ne me sens pas vraiment l'âme séductrice. J'ai fait la valise la plus petite et la plus rapide que la terre ait jamais connue. À quoi bon emporter ma robe rouge à volants ou le bustier blanc si c'est pour les laisser dormir sur un cintre. Il faut se mettre en condition, se préparer psychologiquement à être invisible aux yeux des garçons. Se préparer à ne plus éveiller l'intérêt, l'électricité dans le regard, le désir dans le ventre. Il a suffi d'entasser quelques tee-shirts, un short en jean, une paire de Converse, ranger dans ma trousse de toilette des compresses, de la crème cicatrisante, un rouleau de sparadrap, mes somnifères.

À la nuit tombée, après la douche, nous allumons les lanternes sur le muret de pierre et toutes les bougies des photophores. Les dîners sont gargantuesques. Je ne prends guère part aux tâches quotidiennes de la maison, on me traite comme une princesse et ça me plaît. Autour de la grande table en bois on se raconte des anecdotes de l'été passé, des confidences, des projets de bébés qui fleurissent.

Un soir nous sommes de si bonne humeur, que nous décidons d'aller boire un verre. Le bar en plein air, situé sur la plage est entièrement bleu. Je bois une, deux, trois vodkas tonic. Je danse. Je rencontre un anglais câlin dont les baisers ont le goût de liberté. Sous l'effet de l'alcool, et des baffles assourdissantes, je ne comprends rien à ce qu'il me raconte. Il propose d'aller boire des bières au phare du cap de Barbaria. Ni une ni deux, je monte à l'arrière de son scooter qui file à travers l'île muette et déserte. Dans la nuit porteuse d'espoir, je m'accroche à lui comme si je le connaissais depuis toujours, le vent soulève délicatement mes cheveux. Ce soir je me sens sexy avec ma nouvelle coupe. Je suis allée chez le coiffeur juste avant de partir. J'ai coupé vingt centimètres et je les ai blondis. Ça me va bien, j'aurais dû le faire avant. Dès que nous sommes arrivés à destination, il se gare, sort les bières du top-case, me prend par la main. Pendant dix minutes nous marchons sans rien dire tant le paysage désertique, presque lunaire est magique. À Formentera, c'est l'endroit le plus sauvage où l'on vient admirer le coucher du soleil. On s'y retrouve avec des bouteilles de Cava.

Nous sommes affalés sur la roche, au bord de la falaise, il me parle à voix basse avec une infinie douceur. Il y a quelque chose de tendre dans sa manière de passer son bras autour de mes épaules comme si nous étions au cinéma. Respirer le grand air, donner des baisers, entendre le grondement des vagues qui déferlent au pied de la falaise, me donnent le sentiment d'être plus vivante que jamais. Vers 6 heures, la nuit se fait moins noire, je n'ai jamais vu un ciel pareil. La lune est si basse qu'elle semble embrasser la mer. La scène est irréelle, la vue spectaculaire d'une beauté renversante, le bleu de la mer se confond avec la toile marine du ciel, chaque étoile scintillante est un cadeau. Dans ma tête, j'entends les notes de piano aériennes de *37° 2 le matin*, qui me met toujours le cœur à l'envers. Je suis plongée dans mes pensées, il n'y a que moi, la musique et du bleu à perte de vue. L'œil brillant, la peau humide caressée par les embruns, grisée par l'alcool, gagnée par la mélancolie, je surplombe le monde, priant pour que le jour suivant n'arrive jamais, je n'ai pas peur du vide, je prends tout ce qu'il y a à prendre, tout ce que le monde a à m'offrir, j'écarquille les yeux pour ne rien rater du spectacle incroyable de la nature, tentant de retenir ce moment de grâce, je sens mes muscles se dénouer, le sel s'infiltrer en moi. Aussi étrange que cela puisse paraître, en cet instant présent, le regard perdu dans les constellations, je me sens forte, aspirée par la vitalité des éléments, envahie par une sorte de bien-être, une sensation vertigineuse de plénitude. Libre comme jamais.

Le lendemain, dans mon hamac, je suis assoupie les yeux à demi ouverts, ça fait tilt dans ma tête. Et si je décidais de ne pas faire cette chimio ? Ce serait de la folie de refuser, mais après tout rien ne m'y oblige. Pourquoi me pourrir la vie avec ça ? La perspective de la chimio est plus terrifiante que celle de nager parmi des requins et des méduses, avec des cafards sur la tête !

Grâce à mon livre de développement personnel, je suis restée zen toutes les vacances en pratiquant la pensée positive et l'autopersuation. Je me répète comme un mantra « je ne perdrai pas mes cheveux, je ne perdrai pas mes cheveux… » Même si je passe des vacances incroyables, il suffit que je pense à la chimio et mes yeux s'embuent au point de troubler ma vue. À l'approche de la chimio, ma peur grandit et ne me quitte plus. L'angoisse monte en moi comme la mèche d'un bâton de dynamite que mon cerveau ne parvient plus à arrêter. Une amie d'Anne-Cha, surnommée Chakra, nous a rejoints dans la maison. Je cache délibérément mes émotions depuis plusieurs jours, mais cette grande fille brune intuitive, qui absorbe les traumas telle une éponge, me met à nue, ressentant la frayeur qui suinte par tous les pores de ma peau. Mon état d'anxiété atteint son paroxysme quelques jours avant la date fatidique. Le compte à rebours est lancé. J'essayais de tirer sur le temps comme on tirerait sur l'élastique cruel et tranchant d'une arbalète. L'élastique atteint sa tension maximale et fini par céder le 15 août, veille de mon départ. Les premières comètes dorées du feu d'artifice crépitent dans le ciel. Une sorte de palmier géant explose éclairant tous les visages alentour. Mon regard ne peut se détacher d'une jeune fille, debout, à un mètre devant moi. Elle n'a pas 25 ans. Un foulard enroulé autour de la tête. Aucun cheveu ne dépasse, et pour cause, elle n'en a pas. Je reconnais ce visage que j'ai tant croisé à l'hôpital. Teint de cire, ni cils ni sourcils. Mon cœur cogne dans ma poitrine, ma gorge rétrécit comme une tige. Elle rigole avec son amie, elle a l'air presque comme tout le monde, elle se fond dans le décor. Les déflagrations éclairent son visage rivé vers le ciel, éclatant de rire. Mes yeux ne la quittent pas, je l'observe détaillant chacun de ses gestes. Je suis sidérée de voir qu'elle a l'air heureuse. J'ai peur de ne plus jamais sourire. Je ferme les yeux parce que je sens les larmes monter comme un shoot dans tout mon être, brouiller ma vue, m'étrangler littéralement. Qu'y a-t-il de si réjouissant ? Comment fait-on pour supporter tout ça et sourire encore ?

Déterminée à me soûler pour noyer ma frayeur. Je bois des litres de rosé. L'alcool se met à tournoyer dans ma tête. Un tourbillon d'angoisse me submerge. On ne peut rien contre le temps indomptable qui avance inéluctablement, quoi qu'on fasse il file à toute vitesse. Dans cinq jours ma première chimio aura bien lieu. Difficile d'accepter les choses de notre existence qui ont mal tourné et dont la trajectoire nous échappe. Des événements hors de notre portée qui dérapent littéralement, des paramètres insaisissables qui chamboulent tout. Je me sens démunie et impuissante face à la fatalité, je ne peux plus rien arrêter.

Il est temps de rentrer, je quitte la maison, fébrile. Je craque en faisant mes adieux à Anne-Cha et Mathieu sur le pont du bateau qui me ramène à ma cruelle réalité. J'essaie de me représenter ma nouvelle vie mais je ne vois dans l'écume blanche des vagues, frissonnante comme des œufs en neige, que du vide. Je voudrais que mon avion s'écrase, explose en plein vol. Boum ! Plus de Marjorie, plus de cancer, plus de chimio.

14

Ce matin, ils m'ont équipé d'un cathéter. Ils ne m'ont pas demandé mon avis. C'est un truc qui évite de piquer dans les bras et d'exploser les veines à chaque chimio. Ils l'ont posé dans ma poitrine sous anesthésie locale. Je vais devoir le garder plusieurs mois. En arrivant dans le sas du bloc opératoire, j'ai croisé un autre lit. Je ne distinguais pas la femme allongée, en revanche je l'entendais pleurer. Ses lamentations envahissaient toute la pièce. L'infirmière lui a dit d'un ton compatissant : « Je sais, c'est beaucoup d'émotions. Allez-y, pleurez. » À mon tour, je suis entrée dans le bloc. Je n'ai jamais été aussi stressée. C'était blanc, très lumineux, il faisait froid. J'ai aperçu tout un tas d'instruments bizarres. Tout le monde s'est présenté comme pour un événement très solennel. Je n'ai retenu aucun prénom. Ils étaient quatre ou cinq. Puis ils ont parlé de leur soirée de la veille, l'un des garçons s'inquiétait de ne pas avoir reçu de SMS d'une fille, à croire que j'étais transparente. C'est l'homme plus âgé qui m'a expliqué ce qu'était un cathéter. Il me l'a montré en disant : « Voici votre compagnon de route pour les mois à venir. » C'est un petit boîtier rond relié à un tuyau. Comme je suis mince, il m'a prévenu qu'on le verrait sous la peau, dans mon décolleté.

Ils m'ont caché la tête sous un drap pour être sûrs que je ne voie rien. Une infirmière très gentille s'est glissée près de moi. Elle a pris ma main dans la sienne. Elle m'a posé des questions sur mon travail. Elle avait l'air drôlement intéressée par le job d'attachée de presse. J'ai bien vu qu'elle essayait de détourner mon attention. Concentrée sur les sensations bizarres que je ressentais, je ne l'écoutais plus quand elle a serré ma main plus fort : « N'essayez pas de comprendre ce qui se passe, répondez simplement à mes questions. » Une demi-heure après, ils m'ont recousu. Depuis je sens le tuyau remonter jusqu'à la base de mon cou, ça me fait mal. Ça va me gêner la nuit pour dormir. Je n'attends qu'une chose : le jour où on me l'enlèvera. Après les cicatrices de la tumorectomie, c'est la deuxième mutilation de mon corps. Cette fois on y est, c'est le début de la fin. Je vais devoir me faire à mon nouveau statut de cancéreuse.

Je passe la soirée chez Émilie parce que je ne veux pas ruminer toute seule chez moi. Son studio, encombré de tout un tas d'objets inutiles sans aucun rapport les uns avec les autres, ressemble à une chambre d'adolescent. Je crois qu'elle n'arrive pas à se séparer des choses, alors elles les entassent. Je dois appliquer deux couches de vernis sur mes ongles pour les protéger, pour éviter qu'ils ne tombent. La possibilité de perdre mes ongles me terrifie. Je suis sur le point de passer la deuxième couche quand Anne-Cha m'appelle. Sa voix est grave. J'essaie de garder mon sang-froid, je lutte pour ravaler mes larmes. Elle dit : « On y est, je penserai à toi demain matin, envoie-moi un message dès que tu peux, sois forte, sois courageuse. » De la force il va m'en falloir des wagons entiers. Il me faudrait aussi le courage d'un titan, le genre de courage qui n'existe que dans les contes, celui qui permet de vaincre les dragons. Émilie déplie le canapé-lit, on boit du Nestea citron, on regarde une série américaine ou des gens disparaissent mystérieusement de la circulation sans aucune raison, mais les images incohérentes défilent sous mes yeux sans aucune logique. Aucun divertissement ne pourrait me faire oublier ce qui m'attend demain. Les messages de soutien fusent de toutes parts. Sonnée par les anxiolytiques, je m'écroule. Comme d'habitude, Émilie ne dort pas, elle dit toujours qu'elle a peur, qu'elle doit regarder des films pour l'apaiser, mais ce qui me dépasse, c'est qu'elle regarde invariablement un film d'horreur.

La sonnerie stridente du réveil retentit et me fait tressaillir. Il est 9 heures, il ne me reste qu'une heure avant le chaos. J'aimerais tellement retrouver le temps d'avant, celui où je me levais sans me poser de question à part celle du temps qu'il faisait, cet état d'insouciance perdu à jamais. Si seulement la vie pouvait être comme on voudrait qu'elle soit, tout serait tellement plus simple. Moi qui rêvais d'aventures, j'aimerais juste reprendre le cours de ma vie. Une vie normale, ce n'est pas si mal finalement. Prise d'une panique incontrôlable, j'éclate en violents sanglots qui secouent tout mon corps. Dans un élan de peur et de tendresse, une étreinte impérieuse, Émilie se jette sur moi. Nous nous enlaçons au point de ne former qu'un seul corps, un monstre d'amertume. Nos larmes chaudes s'entremêlent dans mon cou, elles coulent jusque sur les draps. Son corps est si frêle et fragile, qu'en la serrant un peu trop fort ses os pourraient éclater en mille morceaux comme ces Pierrots larmoyants taillés dans de la porcelaine. Je ne parviens plus à respirer. Ma tête va exploser.

Je me traîne lamentablement en remontant la rue d'Hauteville, tel un automate poussé par une force extérieure. L'asphalte se dérobe dangereusement sous mes pieds comme du sable mouvant. Mes parents viennent d'arriver du Havre, ils m'attendent chez moi. Envie de hurler. Ce que je pense à ce moment-là ? Que je serai prête à échanger ma vie contre celle du premier venu, je pense que les clodos qui descendent des bières devant le Monop à l'heure où tout le monde boit son premier café de la journée sont plus heureux que moi. Je marche lentement comme si j'allais à l'échafaud. Je donnerais tout pour ne pas y aller. Tout. Rue Lafayette, je songe au soulagement que ce pourrait être de se faire renverser par une voiture. Il faut se faire violence pour traverser entre les clous. Avancer pour vivre.

Mes parents me conduisent à l'hôpital Saint-Louis. Nous traversons le 10e arrondissement. Paris n'a jamais été aussi vide que ce jour-là, le silence aussi lourd.

On se croirait dans un film catastrophe, il règne une ambiance de fin du monde, comme si les gens avaient déserté la ville après une épidémie. J'ignore tout d'une séance de chimiothérapie. Rien qu'à l'idée de m'asseoir sur un fauteuil, entourée de cancéreux, je me tasse sur la banquette arrière. Je prie intérieurement pour qu'il y ait un tremblement de terre et que l'hôpital se désagrège aussi vite qu'un château de cartes. Je ne suis plus qu'une boule de peur. Malgré la demi-barrette de Lexo que j'ai avalée, aucun raisonnement logique ne peut apaiser la vague infernale qui gronde en moi. Plus aucun apaisement n'est possible.

Sixième étage. L'ascenseur s'arrête. Service Trèfle. Quelle drôle idée ! Une infirmière demande de patienter quelques minutes dans la salle d'attente. La terreur dont je suis la proie depuis plusieurs semaines est à son apogée. Je transpire. Mes mains moites tremblent comme une feuille. La situation me semble surréaliste. Mais qu'est-ce que je fous là, entourée de revues de perruques ? Nous sommes au beau milieu de l'été, en temps normal, le mois d'août est celui que je préfère. Je devrais nager dans une crique déserte, ivre de lumière et de légèreté. Point de vagues qui vous lèchent les pieds ici. Point de jouissance, ni de caresse. Point de peau dorée ou d'amis sifflant des bouteilles de rosé sur des transats. Mais partout des alarmes qui se déclenchent, des infirmières en blouse blanche et claquettes qui traversent le couloir avec des instruments coupants. Je ne suis pas préparée à tout ça. Prendre mes jambes à mon cou et courir sans jamais m'arrêter, voilà ce qui me traverse l'esprit. Attraper le premier vol pour Marrakech, rejoindre Hamid, porter des voiles et des bijoux, devenir danseuse du ventre, me cacher dans le palais des *Mille et Une Nuits* pour que personne ne me retrouve jamais, pas même le cancer. Le visage de mon père, plus blanc qu'un drap, se décompose. Ma mère n'en mène pas large non plus, elle est livide.

Je sursaute brutalement à l'appel de mon nom, traverse le couloir en apnée, le corps raide, les os crispés, le pouls s'accélère violemment, le sang frémit, le cœur se recroqueville fébrilement au fond de la cage thoracique, les yeux incontrôlables pleurent des rivières, la tête bourdonne. J'ai peur à en faire trembler les murs. J'entre avec mes parents dans la petite chambre jaune, un jaune qui me rappelle la cantine scolaire. Ça ne sent pas le monoï et le sel marin ici. Ça sent ce fichu cancer. Le temps que je me retourne, mon père a disparu, il s'est enfui. L'infirmier précautionneux me rassure tant qu'il peut, il recouvre ma tête d'un casque bleu rempli de glaçons pour empêcher la chute des cheveux. Il paraît que sous l'effet de la glace, les vaisseaux sanguins se rétrécissent ralentissant la progression des produits chimiques. L'infirmier dit que le froid donne des maux de tête, que ça ne marche jamais mais que ça vaut quand même le coup d'essayer. Ma mère est là, solide, inébranlable, plus forte qu'une armée. Elle remet en place le casque de glace trop grand pour moi. Un simple rideau, semblable à celui de ma douche, me sépare de ma voisine.

L'infirmier étale un produit très froid couleur rouille sur ma poitrine avant de se brancher avec précaution dans le cathéter, comme à une prise de courant. Sur le pied à perfusion il suspend les poches de chimio, injecte l'antivomitif, actionne la télécommande. Je voudrais être ailleurs mais je suis là dans ce lit d'hôpital reliée par un tuyau à une machine qui déverse en moi un liquide écarlate. Il a l'air inoffensif comme ça, dans son petit sachet en plastique, pourtant je sais que c'est lui qui fait tomber les cheveux. Je l'ai lu. Je n'arrive pas à m'arrêter de pleurer. Ma mère remonte le drap, me couvre d'une étole en cachemire, elle regarde le produit poursuivre sa course dans le goutte-à-goutte, elle appelle l'infirmier pour changer le casque de glace. L'infirmier fait ensuite couler le rinçage, comme dans un lave-vaisselle, puis une deuxième poche de chimio incolore, qui n'a pas l'air bien méchante non plus. Tout à coup, j'ai le nez plongé dans un pot de moutarde. Ça empeste, ça pique. J'évite de respirer par le nez. J'ai la tête au bord de l'explosion à cause du froid, mais pour garder mes cheveux, je serai prête à me transformer en statue de glace.

C'est déjà fini. Une heure trente en tout et pour tout. Ma mère n'a pas peur des poches de chimio, au contraire elle demande à l'infirmier s'ils m'ont bien injecté tous les produits, comme si c'était un charlatan. Je n'ai pas à attendre longtemps les effets. Je quitte la chambre d'hôpital assommée par un crochet du gauche, ma tête tourne, j'ai le vertige, les jambes dans le coton. Ma mère me tient par le bras, je traverse les couloirs comme un robot atomisé et m'écroule littéralement à l'arrière de la voiture où mon père a installé un nid douillet avec une couette et un oreiller.

Tandis que je me laisse absorber par le sommeil, le soleil qui cogne sur ma tête à travers la vitre et la route qui me soulève le cœur font revivre en moi ces longues heures passées sur la banquette arrière avec mon frère. Papa au volant engloutissait les kilomètres, maman jouait les copilotes avec la carte de France sur les genoux. Le voyage qui reliait Le Havre au lac de Pareloup dans l'Aveyron était interminable. Les plus beaux moments de mes jeunes années, celles où je croyais que seul l'amour pouvait mettre fin à tous les tourments, furent ces étés familiaux au bord du lac. Sous l'effet du soleil, mes cheveux s'éclaircissaient chaque jour un peu plus, je les laissais boucler, ma peau dorait comme du caramel. Je me souviens des champs à perte de vue, des grandes tablées autour du barbecue, des bals sur la terrasse éclairée de lampions et de guirlandes d'ampoules multicolores, des Esquimau à la vanille de l'épicerie, des promenades en bateau, du ski nautique, du bar de la plage où l'on faisait tilter les flippers avec des billes d'argent et nos têtes avec des *shots* de tequila, des idylles adolescentes qui naissaient autour des feux de camp dans les crépitements des flammes et les cordes des guitares, de la caravane abandonnée, des corvées de vaisselle avec ma grand-mère qui finissaient en bataille d'eau, des parties de tarot, des crêpes qui flambaient les jours de pluie, ces jours où le ciel et le lac étaient aussi froids et gris que du métal. Ces instants de bonheur où la vie était simple. À cet endroit, j'ai ri, j'ai pleuré, je suis devenue une femme.

C'est l'odeur écœurante de café qui me réveille. Si je me fiais à mes paupières lourdes, la sensation de vertige, la nausée, ma tête prise dans un étau, les palpitations de mes tempes, ma bouche sèche, je pourrais croire que j'ai passé la nuit au Baron à boire de la vodka. Mon premier réflexe est d'inspecter minutieusement ma taie d'oreiller. Aucun cheveu sur le coton blanc. Je me lève et mets un pied devant l'autre. Ça tangue comme sur un bateau. Mes parents, qui devaient guetter le moindre mouvement dans l'obscurité de la chambre, m'observent attentivement comme si j'avais pu me décomposer, ou subir une quelconque mutation surnaturelle dans mon sommeil, tel un loup-garou. Derrière leurs précieux gestes de réconfort se cache en réalité une profonde angoisse. Le miroir en pied de la chambre me renvoie le reflet de mon visage qui n'a pas changé, pourtant je me sens différente, je me sens bizarre. Le poids de mon corps me paraît bien lourd à porter ce matin. Je suis dans l'analyse de chacun de mes gestes, de toutes mes sensations, dans l'attente confuse des changements qui vont arriver. Dans la cuisine l'odeur de pain grillée, que je trouve habituellement agréable, me dérange. Sur la table, à côté des gélules homéopathiques, des plaquettes de cortisone et d'antivomitif, mon père désarmé a posé un grand verre de jus de fruits. Il a mixé dans la centrifugeuse carottes, kiwis et Granny. Il dit d'un air confiant : « Si tu en bois chaque matin tu vas guérir. » Le pire c'est qu'il a l'air d'y croire. Je le regarde d'un air dépourvu, ne trouvant rien à dire. J'hésite entre éclater de rire et pleurer sur mon sort. Il jette les épluchures dans la poubelle avant de nettoyer tous les compartiments de la machine minutieusement. L'odeur du produit vaisselle m'incommode. Je regarde la campagne à travers la fenêtre. Mon père se dirige vers la salle de bains pour faire couler l'eau du bain, pendant que ma mère ouvre les fenêtres et les volets de ma chambre pour laisser entrer l'air et la lumière. Elle arrange les oreillers.

Quand je me savonne, je perçois derrière le parfum de grenade une espèce d'odeur chimique qui me fait mal au crâne. Par la fenêtre de la salle de bains, j'entends les pas de mon père dans les gravillons. Quand il est dans le jardin, mon père plante des bulbes de tulipes qui s'ouvrent en corolle, chasse les taupes qui massacrent son gazon et les escargots gluants éparpillés dans les parterres de fleurs qu'on dirait fabriquées de papier crépon. Il arrose les hortensias aux couleurs de bonbons, traque les mauvaises herbes et les géraniums fanés, ramasse les pommes tombées des arbres et taille les haies de cyprès comme Edward aux mains d'argent.

Je passe une semaine chez mes parents, alitée, en attendant que cesse cette gueule de bois. Je bois beaucoup d'eau, ça me donne la sensation de nettoyer mon corps et d'évacuer les produits toxiques. La porte de la chambre reste fermée car mon odorat surdéveloppé ne supporte aucune odeur de cuisine. Chaque matin le même rituel : contrôle de l'oreiller. Je sais que mes cheveux sont censés tomber fatalement dans deux semaines, mais je ne peux pas m'empêcher de vérifier. Plusieurs fois par jour en m'approchant du miroir de la salle de bains, j'attrape deux ou trois cheveux entre mes doigts et je tire délicatement dessus pour contrôler qu'ils sont bien accrochés.

Je ne les lave pas, ne les brosse pas, ne les touche pas, ne les attache pas, dans une tentative de résistance absurde et désespérée. S'il vous plaît ne tombez pas. Je vous en supplie, ne tombez pas. Je ferai n'importe quoi. Je ferai tout ce que vous voudrez. Et plus encore.

Pour tuer le temps, j'observe la vie des autres défiler sur Instagram : mer turquoise, coucher de soleil, piscine, apéros entre amis, barbecue. David et Cédric mettent en scène leur ours en peluche Martin se goinfrant de bonbons, ils sont bons à interner. Clouée dans mon lit, j'en prends plein les mirettes du bonheur en toc, tant et si bien qu'il me tord le ventre et m'étrangle le cœur. Le cancer m'a condamnée à l'exil, je tente de m'immiscer dans la vie des gens comme une sangsue, me nourrissant de leur intimité, de leur quotidien auquel je m'accroche désespérément comme un naufragé. Je ne sais pas pourquoi je m'inflige tout ça comme si je m'autoflagellais. Observer la vie des autres, qui continue, me rassure et me détruit à la fois car leur liberté est sans limites, et pour une raison qui me dépasse totalement mon terrain de jeu est réduit à quatre murs. Je voudrais mettre le monde sur pause. Je voudrais figer le temps jusqu'à ce que je revienne parmi les vivants.

15

Depuis une heure, je flâne sans but précis dans les rues calmes de Paris. Je me sens étrangement libre. Après une semaine passée au lit, mes parents m'ont ramenée chez moi. Je suis étonnée d'avoir autant d'énergie, je m'attendais à ce que tout soit beaucoup plus difficile. Je me sens presque normale. En plus, je n'ai pas perdu un seul cheveu, je finis par me dire que mes cheveux sont peut-être plus robustes que la normale. Il fait beau, il fait chaud, l'été joue les prolongations. Je me parle dans ma tête comme on raconte les histoires dans les livres. Je ne vais pas perdre mes cheveux tra la la la la, ils vont voir ce qu'ils vont voir à l'hôpital, rira bien qui rira le dernier, moi je ne suis pas comme les autres, je suis une force de la nature, c'est rien du tout une chimio au fond, Hamid va me rappeler, il quittera sa copine et tout sera formidable. Parfois je dois admettre que mon esprit part à la dérive.

Un soir, Hamid finit par m'envoyer un message. Il écrit : « J'ai envie de te voir mais tu es malade. » Est-ce qu'il a vraiment besoin de me rappeler ce détail ? Comme si je le dégoûtais. J'ai l'impression d'avoir la peste. Ce n'est pas exactement le message que j'attendais. Mes sentiments sont contradictoires. Je suis à la fois vexée et soulagée. Malgré le goût amer de son message, je sens monter en moi un besoin fulgurant d'intensité. Il demande si j'ai autant envie de lui qu'il a envie de moi. Je dois être un peu tordue pour répondre oui. Oui, j'ai envie de lui. Je veux sentir ses mains serrer ma peau, sa barbe griffer mon sexe. Je suis surexcitée à l'idée de le revoir, ce n'est pas de ma faute, il dégage un truc magnétique qui le rend irrésistible. Son corps, sa voix, ses origines, son assurance, tout me fascine en lui. Quand il propose de venir chez moi demain vers minuit dès que son avion atterrit, je sens mon cœur qui s'emballe. C'est parfait, j'ai un anniversaire, je le retrouverai après.

Après son message, je n'ai pas réussi à m'endormir. Insomnie de l'attente. Toute la nuit j'ai tourné dans mon lit, complètement électrisée à la perspective de coucher avec un garçon pour la dernière fois. J'étais impatiente, le cœur et le sexe gonflés. Je ne pensais pas encore éprouver du désir après la chimio. Une nuit sans dormir, à fantasmer des scénarios. Pendant des heures, des pensées angoissantes m'ont dévoré l'esprit. Comment va-t-il réagir quand il sentira le cathéter en me caressant le haut du corps ? Qu'est-ce que je vais lui dire s'il me demande ce que c'est ? J'imaginais qu'il débanderait, qu'il s'enfuirait, que je serai seule et qu'aucun garçon ne voudrait plus jamais de moi.

Au réveil je n'ai qu'une chose en tête : me faire belle. J'ai de la chance : à quelques jours près je ne pourrais sûrement plus le voir. Il ne me reste plus beaucoup de temps. Mes cheveux risquent de tomber d'un jour à l'autre, d'un moment à l'autre même. Ce soir je vais vibrer pour la dernière fois. Je ne pense qu'à ça depuis qu'il m'a envoyé le message. Ce sera l'ultime occasion de caresser un corps masculin, sentir une langue dans ma bouche, observer un dos nu endormi. Pour sentir à nouveau la fièvre qui précède le premier baiser, il faudra ensuite attendre très longtemps. Je n'incarnerai plus la tentation mais dans le meilleur des cas la compassion, dans le pire, la pitié. J'ai peur de m'éteindre.

Tout à l'heure, je suis descendue chez le caviste de la rue du Faubourg-Saint-Denis pour acheter deux bouteilles de champagne. J'en apporterai une à l'anniversaire. Je laisserai l'autre au frais. Je passe toute la journée à ranger l'appartement et à me préparer. Il n'y a rien de plus excitant que de se faire belle pour un rendez-vous. Je voudrais pouvoir me laver les cheveux mais je n'ose pas de peur qu'ils me restent entre les mains. Ils n'ont pas vu la couleur du shampooing depuis deux semaines. Tant que je ne les brusque pas, je ne risque rien, ils ne peuvent pas tomber. Je vaporise du shampooing sec en les froissant délicatement du bout des doigts. Je me douche en réfléchissant à ce que je vais mettre. Il fait encore chaud comme la première fois où je l'ai vu. Je portais un jean et un tee-shirt, je n'avais pas fait d'effort pour m'habiller. Les rencontres les plus importantes sont souvent celles qu'on ne prévoit pas. Je n'étais pas maquillée. Je n'étais pas prête à chavirer. En me savonnant avec le gel douche à l'amande, j'évite soigneusement les cicatrices autour de mon sein. Ce sein devant lequel tout le monde s'extasie à l'hôpital. L'oncologue, l'interne en chimio, le chirurgien, les infirmières : tout le monde dit que j'ai de la chance. Il paraît que c'est une réussite. Ce qui est complètement faux. Sans parler de la cicatrice qui, certes, est presque invisible autour du mamelon, mon sein a maintenant un creux et on dirait qu'il a rapetissé. Je passe délicatement le rasoir sur mes jambes pour ne pas me couper. Je rince la baignoire. Les petits poils tournoient avant de disparaître, emportés dans la bonde. C'est fini ils n'auront plus le temps de repousser. Je sors, je m'essuie, j'attrape le flacon de lait hydratant à la fleur d'oranger. Dans la salle de bains, ça sent bon l'Orient et l'espoir. J'enfile un body noir en dentelle avec un décolleté sans fin qui s'attache avec un ruban à l'arrière du cou. Il n'aura qu'à le dénouer pour qu'il glisse à mes pieds. Ce soir, je m'autoriserai tout. Je lui ferai oublier que je suis malade. Je choisis ma plus jolie robe. Est-ce que ça va lui plaire ? C'est une robe portefeuille en soie noire, très courte, imprimée de fleurs multicolores, avec un décolleté en « V », des plis autour de la taille et des petites manches courtes. Cette robe provocante a quelque chose de particulier, elle est uniquement fermée par un minuscule bouton-pression. Je me souviens l'avoir aimée pour ça, parce qu'elle s'ouvrait entièrement d'un seul geste. J'applique deux couches de mascara et du rouge couleur cerise sur mes lèvres. Je me regarde dans la glace. Rien ne laisse transparaître que j'ai un cancer. Est-ce qu'il va me trouver belle ? J'attache les lanières de mes sandales, j'attrape la bouteille de champagne, je claque la porte, je dévale l'escalier avec une jubilation enfantine. Dehors il fait presque nuit. Le taxi m'attend. Je fonce à l'anniversaire de ma copine.

Tandis que je sirote ma troisième coupe de champagne avec Anne-Cha, les invités dansent au son du groupe brésilien. Même atomisée aux cocktails toxiques, je m'amuse parce que le goût de vivre est le plus fort. Le showroom incroyable du créateur Rabih Kayrouz a été réquisitionné pour l'occasion. Tout le monde est détendu, les esprits sont encore en vacances. Les miroirs aux dimensions colossales sont installés de manière à refléter le loft dans son intégralité. Je contemple les filles qui portent toutes des tenues de créateurs. Les gens sont beaux. Où que je sois, je ne peux échapper à ma silhouette virevoltante, gainée dans ma minirobe noire en soie, imprimée de fleurs multicolores. Ma peau est encore dorée, mes cheveux délavés par le soleil, mes jambes paraissent longues, ma robe scandaleusement courte, perchée sur des talons, ma démarche évoque celle d'une ballerine. À me voir virevolter dans tous les sens dans ma jolie robe, comment pourraient-ils imaginer que j'ai subi une chimiothérapie il y a deux semaines ? Je suis absolument comme tout le monde. C'est bientôt l'heure de partir. Dans une heure je serai dans ses bras. Le champagne fait son effet. Je me sens belle et radieuse, j'ai le cœur en liesse.

Dans le taxi qui me ramène chez moi, je ne tiens pas en place, j'exulte. Face à mon miroir de poche, je remets de l'ordre dans mes cheveux et du rouge sur mes lèvres parce qu'il s'est effacé à cause du champagne. La perspective de le retrouver me réconforte et gonfle mon cœur comme une montgolfière. Je lui envoie un SMS pour savoir s'il a bien atterri. Pas de réponse. Son avion doit avoir du retard, ou sa batterie a rendu l'âme. Bien sûr, ça doit être sa batterie, je ne vois pas d'autre explication possible. Il pourra toujours charger son téléphone dans un bar. Pourvu qu'il ne remarque pas trop le cathéter. Subitement, une image terrible apparaît dans mon esprit, si je perdais mes cheveux dans la nuit… Ce serait abominable de me réveiller chauve dans ses bras.

Sagement assise sur le rebord du lit, les jambes croisées dans ma petite robe à fleurs, je scrute mon téléphone posé bien en évidence à côté de moi. Je l'attends, frétillante d'impatience en fredonnant dans ma tête. 15 ans à nouveau, jambes dans le coton, ventre noué, cœur qui bat la chamade. Je caresse l'espoir qu'il arrive, en vain. Je me suis préparée comme pour un premier rendez-vous. Toute la journée je l'ai attendu. Je retiens ma respiration mais le téléphone et l'interphone restent désespérément muets. Je me lève pour vérifier que l'interphone fonctionne. Je décroche et raccroche plusieurs fois le combiné. Je crains qu'il ne vienne plus. Il ne peut pas me faire ça, je ne suis pas encore rebutante, ce n'est pas parce que j'ai un cancer qu'il a le droit de me traiter comme une pestiférée, ce n'est pas possible, ça ne devrait même pas être légal.

À 3 heures du matin, mon euphorie s'est consumée lentement, pareille à une cigarette dont la cendre incandescente a fini sa course écrasée dans le fond d'un cendrier. Tout aurait pu être différent mais ça fait peur le cancer, ça tue le désir. Il aurait fallu ne jamais parler de ça. Je voulais humer l'essence de sa peau musquée, je voulais qu'il fasse sauter le bouton-pression de ma robe d'un seul coup, arrache la dentelle affriolante du body, me plaque le ventre contre le mur, baisse son jean, me pénètre furieusement, me tire violemment par les cheveux, me force à l'embrasser quitte à me dévisser la tête. Je voulais qu'il me fende en deux avec toute la rage dont il est capable. Je ne voulais qu'une chose au fond, me sentir vivante. Me sentir femme une dernière fois. Avec lui, j'aurais voulu partir loin, j'aurais voulu qu'il m'emmène dans un monde où personne n'est malade. J'aurais voulu qu'il me sauve, qu'il me sorte de cet enfer. Je m'entiche toujours de cas sociaux et je m'étonne après d'en arriver là. Ça fait mal, mes yeux piquent, mon cœur explose en mille morceaux et j'ai le sentiment qu'il ne se recollera jamais. Au fond je ne peux pas lui en vouloir, à sa place j'aurais fait la même chose. Il n'y aura plus de rendez-vous manqués désormais. Je crains que la vie sans garçons ne soit ennuyeuse et sans saveur. Je me sens prête à m'effondrer, pourtant, drapée dans ma dignité, je reste imperturbable en déboutonnant fébrilement ma robe comme si quelqu'un m'observait. Je ne lui ferai pas le plaisir d'être malheureuse. S'il croit qu'il va me rendre plus triste que je ne le suis déjà, il rêve !

16

Le réveil est encore plus difficile que les autres jours. J'ai fini par m'endormir vers 4 heures du matin parce que mes yeux me brûlaient trop. Une boule est coincée dans ma gorge. Pourquoi tu m'as fait ça ? Dire que j'aurais pu me réveiller dans ses bras, alors que je suis seule avec mon cancer à faire le point sur l'inconsistance et le vide de ma vie. Je me sens misérable à fixer encore le téléphone en attendant un message. Je suis l'incarnation du désespoir et de la solitude. Je n'ai qu'une envie, me réfugier à nouveau dans le sommeil pour ne plus penser.

Depuis deux semaines, il ne se passe pas un jour sans que j'ouvre les rideaux en regardant mon oreiller avec appréhension. Deux semaines que je vis avec la peur perpétuelle de perdre mes cheveux. Chaque jour qui passe, je redoute le suivant. Aujourd'hui, en baissant ma petite culotte pour faire pipi, je marque un temps d'arrêt en découvrant les poils de mon ticket de métro sur le coton blanc. Le choc. Le sexe d'une enfant. Un premier signe. C'est sûr, il ne reste plus longtemps avant que tout foute le camp. C'est plus fort que moi, je tire d'un coup sec sur une mèche de cheveux, dans un réflexe de panique. Comment quelques millilitres de produit peuvent faire tomber d'un coup les poils et les cheveux ? Je me cramponne au mur des toilettes qui pourrait bien me tomber dessus.

À 15 heures, je rejoins Vanessa pour une expédition shopping place du Marché-Saint-Honoré. On se met d'accord sur un sweat rouge pour le cadeau d'anniversaire de David avant d'aller prendre un thé chez elle. Ma gorge s'enflamme, je dois couver une angine. Un peu plus tard, blottie dans le canapé de Vanessa où j'ai trouvé refuge, je frissonne alors que le thermomètre doit avoisiner les vingt-cinq degrés. Mon amie me prête un pull. Elle me donnerait son dressing si je lui demandais. Elle est d'une générosité sans limites. Toujours un cadeau, une attention, un restaurant, avec de l'argent qu'elle n'a pas. Elle s'en fiche. Elle ne compte pas. Elle est comme ça, Vanessa. Je ne me sens décidément pas très en forme mais je ne peux pas rentrer à la maison, j'ai rendez-vous avec John Nollet pour essayer ma perruque. J'ai tellement hâte de voir à quoi elle ressemble.

Devant le Park Hyatt, j'attends Anne-Cha bloquée dans un embouteillage. Tandis que mon cœur palpite à toute allure dans ma poitrine comme s'il allait se déchirer, un mélange d'impatience et d'inquiétude me saisit. Et si elle ne me plaisait pas ? Les bagagistes orchestrent le va-et-vient des valises. Anne-Cha débarque de son

Uber, le téléphone greffé à l'oreille, son sac Chanel sur l'épaule. Les grooms en noir nous ouvrent les portes. Lorsque nous pénétrons dans la suite 101, je la remarque immédiatement. Mes idées noires sont balayées en une fraction de seconde par cette vision enchanteresse, perchée sur une tête artificielle, comme suspendue dans l'air. Je ne vois qu'elle, immensément longue, intimidante, des papillons dansent dans mon ventre, mes jambes tremblent, je souris, subjuguée par sa grâce, sa féminité, troublée par son aplomb. Elle est encore plus belle que dans mes rêves, rien à voir avec toutes celles que j'ai vues auparavant. Il me semble qu'elle est vivante, qu'elle m'attend. Une évidence. Il émane d'elle une sorte de douceur mêlée à un tempérament piquant, un air à la fois fier et fragile. À peine nous sommes-nous rencontrées, je fais déjà des projets, je nous imagine sillonner les rues de Paris, épier les passants aux terrasses des cafés, disparaître dans les salles obscures de cinéma, tenter de dissimuler notre secret au restaurant, s'abriter de la pluie sous les portes cochères, nous perdre dans des moments de doute, puis nous retrouver plus complices que jamais. Je sais déjà que notre histoire sera mouvementée, passionnelle. Est-ce qu'elle résistera à la souffrance qui va nous aliéner ?

Dans le miroir, je découvre mon nouveau visage. C'est moi, je me reconnais. Je ne suis pas travestie. John Nollet a tenu parole : jamais je n'ai eu d'aussi beaux cheveux. Je touche ma crinière longue, épaisse, souple et soyeuse. La frange me donne une attitude malicieuse, le châtain s'étire dans un dégradé de plus en plus clair. J'irradie de bonheur. Je vois Anne-Cha dans la glace, il y a sur son visage une expression de fierté et de satisfaction. Elle dit, c'est tellement toi. C'est moi dans mes rêves. Je ferme les yeux, pendant qu'il fignole la coupe avec ses ciseaux magiques. Mon seul regret, c'est de le voir couper plusieurs centimètres car dans la vraie vie personne n'a les cheveux d'une sirène. Quand j'ouvre les paupières, mon visage s'illumine d'un grand sourire. Je me trouve sexy. J'aimerais qu'Hamid me voie ainsi, il n'aurait pas peur. Il m'arrive de penser que si je n'avais pas été malade, nous aurions pu être heureux. Je regarde John dans le reflet du miroir, ébouriffer, froisser des mèches entre la paume de ses mains d'or et les entortiller entre ses doigts. Anne-Cha prend un portrait de moi sur la terrasse. Réjouies, nous quittons le cabinet privé à pas de loup en chuchotant dans les couloirs comme dans une église. Je m'empresse d'envoyer la photo aux quarante personnes qui ont participé à cette aventure avec un petit message. Ces cheveux, ce sont aussi les leurs. En réalité, aucun mot n'est assez fort pour les remercier. Tout le monde me répond que je suis belle.

Tout près de moi, sur la table de nuit, j'ai installé ma perruque sur une tête de velours noir aussi gracieuse qu'un cygne. L'attitude légèrement penchée sur le côté lui donne l'air préoccupé. Bientôt, j'aurai besoin d'elle pour vivre comme j'ai besoin d'oxygène. Dans mon lit, je regarde défiler les photos du concert de Beyoncé sur mon portable, le Tout-Paris est là-bas. Impossible de déglutir, ma gorge me brûle. Demain, j'irai chez le médecin, c'est sûr, j'ai une angine. D'un coup, une onde de frissons m'électrise. Malgré mon pull en cachemire, je claque des dents sous la couette. Les murs pourraient givrer tant l'air est glacial. Je n'arrive plus à contrôler ma mâchoire, mes dents vont finir par se casser à force de s'entrechoquer. Qu'est-ce qui m'arrive ? C'est peut-être un effet bombe à retardement. Ma tête tourne, mes oreilles bourdonnent, mes muscles se contractent. Le sang me martèle les tempes, il se débat dans mes veines à travers la peau. Je grelotte. Je me lève péniblement pour attraper un thermomètre, ma température atteint les trente-neuf degrés. Je me sers un verre d'eau, je me bats avec mon propre corps, luttant pour ralentir le rythme de mon cœur qui s'emballe et cogne violemment dans ma poitrine. J'essaie de maîtriser ma respiration. Je me sens seule. J'ai peur. J'ai chaud et froid en même temps. Ne pas paniquer et se souvenir des consignes : prise de sang au-delà de trente-huit degrés. Je ne sais pas qui appeler. Que va-t-il se passer ? Est-ce que c'est une urgence ? Est-ce que c'est normal, est-ce que c'est l'un des effets secondaires de la chimio ? J'ai eu la naïveté de croire que j'allais être tranquille jusqu'à la prochaine, mais mon corps me lâche. Des perles de sueur gouttent sur mon front, mes cheveux sont trempés, les draps mouillés sont glacés, je transpire comme en enfer. Il semble que l'air trouble ondoie comme sous l'effet du soleil, que l'eau bouillonne dans le verre posé sur la table de nuit. Des images de vallées désolées sans arbre ni lumière tournoient lugubrement. J'ai la sensation bizarre que les ombres qui sortent du parquet et ondulent dans la chambre comme des créatures funestes viennent me chercher. La violence avec laquelle la fièvre consume tout mon corps m'empêche de faire quoi que ce soit. Je suffoque au bord de l'évanouissement. Ça y est. C'est la fin.

J'ai dû perdre connaissance, il est 6 heures. Le lit n'est plus qu'une vaste flaque. Mon corps est lourd, on dirait du plomb dans le nuage de coton. Au prix d'un immense effort de volonté, je me lève, enfile un jean, un pull et des Converse, me traîne lamentablement jusqu'au labo le plus proche, celui de la gare du Nord. Il fait nuit, il fait froid, il y a des gens avec des valises, des hommes qui nettoient le sol avec des machines, des gens agglutinés sous des duvets. La salle d'attente est vide. Je suis la première. Je dis à la biologiste que je suis en chimio, que j'ai trente-neuf de fièvre, que je vais mourir, qu'il faut prendre mon sang et envoyer les résultats à l'hôpital. Je passe immédiatement. J'accroche mon sac derrière la porte. Je m'assois sur le fauteuil. En tapotant le creux de mon bras gauche pour repérer les veines, elle installe le garrot. Elle me demande de serrer le poing. Je regarde ailleurs pendant qu'elle pique et remplit ses tubes auxquels elle colle des étiquettes. Après avoir collé sa compresse, je peux enfin rentrer chez moi. Je suis épuisée.

C'est en début d'après-midi que l'interne m'appelle. Elle a reçu les résultats du labo. Sa voix trahit son inquiétude lorsqu'elle demande si je suis seule chez moi. Elle lâche « neutropénie fébrile », sans sujet, sans verbe, sans complément, sans aucune explication. « J'hésite à vous hospitaliser en chambre stérile, vous n'avez plus de globules blancs. » Il a suffi d'une fois pour anéantir mes défenses immunitaires. Le plus grand paradoxe du cancer, c'est que pour guérir mon corps, il faut le détruire. Le but de la chimio est d'anéantir les cellules cancéreuses. Le problème, c'est qu'elle tire à l'aveuglette ne distinguant pas vraiment les mauvaises cellules des cellules saines. Ils vont finir par avoir ma peau avec leurs conneries. Un jour, je vais crever d'un rhume, parce que mon corps intoxiqué ne pourra plus lutter contre l'infection la plus ordinaire qui soit. Elle décide de faxer à la pharmacie l'ordonnance d'antibiotiques pour l'angine. Elle décide de me laisser chez moi parce que je suis jeune, que ça va s'arranger, il ne faut pas s'inquiéter, il n'y a rien à faire, les globules blancs vont finir par remonter, il ne faut pas sortir. Prendre le métro est plus dangereux pour moi qu'entrer dans la cage d'un lion qui n'a pas été nourri depuis deux semaines. Dorénavant, j'aurai des injections pour obliger ma moelle osseuse à fabriquer plus de globules blancs. Me voilà complètement démolie par une simple angine parce que mon sang n'est plus en mesure de me protéger. Je me demande ce qui coule encore dans mes veines d'ailleurs, peut-être du sirop de grenadine ?

Je visualise distinctement mon cercueil qui repose dans la nef de l'église. Malgré tout ce monde, vêtu de noir, il règne un silence absolu. On n'entend quelques murmures discrets, comme anesthésiés. L'air est glacial. L'église est pleine : mes amis, toute ma famille y compris des gens que je ne vois qu'une fois par an, des amis de mes parents, des journalistes, ma nourrice, un million de fleurs. Il y a une photo de moi. C'est celle que Cédric a prise à Montpellier dans les vignes. Je me demande qui va prendre la parole. Est-ce que Patrick aura réussi à écrire un discours avec une pointe d'humour ? Mais aucun son ne sort de sa bouche, ses cordes vocales sont paralysées. Qui va prendre la parole sans s'effondrer ? Quelle musique vont-ils choisir ? Le bruit de la pluie me tire de mes pensées macabres. Je sursaute. Ça vient de la cuisine. Ma parole, je deviens folle, je n'arrive plus à faire la différence entre ce qui est réel et ce qui ne l'est pas, j'entends les gouttes tomber dans mon appartement. Le simple fait de me lever me demande un effort surhumain. Péniblement, mes pas me guident à moitié inconsciente jusqu'à la cuisine pour voir ce qu'il se passe. Qu'est-ce que je suis venue faire ici déjà ? Ah oui, la pluie ! C'est une fuite qui vient du plafond. Résignée, je laisse couler l'eau de plus belle et retourne dans mon lit. Le plafond pourrait s'effondrer, je m'en moque royalement.

C'est là que je vois le désastre dans la pénombre de la chambre. Des cheveux parsèment mon oreiller. Il y en a partout. Sur l'oreiller et aussi sur le drap tout autour. En écarquillant les yeux, je prends conscience du spectacle saisissant. J'ai l'impression que je vais perdre connaissance. Je ne m'explique pas comment hier encore mes cheveux tenaient sur ma tête et comment aujourd'hui tout se désagrège. Voilà, nous y sommes. Le moment que je redoutais tant depuis le jour où j'ai appris que j'avais un cancer est arrivé. J'ai le sentiment de partir en lambeaux. Je voudrais hurler mais je reste paralysée de terreur, debout devant le lit pendant de longues minutes, à regarder le processus irréversible se mettre en place. Désespérée, les nerfs à fleur de peau, je me penche pour ramasser les cheveux en tas. Je ne sais pas où les jeter, dans la poubelle, dans les toilettes, par la fenêtre ? Personne ne m'a dit où je devais jeter ces putains de cheveux. Les yeux secs, je reste paralysée de terreur avec cette boule de crin entre mes doigts crispés. Quand j'ouvre le poing pour les jeter dans la poubelle de la cuisine, il y a la trace de mes ongles dans la paume de ma main. Aucun mot ne peut décrire mon état. Un coup d'œil au miroir, yeux hagards, visage de marbre. Aucune larme. Les joues comme une terre stérile et aride en temps de sécheresse. La docteure C. avait raison, en dépit de toutes mes prières pour les retenir, mes cheveux tombent par poignées. Preuve que je ne suis pas différente d'une autre, preuve que la chimie est la plus forte.

À ce moment-là, il se passe quelque chose de bizarre. Je tombe en plein cauchemar. Mes cheveux ne peuvent pas réellement disparaître, ça ne peut pas être vrai. Dans ma tête c'est le vide. Aucune pensée ne traverse mon esprit. Tout sentiment, toute analyse, serait vain. Il n'y a ni tristesse ni colère en moi. Comme si mon âme prenait ses distances avec mon corps. Sensation d'avoir pris un poids lourd de plein fouet. Moi qui appelle tout le temps mes amis pour leur raconter le moindre événement de ma vie, aussi insignifiant soit-il, je n'appelle personne. Je suis seule au monde. Qui pourrait m'aider ? Qui pourrait comprendre ? De toute façon, j'ai perdu l'usage de la parole. Je m'isole littéralement. Avec ma fièvre, sans défenses immunitaires, sans cheveux, sans émotions. Toute la journée, j'erre comme un fantôme dans l'appartement glacé, le corps amorphe. Quelqu'un qui me verrait à ce moment-là pourrait penser que je suis somnambule. Dès que je fais un pas, les cheveux se collent sous la plante de mes pieds. Je les sème partout, comme des indices, sur le parquet du salon, les draps, le carrelage des toilettes, le béton ciré de la cuisine, la céramique du lavabo, le plaid du canapé. On pourrait me suivre à la trace. Il faut nettoyer, il y en a partout. Je marche au radar jusqu'au dressing. Je me sens hors de mon corps comme si c'était trop pour moi. À la manière d'un robot, je passe mécaniquement l'aspirateur. Le bruit de l'aspirateur sonne faux. Chambre, couloir, cuisine, salle de bains, toilettes, salon. Je dois utiliser l'embout spécial, celui qui peut aspirer entre les lattes du parquet. En passant la main dans mes cheveux, les filaments dorés restent accrochés dans mes doigts. En soufflant dessus, en les frottant les uns contre les autres, j'arrive à m'en débarrasser. Tout cela n'a aucun sens.

17

Le soleil pénètre dans l'appartement. Mes cheveux morts flottent dans l'air. Délicats lacets d'or intimement mêlés aux particules de poussière scintillantes. On dirait de minuscules créatures féeriques. Depuis une semaine ils tombent par milliers. Je ne pensais pas avoir autant de cheveux. Tous les jours je dois passer l'aspirateur dans l'appartement. Le matin je secoue violemment les oreillers par la fenêtre. Les premiers jours, en les plaçant d'une certaine manière j'arrivais à cacher les trous. Aujourd'hui il y a plus de trous que de cheveux. Mon crâne ressemble à un champ de bataille. L'interne en chimio m'a conseillé de les raser. Quelle est l'autre option ? Les regarder tomber. Bien sûr, c'est ce que j'avais décidé depuis le début : les raser. Je disais, pas question de les regarder tomber, je prendrai la tondeuse, je me raserai le crâne. Cette scène, je me la suis passée en boucle dans ma tête. Le problème, c'est que maintenant, je ne suis plus certaine que ce soit la meilleure solution. L'idée me tétanise, la violence du geste. J'ai mal à la tête, j'ai mal au cœur, j'ai faim. Ce doit être l'heure du déjeuner, l'odeur du chou-fleur inonde mon appartement. Je vais vomir. Je vais manger, ça va passer. J'évite le chaud, ça dégage trop d'odeurs. Je ne supporte plus de les voir tomber. Aujourd'hui c'est décidé, c'est le grand jour. Le jour de la tonte. Marin, Benjamin, Vanessa et Émilie viennent ce soir. Enfin je peux encore changer d'avis, rien n'est figé dans le marbre. Et ce téléphone qui n'arrête pas de sonner. Parfois, j'ai juste envie qu'on me foute la paix. Dans ma tête je passe en revue toutes les options. Je m'agite, je lance une machine, j'allume, j'éteins la télévision, je fais les cent pas dans l'appartement, je ne sais plus quoi faire. Et si je les laissais tomber au fond, ce serait peut-être moins choquant. Je suis le genre de personne qui a toujours peur de prendre la mauvaise décision. Sur le sujet, tout le monde a un avis différent. David veut m'emmener chez le coiffeur, là, maintenant. Le coiffeur en bas de chez moi. J'arrive, on y va tout de suite. Tu ne vas pas les raser, ça va te traumatiser. Il faut passer par une étape intermédiaire. Une coupe courte. Oui O.K. Je le rappelle. Non, non, on ne va pas chez le coiffeur. C'est trop impersonnel, et puis c'est trop tard pour la coupe courte, trop de trous. Anne-Cha dit qu'on n'organise pas un apéro avec des amis pour se faire raser la tête. Non, elle n'a pas envie de voir ça. Et ce téléphone, j'ai envie de le balancer par terre !

C'est la valse des messages bienveillants. Des paroles bien intentionnées qui n'ont pas d'autre effet que m'assommer. La maladie nous fait retomber dans les attentions précautionneuses de l'enfance. Je ne suis plus une femme, je ne suis qu'une petite chose vulnérable et fragile écrasée sous le poids de la bienveillance, asphyxiée par la fumée opaque de la compassion, étranglée par des tentacules rose bonbon. C'est un petit milieu, l'information s'est répandue comme une traînée de poudre. Une traînée de cendres. « Je t'envoie des ondes positives », « plein de courage », « j'espère que tu gardes le moral », « accroche-toi », « si tu as besoin de quelque chose, je suis là », « reste forte », « tout va bien se passer », « il y aura des jours meilleurs », « c'est une terrible épreuve mais tu en sortiras grandie ». C'est facile à dire quand on se débat dans sa petite routine et ses petits soucis dérisoires. Qu'est-ce qui leur prend à tous ? À quoi ça rime tout ce cirque ? Je vais mourir, c'est ça ? C'est pour ça en fait toutes ces attentions, c'est parce que je ne vais pas m'en sortir ?

D'imaginer Benjamin me tondre la tête me plonge dans un abîme de terreur. Je ne peux rien avaler. Je m'enfilerai bien quelques verres de vin. Je vide, je remplis le lave-vaisselle, ouvre grand la fenêtre, aère l'appartement, aère mon esprit. J'essaie d'évacuer la panique. J'en ai marre de ce silence, j'ai besoin d'entendre la vie qui bat dehors. Le bruit assourdissant de la circulation du boulevard Magenta, voitures, bus, klaxons, sirènes d'ambulances. Je passe des coups de fils, je change d'avis, je vais aller chez le coiffeur, je ne sais pas si je me sens suffisamment forte aujourd'hui, on n'est pas à une journée près. Peut-être que demain je serai plus vaillante. Qu'est-ce que je vais faire de tous ces produits ? Il faut faire le tri dans la salle de bains. Prendre un grand sac-poubelle et jeter les shampooings, les après-shampooings, les masques revitalisants, les sérums, ranger le sèche-cheveux et le fer à lisser, qui fait de si jolies boucles, sous le lavabo avec les produits d'entretien, rassembler toutes les barrettes et les pinces dans une petite trousse de toilette. Je ne suis pas près de m'en servir à nouveau.

Plus l'heure approche, plus je me sens gagnée par l'angoisse. J'étends le linge, je marche de long en large dans le salon, j'avale un quart de Lexo. Je supprime l'application Tinder de mon téléphone. À quoi bon ? Tout ça, c'est fini pour moi. Je ne suis plus à la hauteur, je ne peux pas rivaliser avec la beauté des autres filles. Je ferai peur à n'importe qui. Je ne pourrai plus coucher avec un mec. Il suffirait qu'il passe sa main dans mes cheveux pour tirer sur ma perruque par inadvertance. Trop compliqué. Sans parler du cathéter. J'avais toujours eu les garçons que je convoitais, mais je n'envisage plus de séduire qui que ce soit, à part un garçon vraiment désespéré.

Comme prévu ils arrivent vers 19 heures. J'ai commandé des sushis. Nous nous installons autour de la table basse. Je débouche une bouteille de vin blanc. L'ambiance est particulière. Ils savent pourquoi ils sont là ce soir. Les voir avec cet air de cérémonie lugubre me fait encore douter de ma décision. C'est peut-être beaucoup demander à des amis. Avant de sauter le pas, je décide de boire un verre de vin blanc pour me détendre, manque de pot, l'alcool ne faisant pas bon ménage avec la chimio, la gorgée que j'avale me monte aussitôt au cerveau comme une décharge électrique me donnant envie de vomir. Pas la peine d'attendre, autant en finir rapidement pour soulager tout le monde. Je vais dans la salle de bains avec les garçons, hors de question que les filles assistent à ça. De tous mes amis, seuls Benjamin et Marin ont le courage de me raser le crâne. Ironie du sort, ce sont les garçons les plus beaux que je connaisse qui s'apprêtent à scalper les derniers vestiges de ma féminité. Quand je les ai connus, j'étais troublée par leur beauté. Désormais leur charme n'a plus d'effet sur moi, je ne me sens plus aimantée par leur sourire, leurs traits réguliers, leur grain de peau impeccable. Peut-être qu'à force de côtoyer la perfection, on s'y habitue, on ne la voit plus. Espérons qu'on se familiarise de la même manière à la laideur, peut-être que les visages finissent par s'uniformiser avec le temps.

Dans la salle de bains flotte le parfum de tendresse complice qui précède les événements graves dont on se souvient toute la vie. Je respire normalement, je cherche la peur au fond de mon ventre mais je ne la trouve pas. Je m'attendais à ce que mon cœur se contorsionne, mais je me sens détendue. J'ai la certitude d'avoir pris la bonne décision. Benjamin sort la tondeuse de son étui avec une force rassurante, je lui adresse un regard d'encouragement, j'imagine combien cela doit être difficile pour lui. Assise de dos sur le rebord de la baignoire, la tête légèrement penchée en avant, les bras le long du corps, je ferme les yeux si fort qu'il me semble qu'ils s'enfoncent dans mes orbites. Indéfinissable, la sensation que je ressens lorsque Benjamin passe l'appareil qui grésille en glissant sur ma tête, quand je sens mes cheveux tourbillonner comme une nuée de papillons aux ailes délicates, avant de s'évanouir sur le carrelage comme si c'était un champ de coton, quand je serre de toutes mes forces mon visage entre mes mains pendant que Marin passe l'aspirateur dans un bruit assourdissant. Ça va, je crois. Voilà, c'est fini, n'en parlons plus. Quand j'ouvre les yeux, il n'y a aucune trace du carnage. Je me faisais de cette scène tout un monde, j'ai pleuré mes cheveux pendant des semaines, ils ont finalement disparu dans une simplicité déconcertante. Au toucher, je sens à l'avant de mon crâne des zones lisses comme un œuf. Marin positionne délicatement ma perruque parce que je refuse de me voir sans cheveux : « Allez ma belle ». Je ne suis pas prête à me voir chauve et je ne sais pas si je le serai un jour. En attendant je ferai en sorte d'éviter les miroirs. Vanessa et Émilie ont disposé les sushis sur des plateaux. Inquiètes, elles me sondent du regard craignant que je m'effondre mais je me sens libérée de la tension accumulée ces dernières semaines. Non, ne cherchez pas, je n'ai pas versé une larme. J'ai accepté de me résigner, j'ai eu trois mois pour me préparer à cette idée et faire le deuil de mes cheveux. Tout ce que j'ai dû subir dont je ne me serais jamais sentie capable : les prises de sang, les aiguilles dans le ventre, l'opération, l'implantation du cathéter, la chimiothérapie et maintenant la perte de mes cheveux. Je n'imaginais pas avoir tant de sang-froid. La force que j'ai dû puiser à l'intérieur de moi, vous n'avez pas idée.

18

Après ma première nuit sans cheveux, je me trimballe avec ma perruque dans l'appartement toute la matinée. Je redoute tant de me voir chauve que j'ai décidé de la porter tout le temps. Je suis belle, un point c'est tout. J'entortille les mèches comme si c'était les miennes. Mes cheveux sont immensément longs, ils m'arrivent au milieu du dos. Enfin la chevelure de mes rêves ! Je suis si excitée que j'en oublie presque que mes cheveux à moi sont dans le sac de l'aspirateur. Si je n'avais pas un cancer je pourrais faire des ravages. La lumière de fin d'été traverse le salon de part en part. Certaines choses ne changent pas. Je passe de la musique, je danse, je me cambre, je me dandine dans le salon. Mes cheveux bougent dans tous les sens. Je ne me souviens pas de la dernière fois que j'ai écouté de la musique, que j'ai dansé. Il n'y a pas si longtemps j'allais danser chaque semaine. Moue ingénue devant le miroir au-dessus de la cheminée. Le reflet me renvoie l'image d'une fille plutôt pas mal pour une cancéreuse. Je me trouve plus belle qu'avec mes cheveux. Une crinière de lionne, une frange mutine me donnent un air irrésistible. Je me sens une nouvelle femme. Cette fille-là, c'est sûr, elle ne s'en laisse pas conter. Elle prend les choses à bras-le-corps. C'est la version la plus féminine de moi, le genre de femme à ne porter que des talons très hauts, à ne jamais sortir sans rouge à lèvres, le genre à faire tourner les têtes. Je prouverai à tout le monde qu'on peut rester belle et être en chimio, il n'y a pas de raison. C'est décidé, j'arrête de me morfondre. Si je ne relève pas la tête, je vais crever à petit feu. J'installe un champ magnétique autour de moi qui ne laisse pas passer la tristesse. À partir de ce jour, à partir du jour où j'ai perdu mes cheveux, l'angoisse laisse place à une farouche détermination. Il n'est plus question de se lamenter, il est question de se battre et le combat ne laisse plus de place à l'apitoiement.

Je sors de la maison la tête haute, une jupe tubulaire zippée à rayures Oshkosh, un tee-shirt à message, des sandales à talons et mon rouge vif sur les lèvres, balançant ma tignasse de femme fatale, foulant le bitume d'un pas si assuré qu'on pourrait penser que Paris m'appartient. Le ciel est bleu électrique. Je souris au soleil, aux clodos, aux cerisiers, aux feux rouges, aux anonymes dans la rue, exhibant ma perruque avec autant de fierté qu'un trophée. L'horloge de la pharmacie affiche 19 heures. Il y a du monde, les filles sortent encore jambes nues. Une ivresse simplement liée au fait d'être debout m'envahit. Dès que je recouvre un peu d'énergie, je profite, je savoure l'instant présent. Prendre l'air me fait tant de bien.

Ce soir c'est l'anniversaire de Mathieu. Il s'agit de reprendre un semblant de vie sociale. Je ne peux m'empêcher de caresser mes nouveaux cheveux. Personne ne peut soupçonner que je porte une perruque. En fin de compte, je suis persuadée que tout va bien se passer. Je vais continuer de sortir et m'amuser, les garçons n'y verront que du feu. Tout ce qui m'importe, c'est de pouvoir vivre aussi normalement que possible et cacher ma maladie aux yeux du monde. Subitement, alors que je fais claquer mes talons aguicheurs sur le trottoir, une idée terrible me traverse l'esprit, je crains que ma perruque ne s'envole ou que quelqu'un passe en courant et l'arrache. C'est idiot, je sais, parce que personne ne m'a jamais tiré les cheveux comme ça dans la rue, sans raison, mais d'un coup je ne me sens pas en sécurité.

En arrivant chez Mathieu et Anne-Cha, tout le monde me trouve rayonnante. « Tu as l'air en forme, tu as bonne mine. » C'est ce que les gens disent quand ils me voient comme s'ils s'attendaient à voir un zombie. L'ambiance est chaleureuse. Je balance des sourires en veux-tu, en voilà aux gens assis sur les canapés et les coussins autour de la table basse. Je bois timidement du coin des lèvres ma coupe de champagne sans en avoir envie, juste histoire d'avoir l'air comme les autres. J'aurais trop honte de vomir. Nous parlons de choses et d'autres. L'odeur du couscous, préparé par une cuisinière marocaine, se répand dans tout l'appartement. Les cercles se forment. C'est la rentrée, tout le monde parle de ses projets, de ses nouvelles résolutions pour l'année : arrêter de fumer, faire du sport, manger plus sainement, trouver un nouvel appartement, une nouvelle nounou, une nouvelle femme de ménage, partir plus souvent en week-end pour décompresser, aller plus souvent au cinéma. Les mots flottent dans l'air comme des papillons en papier, sans jamais m'atteindre. Mal à l'aise, déchiquetant nerveusement un paquet de cigarettes oublié, je ne participe à aucune conversation. Je joue le numéro de la fille pimpante qui est gaie, genre tout va bien, ma vie est merveilleuse, mais je ne me sens plus aussi sûre de moi. En fait, je pourrais jouer la comédie, après mon cancer. Est-ce qu'on peut démarrer une carrière à 38 ans ? Non, parce que je ne savais pas que j'avais autant de talent. Je suis capable de sourire sur commande comme ces actrices qui peuvent fondre en larmes d'une seconde à l'autre.

Personne ne s'intéresse à moi. À les écouter maintenant parler de leurs petites histoires de bureau, je me sens spectatrice de leur quotidien. Mon euphorie n'a pas duré. J'ai le sentiment d'être décalée comme si quelqu'un m'avait poussée dans une dimension parallèle. Je ne me sens pas à ma place, je me fais l'effet d'une danseuse étoile sur un terrain de rugby. Moi qui avais toujours quelque chose à dire, je n'ai plus rien à raconter. Aucune histoire pour pimenter mon existence au goût d'ennui. Ce sont des gens que je connais, des gens avec lesquels je pars en vacances mais il me semble que nous n'avons plus aucun point commun. Il existe désormais entre nous une distance qui se compte en années-lumière. D'un seul coup, j'ai la sensation terriblement angoissante d'être à la fois entourée et profondément isolée. Je me trouve insipide à côté d'eux et de leurs projets tandis que je passe mes journées à moisir dans ma chambre. J'ai le sentiment d'être la seule à ne plus rêver. Il faut se rendre à l'évidence, je ne fais plus partie de leur monde. Je ne m'intéresse plus aux mêmes choses qu'eux. Ma seule mission aujourd'hui est de guérir. Alors ça me saute à la figure : je n'ai plus aucun rôle dans la société. Au milieu des autres, de leurs projets, de cette vie qui déborde, je ne sers plus à rien. J'ai beau avoir la plus jolie perruque du monde, je me sens complètement inutile et inintéressante.

À travers cette scène, je prends réellement conscience de ma condition de malade, je réalise qu'il est impossible de continuer à mener une vie normale. C'est décidé je ne verrai plus que mes proches à partir de maintenant, les babillages des autres me déstabilisent, et, au final, je me sens vulnérable, j'ai peur de perdre la face, de craquer en plein repas. Ça ferait tache. Tout le monde serait mal à l'aise de voir une fille à table perdre le contrôle, se mettre à chialer dans son assiette, parce qu'elle a un cancer. Les gens ne sauraient pas quoi dire, sortiraient des banalités pour me réconforter. Mieux vaut éviter ces désagréments à tout le monde et surtout à moi. Avec mes amis, je me sens en confiance, je n'ai pas besoin de faire d'efforts, de contrôler mes gestes et mes paroles, je ne panique pas à l'idée de pleurer. Il n'y a qu'avec les gens qu'on aime et qui nous aime qu'on peut vraiment être soi-même, sans jouer aucun rôle. Plus que jamais, j'éprouve le besoin d'ériger des barricades autour de moi pour préserver mon équilibre émotionnel. Je ne me sens bien que dans des endroits familiers, entourée de mes proches. Ce soir, je me fais l'effet d'un animal qui ne se sent en sécurité qu'avec sa tribu et sur son territoire.

Je me sens si fatiguée après cette soirée. Parler, sourire, m'intéresser à d'autres choses que moi me semblent au-dessus de mes forces. Je ferme la porte derrière moi, enlève ma perruque, c'est désagréable d'avoir tout le temps un truc sur la tête, ça gratte. Je sens mes forces quitter mon corps. Je rampe et m'écroule sur le canapé. Corps de chiffon. Effet guimauve, mou, sans aucune consistance. Mes forces s'amenuisent à toute vitesse. Je ne peux plus rien faire, je suis une loque, je ne suis plus moi-même. Je vais être obligée de me ménager. Mon corps, comme un fardeau, me rappelle à l'ordre parce que j'ai cru que je pouvais voir des gens, aller et venir à ma guise et faire comme si tout allait bien, comme si de rien n'était. Tu rêves ma p'tite. Au fur et à mesure que mes forces s'amenuisent, mon corps ne m'obéit plus, ne veut plus suivre le rythme que je lui impose. C'est lui qui m'impose une nouvelle cadence, un nouveau mode de vie et je n'ai pas d'autre choix que celui de l'écouter. Je prends conscience de mes limites. Je fais la moitié du quart de ce que je faisais avant. Ma vie était une succession de sorties, un tourbillon de garçons, de voyages et de week-ends, maintenant c'est la fin des haricots. Fini la fête. Il faut renoncer à tant de choses : le travail, la vie sociale, les fêtes, les histoires d'amour et les histoires d'un soir. Tout est si différent. Moi qui menais de front une vie professionnelle et sociale trépidante, ma vie ressemble désormais à un film au ralenti. Un mauvais film par-dessus le marché. Avec la perte des cheveux, la fatigue est ce qu'il y a de plus difficile à vivre, cette sensation de se sentir diminuée au point d'être incapable de faire quoi que ce soit. C'est une fatigue qui vous enveloppe entièrement, une fatigue que même le sommeil ne répare pas.

Je me traîne jusqu'à la salle de bains pour me démaquiller. Quand je tombe nez à nez avec mon reflet, le constat est terrible. Je dis tombe parce que les deux ou trois verres de vin que j'ai bu ce soir m'ont joué des tours, j'ai complètement oublié que j'avais enlevé ma perruque en arrivant à la maison. Si vous avez déjà vu un oisillon qui vient de naître, vous avez forcément une idée de ce à quoi je ressemble. Jamais de ma vie je n'ai été aussi laide. On n'a pas idée d'être si laide d'ailleurs ! J'essaie de garder mon calme parce que je meurs d'envie de balancer mon parfum dans le miroir. Je me force à regarder le reflet de mon visage impassible et c'est difficile. Je ne me reconnais pas. Il me semble que j'ai disparu. La réalité qui s'impose à moi est terrifiante. J'ai le sentiment qu'on m'a amputée d'une partie de moi-même. Je ne vois plus que ça : mon crâne scalpé. Je suis trop démolie de l'intérieur pour pleurer. Décidément je crois que je n'ai plus de larmes. Avant je pouvais pleurer pour un oui pour un non, et là je me retrouve dans la glace avec une tête d'extraterrestre et mes yeux restent secs. La dernière fois que j'ai pleuré c'était juste avant d'aller en chimio. Depuis, mon cœur c'est de la pierre. La docteure C. avait tort, le fait de me couper les cheveux plus courts n'a pas minimisé le choc. J'ai beau essayer de me raisonner, de me dire que c'est pour mon bien, que c'est temporaire, mais non, il n'y a rien à faire, je ne peux pas m'accepter comme je suis.

19

Une fois par semaine je vais voir la psy. Pour me rendre à l'hôpital, je passe devant la gare de l'Est. Je croise des gens qui tirent des valises à roulettes, des hommes et des femmes qui dorment dans la rue discutant avec eux-mêmes parce qu'ils sont devenus fous à force de solitude. Je traverse la rue des Récollets et ses lieux pour gens heureux, son magasin de vieux vinyles, ses boutiques de déco, ses dépôts-ventes pour enfants, ses restaurants, j'emprunte le pont tournant pour franchir le canal Saint-Martin, puis la rue de la Grange-aux-Belles, ça ne s'invente pas. Quand il y a du vent, ma perruque se soulève, alors je marche en la tenant d'une main sur la tête. Les arbres rouillent, les pelouses du jardin de l'hôpital sont tapissées de feuilles mortes. Ma psy est une femme posée et souriante. Elle écoute, elle ne parle pas beaucoup, alors je bavarde toute seule pour combler le vide, c'est toujours gênant les blancs dans une conversation. Souvent elle acquiesce simplement à ce que je dis. Elle prend des notes sur un carnet et à chaque fois je me demande ce qu'elle peut bien écrire. Peut-être qu'elle fait sa liste de courses pendant que je déballe tout ce qui me passe par la tête. Aujourd'hui, je lui parle du temps, ce temps distendu, qui n'existe plus. Que se passe-t-il docteure ? La grande horloge du monde aurait-elle perdu la tête ? Mais non. Ce n'est que moi qui perds le nord. Mon existence a basculé dans une temporalité où la notion des jours et des heures n'a plus aucun sens, un labyrinthe confus d'inactivité, de jours et de nuits qui s'enchaînent sans lien entre eux. Ma vie est rythmée par les chimiothérapies. Je sais que je suis à J + 8 ou J -5. J'attends le jour où je retournerai au monde civilisé, où je quitterai celui des malades. Je me sens entre deux mondes, le cul entre deux chaises, entre les vivants et les morts. Non je ne pourrais pas dire que je m'ennuie. Je ne dirai pas que le temps passe vite ou lentement. Il passe, c'est tout. Ma fatigue est immense, je dors beaucoup, ça me repose la tête. Sinon mon cerveau est toujours en ébullition. À quoi bon ruminer toute la journée, pour tenter de donner un sens à des choses qui n'en ont pas ? C'est peine perdue. Comment ai-je pu choper cette saloperie ? J'aimerais comprendre pourquoi je suis malade, mais personne ne m'explique. La docteure C. m'a dit que c'était une histoire de hasard. Mais ça me paraît gros. Vous y croyez vous ? Comme si j'étais victime d'une malédiction. À moins d'être particulièrement vicieux, pourquoi le hasard m'en aurait-il voulu à ce point ? Il y a sûrement une explication scientifique, ils ne peuvent pas me faire avaler ces conneries. Je n'y crois pas un instant. Pas une seconde. Je n'arrive pas à m'expliquer comment une tumeur peut pousser en moi comme un bourgeon, si quelqu'un ou quelque chose ne l'a pas planté là. J'essaie de comprendre. À qui la faute ? Il n'y a pas de fumée sans feu. Hygiène de vie et malbouffe ? Pesticide, déodorant, stress, alcool, viande rouge, huile de palme du Nutella ? Je me dis que tout ce qui m'arrive est peut-être ma faute. Si mon propre corps m'a trahi, si toutes les fibres de mon être se sont liguées contre moi, c'est que j'ai dû faire quelque chose d'effroyable. Ou peut-être que c'était ma destinée d'être malade, que tout cela était écrit dans mon karma pour me faire prendre conscience du caractère fragile de la vie.

Je voudrais me glisser dans un caisson d'hibernation et qu'on me réveille quand tout sera fini. Cet état d'inconscience pendant lequel tout s'arrête m'apporte un tel réconfort. Il est s'y facile de s'y laisser couler le sourire aux lèvres. Durant quelques heures, si on a de la chance, on oublie tout. On disparaît. Le cerveau s'arrête de bouillonner comme un chaudron. La paix retrouvée. Ne plus penser à rien. On n'a plus de cancer quand on dort, vous comprenez.

Oui c'est vrai, ça pourrait me distraire vos ateliers beauté. Mais je n'ai d'entrain pour rien, et puis je ne suis pas sûre de vouloir passer du temps avec les autres femmes comme moi. Rester confinées entre nous à s'échanger des conseils de maquillage, ça ne va pas nous aider à avancer. On ne parlerait que de chimio, ça servirait à quoi de ressasser encore tous nos problèmes ?

Je préfère les gens qui ne sont pas malades voyez-vous. Ça me change les idées. Je n'ai rien contre elles bien au contraire, c'est juste qu'il ne faut pas s'enfermer dans la maladie. Et puis l'hôpital, j'y viens déjà assez comme ça, merci ça me suffit.

Oui, rassurez-vous, je suis très entourée par ma famille et mes amis. Comment ça de nombreuses femmes se retrouvent isolées ? Seules vous voulez dire ? C'est pour ça que vous proposez toutes ces activités, le maquillage, le yoga, les cours d'escrime, c'est parce que les hommes, effrayés, prennent la tangente ? Quel genre d'homme peut quitter une femme atteinte d'un cancer ? Un homme qui ne veut pas se traîner un boulet ? Évidemment, au moment où on signe pour le meilleur et pour le pire on n'imagine pas le pire. Toujours est-il qu'ils partent. Ils se cassent. Allez. Salut. Ciao. À l'hôpital on appelle ça la double peine.

La maladie les renvoie peut-être à une peur enfouie au plus profond de chacun d'entre nous. Une peur abyssale qui rôde au-dessus de nos têtes depuis ce jour béni où nous sommes nés. La peur de mourir à n'importe quel endroit, n'importe quel moment. Notre lot à tous, qu'on préfère oublier. Ce qu'on appelle la condition humaine. Sinon comment ferions-nous pour nous lever chaque matin, affronter la journée, préparer son café, se doucher, partir au bureau et reproduire tous les jours, le même cinéma, en attendant les week-ends et les vacances ? Je pense à ces femmes seules et abandonnées, à ces hommes lâches que j'aimerais réduire en bouillie.

Je suis célibataire, mais avec ce que vous venez de m'apprendre je me dis que c'est peut-être mieux comme ça. Si j'avais dû subir une rupture en plus d'un cancer, je ne serais pas là à discuter avec vous, je serais au fond de la Seine attachée à une ancre. J'avais rencontré quelqu'un juste au moment où je suis tombée malade. Enfin rien de sérieux mais il me plaisait, et je crois que je lui plaisais aussi. Mais il s'est enfui. Quand on se connaît à peine, c'est une raison recevable. Je ne lui jette pas la pierre, faudrait être cinglé pour avoir envie de coucher avec une fille complètement chauve. Vous avez vu la tête que j'ai ? Non bien sûr, vous ne me voyez pas avec ma perruque, même une plante verte est plus désirable que moi ! Dans le miroir, mon image se distord, je vois de moins en moins la femme que je suis et de plus en plus une malade du cancer. Tous les garçons m'ont abandonnée. Il y a peu, je recevais beaucoup de messages, et puis, ils n'ont plus donné aucun signe de vie. Je leur ai dit la vérité. Ils n'étaient déjà pas bien vaillants quand j'étais en bonne santé, alors là c'est silence radio. L'idée de ne plus avoir d'aventures m'a terrifiée, maintenant je m'y fais. Je n'ai pas vraiment le choix de toute façon. J'aurais pu m'inventer une nouvelle existence, une année sabbatique pour faire le tour du monde en voilier avec un prince saoudien, mais j'ai dit, j'ai un cancer. Je pensais les émouvoir, je les ai fait fuir. Il est étonnant de voir comment ces garçons qui m'entouraient ont déserté le paysage. Bref, les SMS les plus excitants que je reçois sont les promotions de Sushi Shop, les offres privilégiées du Printemps, les résultats d'analyse du labo, les relevés de compte de la banque. Ça fait un vide. Un sacré vide. Moi qui, depuis mon adolescence, n'avais cessé de languir en pâmoison devant mon téléphone, ne voulant pas donner de nouvelles la première, sursautant au moindre bip, hésitant à répondre avant trois minutes pour me laisser désirer, ressassant un million de fois une phrase avant d'appuyer sur la touche « envoyer », tentant de deviner la réaction de l'autre, jouant au chat et à la souris, rêvant d'un amour brûlant. Pour la première fois depuis des années, je n'attends plus rien de mon téléphone. J'ai supprimé les applications de rencontres, je ne fais plus la belle maintenant, je ne vois pas qui pourrait avoir envie de moi à part un aveugle, et encore. Personne à qui penser. Personne qui pense à moi. Je suis seule comme la mort, les garçons ont tiré un trait sur moi, ils m'ont reniée, ils m'ont enterrée vivante au cimetière de l'indifférence. Je crois que ce qui m'afflige le plus, c'est de ne plus être désirable. Vous savez très bien pourquoi je ne peux plus avoir de relations sexuelles. Je ne vais pas vous faire un dessin !

Cela dit, cette semaine j'ai reçu un SMS d'un amant que je n'avais pas vu depuis un moment. C'était sûrement la dernière personne sur terre, à ne pas savoir que j'avais un cancer. Aussi surprenant que cela puisse paraître, il s'en moquait que je porte une perruque. En plus, il est très beau, il a beaucoup de succès auprès des filles. Enfin, ce que je veux dire par là, c'est qu'il a le choix. Donc il voulait vraiment me voir moi. C'est vrai qu'on s'entend bien. J'aime sa manière d'être doux et autoritaire à la fois. Il m'a dit que ça ne changeait rien, que j'étais toujours la même, qu'il ne comprenait pas que je m'interdise de faire l'amour, que rien ne m'en empêchait. Il a précisé qu'il avait eu beaucoup de gens autour de lui qui avaient eu des cancers, qu'il connaissait bien la maladie, qu'il n'en avait pas peur. Sur le coup je suis tombée des nues, ça m'a paru insensé de pouvoir susciter du désir, parce que si j'étais un garçon, je ne crois pas que je voudrais coucher avec une fille qui n'a pas de cheveux, mais comme ils ont constamment des idées bizarres dans la tête, il faut s'attendre à tout. Je me suis toujours figuré leur tête comme une superposition complexe de briques de Playmobil. J'ai pensé qu'il me faisait une blague, mais non, il était très sérieux. C'est peut-être à cause de son métier, Benoît est flic. Il doit être habitué à voir des choses qui sortent de l'ordinaire. En même temps, je ne suis pas sûre qu'il enquête sur des meurtres ou ce genre de chose. Je crois qu'il s'occupe de la circulation.

Il m'a demandé de lui envoyer des photos. J'ai improvisé une petite séance. J'étais couchée comme d'habitude. Je me suis levée. Maquillage des yeux au charbon dans la salle de bains, positionnement de perruque, je suis devenue une pro dans l'art du déguisement. Très fière de moi, je me suis remise au lit pour prendre un selfie, j'ai minaudé, en prenant soin de cacher mon cathéter et la cicatrice avec mes cheveux. Quelle imposture ! Une perruque ça vous métamorphose, ça vous change une femme ! Évidemment, il m'a trouvé sexy. Duper les garçons par des regards de biche apeurée, une bouche en cœur, une chevelure de rêve, du *make-up* est vraiment facile. En réalité je voulais qu'il me dise ça, que j'étais toujours attirante. Me sentir désirée comme avant. Bref, j'ai accepté de le voir. J'ai accepté qu'il vienne chez moi. J'ai fait ma maligne. En raccrochant, j'ai frétillé comme des sardines prises au piège dans un filet. J'ai commencé à fantasmer sur notre cinq à sept. Et là j'ai imaginé des positions rocambolesques avec les cheveux dans tous les sens. C'est à cet instant que j'ai senti mon enthousiasme fondre comme neige au soleil. L'idée de me retrouver chauve devant lui m'a fait paniquer. Puis je me suis regardée dans un miroir : le cathéter dans le décolleté, les cicatrices autour du sein et sous le bras. J'ai envoyé un SMS pour annuler. Je ne m'en sentais pas capable. J'ai eu peur que cette perruque ne fiche le camp. Ce serait la pire des humiliations, vous comprenez. On ne s'en remet pas d'une chose pareille, je n'aurais plus qu'à déménager sur Mars. Impossible de se laisser aller avec une perruque qui menace de tomber à chaque instant.

Pour ne rien vous cacher, en plus, ma libido est aux abonnés absents. Au fond, je n'avais pas vraiment envie. J'étais juste flattée qu'il ressente du désir pour moi. Je n'ose pas le dire à la psy mais quand j'ai fermé les yeux en imaginant tout ce qui m'excite habituellement chez lui, sa voix douce, son cou large, son torse et ses bras tatoués, quand j'ai repensé à la manière qu'il a de me plaquer contre le lit en m'immobilisant les bras derrière le dos, que je sens le métal de la croix pendue à son cou descendre lentement le long de mes reins jusqu'entre mes cuisses, ça n'a strictement rien déclenché en moi, comme si la chimio avait saboté le mécanisme du désir. Il n'y a plus de connexions entre mon ventre et mon cerveau. Il m'arrive d'imaginer que ça ne reviendra peut-être jamais, que plus jamais je n'aurai envie de quelqu'un, que je suis condamnée à vivre sans désir pour le restant de mes jours. Benoît me plaît mais l'idée du contact physique ne me fait plus frissonner. J'ai perdu la flamme. Il n'y a plus de papillon dans mon ventre. Je suis frigide. Ne plus susciter de désir, ne plus avoir d'envie, c'est tout nouveau pour moi. Je ne sais pas comment l'expliquer mais j'ai l'impression que la situation ne se prête pas à la légèreté. J'ai écarté de ma vie le sexe et toutes les choses futiles, je ne me sens pas le droit de prendre du plaisir cela me paraît inconvenant, cela équivaudrait à me trahir moi-même. Cela peut sembler étrange mais je me sens obligée d'être grave.

Et puis il n'y a pas de place dans ma tête pour le désir. Mon corps et mon esprit sont trop encombrés de douleur. Séduire me semble au-dessus de mes forces. Je n'ai plus envie de sexe. Je n'ai plus aucune envie à part dormir. Tout ce que je ressens, c'est un vide intersidéral. Ça me fait mal au cœur de l'admettre mais sans les garçons, sans la séduction, ma vie n'a plus aucun sens, c'est un électrocardiogramme plat. Rien ne m'intéresse, peu m'importe ce qu'il se passe dans le monde. Les garçons, je les regarde sans les voir. Je ne me demande même plus s'ils me plaisent, non je ne me pose jamais cette question. Ils sont devenus des ombres. Ils font partie du décor. En fait, je n'y pense plus, ils sont sortis de ma tête. J'ai fait une croix sur tout ça, je sais que ça n'est plus pour moi : la quête, l'attente, les faux espoirs, les rendez-vous foireux, les excuses bidon, les lendemains qui déchantent. Vous savez quoi, ça va me faire des vacances. Mon esprit est déjà bien assez préoccupé. J'ai du mal à me gérer moi-même entre les courses, le linge, la poussière, tout me fatigue, alors si je rajoute les problèmes de garçons ça risque de me compliquer l'existence. Mon cerveau tourne bizarrement en ce moment. La chimio affecte mon système nerveux. Ce matin j'ai fait chauffer une tasse de thé dans le micro-ondes sans mettre d'eau. Pas plus tard qu'hier soir j'ai oublié d'éteindre les bougies, elles sont restées allumées toute la nuit. Je vais finir par foutre le feu à mon appartement. Une autre fois, je suis descendue un matin en jogging avec mon foulard noué à la va-vite sur la tête chercher le courrier et je me suis retrouvée devant la porte en étant incapable de me souvenir du code que j'avais composé un million de fois. Black-out. Paniquée, je ne savais plus quoi faire, les larmes me sont montées aux yeux, je n'osais pas sonner aux interphones des voisins pour ne pas passer pour une folle, j'ai dû attendre une demi-heure que quelqu'un daigne rentrer dans l'immeuble. Tout me semble compliqué, je me noie dans un verre d'eau, je perds la mémoire, je suis sans cesse dans un état second comme si on m'avait lobotomisée. J'ai la tête en vrac. Lutter contre le brouillard nébuleux qui s'insinue dans mon cerveau me demande tant d'énergie. La docteure C. m'avait dit que j'allais perdre mes cheveux mais pas mes neurones.

20

Que dire de ma nouvelle vie ? Je commence à m'habituer à mon nouveau rythme. On peut penser ce qu'on veut mais je peux vous garantir qu'on s'habitue à tout. On finit par trouver presque normale une situation grave. On est capable de développer des stratégies d'adaptation qu'on peut à peine imaginer. Mon cycle revient toujours en boucle : une semaine enfermée dans le noir, une semaine entrecoupée de petits sursauts de vitalité, et la dernière où je pourrais presque mener une existence formidable si je n'étais pas aussi abattue à l'idée d'y retourner, et si je n'étais pas chauve. J'ai beau me dire que la chimio détruit mes cellules cancéreuses, je la déteste. Je la maudis. Elle pompe toute mon énergie, mes cheveux, mon insouciance, tout mon être. Je me sens éteinte.

Je passe souvent la semaine postchimio en pyjama, chez mes parents, avec mon éternelle gueule de bois. Cinq jours de tourniquet. D'après la docteure C. ce n'est pas la chimio qui me met dans cet état-là, ce sont les antivomitifs auxquels je suis allergique. Ces jours-ci je ne vois personne, je n'ai pas envie de parler, je n'ai pas envie que mes amis me voient dans cet état, c'est un triste spectacle. Je n'allume jamais la télévision, je n'écoute pas de musique. Je m'absorbe, la tête vide, dans la contemplation du plafond comme si c'était une boule de cristal. Je reste dans le silence que j'ai apprivoisé comme on apprivoiserait un animal, il y a tant de bruits dans ma tête : ils jouent de la perceuse, enfoncent des clous, creusent au marteau-piqueur. Je leur intime l'ordre d'arrêter ce tapage. Je disparais sous ma couette dans l'obscurité, enfouissant mon visage entre mes mains. Je veux dormir. Il y a des jours où tirée vers le haut je regarde l'horizon avec l'assurance d'une figure de proue fendant un océan de détresse, mais il y en a d'autres où je n'ai plus rien à quoi m'accrocher, rien ne peut repousser les idées noires qui me recouvrent comme du mazout gluant. Cette semaine-là, mon moral en prend toujours un sacré coup. On a beau être entourée, le cancer est un voyage solitaire. Si je suis si mal en point, c'est que le cocktail chimique doit être efficace, me direz-vous. Papa et maman sont attentifs au moindre battement de mes cils. Quand je suis chez mes parents c'est compliqué parce que mon père ne veut pas me voir sans cheveux alors je dois sans cesse porter ma perruque ou un foulard. Et la nuit, quand je vais faire pipi, je suis terrorisée à l'idée de le croiser. Je ne voudrais pas l'effrayer. Dans quelque temps, mes nièces viendront passer deux jours chez eux. J'appréhende l'arrivée de Cléo, plutôt maligne du haut de ses 5 ans. Je ne porte pas ma perruque, mon foulard est enrubanné autour de ma tête. Je ne me sens pas très à l'aise, j'ai peur de lui faire peur. Sa maman lui a expliqué que j'étais malade, que j'avais des piqûres si fortes qu'elles faisaient tomber les cheveux. Ce qui me paraît être une bonne explication. De toute façon, comment une enfant de 5 ans pourrait-elle comprendre une équation aussi insoluble ? Pour ma part, je ne sais plus qui combat quoi. J'ai l'impression de me battre contre moi-même.

Quand mon frère dépose les filles à la maison, je me compose un visage radieux. Il dit : je suis pressé ; je n'ai pas le temps de rester ; je suis en retard au boulot ; les tétines sont dans le sac bleu. Il me demande si j'ai vu les derniers épisodes de *Game of Thrones*. Avec mon frère, nous parlons de séries et de cinéma. Quand je le vois, il me demande quels sont les derniers films que j'ai vus. La psy dit que si mon frère me parle de cinéma c'est parce que en ne parlant pas des choses graves, on a l'impression qu'elles n'existent pas.

La cadette s'accroche au pantalon de mon père, Cléo me sourit, sa valise miniature à la main et me lance son éternel : « Tata on zoue ? Tu veux zouer à quoi ? » Elle me laisse tout le temps croire que je vais décider. Ma nièce est d'une beauté à couper le souffle, presque inhumaine. On a l'impression que si on la touche, elle va disparaître comme un hologramme. Elle a les dents du bonheur, des cheveux fins d'un blond presque blanc, deux billes de porcelaine bleu ciel au-dessus d'un nez délicat, une peau pâle et translucide semblable à du papier à cigarette à travers laquelle on devine l'enchevêtrement de ses minuscules veines au tracé si léger qu'il semble dessiné au fusain. Ensemble nous jouons au mikado, aux dames, aux petits chevaux, au Uno, au Cochon Qui Rit, au Monopoly pour enfant où l'on achète pour quatre billets un palais de glace et une forêt enchantée. Son seul mauvais côté, c'est qu'elle est très mauvaise joueuse. Je suis obligée de tricher pour la laisser gagner, elle ne supporte pas de perdre, elle arrête d'un coup la partie, les larmes aux yeux, le nez fumant. Alors elle se déguise en princesse, nous peignons des papillons sur ses cahiers de coloriage, nous habillons de robes lamées mes vieilles poupées Barbie, elle me fait la lecture car elle connaît ses Tchoupi par cœur. En temps normal, ce qu'elle aime par-dessus tout, c'est jouer les coiffeuses. Elle me brosse les cheveux, m'accroche des barrettes sur toute la tête et je feins de trouver ses créations somptueuses.

À mon grand soulagement, elle a l'air de s'en fiche pas mal que j'ai des cheveux ou pas. Après tout, c'est toujours moi. La même voix. Le même sourire. Le même entrain. Et au petit matin, quand la lumière filtre à travers les interstices des volets, qu'elle se réveille avant moi et qu'elle observe mon crâne chauve, cela ne change rien. Ni peur ni pitié dans ses yeux d'enfant. Seulement cet air de dire « tu ne vas pas y échapper tata, ne crois pas que tu vas t'en sortir si facilement. Ce n'est pas parce que tu n'as plus de cheveux et que tu es fatiguée que tu ne vas pas jouer avec moi ».

De retour à Paris. Je remets le nez dehors, trop heureuse d'être en vie. J'aime Paris quand il fait beau.

C'est une sensation incroyable de sentir l'air courir sur ma peau. La ville n'est jamais aussi belle que sous cette lumière éclatante. Les Parisiens sont heureux, les volets aux fenêtres des immeubles majestueux sont comme des sourires. Moi qui mettais un point d'honneur à porter une tenue différente tous les jours, je m'habille désormais comme la veille et le lendemain. Un tel laisser-aller ne me ressemble pas mais ça m'évite de réfléchir inutilement. Aucun intérêt à perdre mon temps en essayages pour participer au concours de la fille la plus stylée au monde. Je profite avec délice de ma trêve chimique. Je savoure intensément chaque instant, je prends le temps de vivre. Je ne trouve pas le temps de voir tous mes amis qui doivent prendre rendez-vous, comme si j'étais vice-présidente de Coca-Cola. Je découvre les joies de recevoir à la maison pour le goûter. Marion et Laetitia m'apportent des madeleines, Sam des gâteaux, Julie un cake. Le soir, c'est super, je voyage. Johanna apporte du tzatziki et du tarama du traiteur grec, Naima fait livrer un couscous, je mange libanais avec Marin, italien avec Vincent, Haribo avec Patrick. Le tumulte de mon ancienne vie sociale débordante a laissé place à la tendresse. Cette chaleur humaine qui embaume le thé et les bonbons au miel est si réconfortante.

Pendant ces quelques jours de répit, mon corps m'appartient à nouveau, je le sens puissant. Mon moral remonte en flèche. Je suis si heureuse de n'avoir mal nulle part. Je ressens la chimio comme une prison, alors ces jours-là j'ai l'impression d'être en permission de sortie. Tout me rend heureuse : les attentions à mon égard, ma capacité à réfléchir à nouveau, les joies de la liberté retrouvée qui a des allures de fêtes foraines, l'odeur douce des gaufres et le vertige des montagnes russes.

Pour ma semaine de liberté, cette fois, mes parents et moi partons pour Marrakech. J'ai besoin de m'échapper, besoin d'un nouveau décor. Je me souviens la première fois que je suis venue ici, c'était il y a dix ans, avec Vincent. Après trois heures de voyage, je me suis retrouvée plongée dans une autre culture, un autre temps, celui de l'Orient. Les ruelles labyrinthiques, les calèches qui circulent le long des remparts d'argile, les ânes qui transportent des paniers de menthe, les carrioles d'oranges, les odeurs de terre, de poussière, d'épices, de jasmin m'ont fait l'effet d'un spectacle d'hypnose. Je sais que la magie de cette ville dont la poussière rouge colle à la peau peut faire tout oublier, que son atmosphère hors du temps peut vous emporter sous des cieux qui déversent leur douceur et apaisent tous les chagrins, qu'elle peut guérir de tout, même des tumeurs. Cette ville a toujours résonné en moi comme une fantastique réminiscence, comme si j'avais vécu ici dans une ancienne vie.

On a pris les billets au dernier moment, au cas où mes globules blancs se seraient encore fait la malle. De toute façon, ici où ailleurs, mes parents m'auraient suivi sur la lune si j'en avais eu envie. Avec des tartines d'écran total, un foulard sur la tête, le cathéter planqué sous un pansement, je brave l'interdiction de m'exposer aux rayons solaires. Je pourrais bien me consumer sur mon transat, cela m'est égal. Je me gorge de lumière et de chaleur, le visage offert au soleil comme un tournesol.

Rien ne peut me rendre plus heureuse que sentir ma peau chauffée jusqu'à devenir brûlante. Je tente de retenir toute cette lumière et ces précieux moments passés avec mes parents qui font courir le garçon zélé aux parasols : un peu plus à droite, moins haut, légèrement à gauche, fermé, ouvert !

Autour de la piscine, longue et noire comme un bassin d'encre, les bougainvillées roses, dont les fleurs tombent en cascade, débordent de partout. Une armada de moineaux barbotent dans les flaques, trempent leurs pattes graciles et leurs becs pointus dans l'eau, gonflent le ventre puis s'ébrouent en chantant. À l'heure du déjeuner, je leur balance des miettes, quelques-uns s'approchent avec assurance et se jettent sur le pain comme s'il allait se volatiliser, d'autres, farouches, l'attrapent à la vitesse de l'éclair, certains sautillent adroitement d'éventail en éventail dans les palmiers qui s'élèvent majestueusement.

À l'approche du soir, lorsque l'ombre rafraîchit le paysage, je regagne ma chambre en traversant un jardin de plantes grasses, de cactus, de magnolias, de lauriers-roses et de tortues qui ressemblent à des galets. Après m'être douchée dans la salle de bains en tadelakt avec du savon à la fleur d'oranger, je monte en peignoir le petit escalier du patio qui mène à la terrasse d'où je regarde la nuit tomber sur la campagne au loin tandis qu'une envolée d'oiseaux dessinent des promesses dans le ciel, que la prière lancinante du muezzin m'émeut jusqu'à m'hypnotiser, que l'odeur de cendres monte de la terre comme si elle avait pris feu sous l'effet cuisant du soleil. C'est un endroit où tout est beau. Je me régale du monde paisible qui m'entoure et dès que je pose mes yeux quelque part, je tombe sur une splendeur. Quand il fait nuit, un chemin de bougies me guide jusqu'au restaurant, au milieu des herbes aromatiques qui diffusent des parfums à faire perdre la tête. La magie opère, je me sens revivre – loin de Paris, loin de l'hôpital. Je savoure chaque instant comme au paradis, je sens mes valeurs sanguines remonter, mes tensions se dénouer. C'est ici que je voudrais vivre si je m'en sors.

Le soir, nous prenons l'apéritif tous les trois au restaurant de l'hôtel autour d'une bouteille de gris, de pain marocain, quelques olives et carottes au cumin. J'ai meilleure mine. Je porte une perruque en plastique que j'ai acheté juste avant de partir pour ne pas abîmer la mienne. Je ne trompe pas grand monde, mais elle me va bien. C'est drôle de changer de tête. Le manager demande toujours à mon père s'il a passé une bonne journée et mon père lui répond invariablement « un couscous agneau ». Ça nous fait beaucoup rire avec ma mère.

21

Aujourd'hui ce sont les soldes presse Isabel Marant. À quoi bon me servirait-il d'aller faire du shopping alors que mes placards sont pleins à craquer et que je reste seule chez moi la plupart du temps, mais je peux bien me faire plaisir de temps en temps. Je suis partagée entre un désintérêt total et, comme on ne se refait pas, l'attrait irrésistible de remplir mon armoire. Et puis aujourd'hui j'éprouve le besoin de faire des choses futiles, ça me permettra de rester en contact avec la réalité. Le ciel est gris. Mon cœur décline toutes les couleurs de l'arc-en-ciel. Gagnée par une bouffée d'adrénaline, les ongles tout juste laqués de rouge, je positionne ma perruque. Il me suffit de l'enfiler pour me sentir belle. Parfois je la mets même si je suis seule chez moi. Juste pour moi, pour me sentir bien parce que c'est difficile de se sentir toujours moche. Je me sens moins malade quand je la porte. C'est instinctif, quand je la porte je ne manque jamais de jeter un coup d'œil dans les miroirs de l'appartement. J'ai l'impression de changer d'identité. Elle change même ma manière d'être. Ma posture, mes gestes, ma démarche, tout devient plus féminin. Il m'arrive même de jeter des coups d'œil furtifs aux garçons. Je la fais tenir à l'aide de ruban adhésif spécial pour la peau mais avec la transpiration, il a légèrement tendance à se décoller. Mes cheveux m'aident vraiment à cacher la maladie, avec le maquillage noir autour des yeux, on ne remarque pas trop mon absence de cils et de sourcils à moins de me détailler vraiment à la loupe. J'enfile une jupe crayon en cuir noir et des bottes à talons. Avec une crinière pareille, je ne peux pas sortir en jean et basket.

À mon arrivée, des kilomètres de portants balaient le masque de douleur que je porte depuis des semaines. Tout ce qui compte à présent ce sont les fringues. Dans un loft qui ressemble à un hangar, pendent des milliers de robes, de pantalons et de manteaux. Les pulls tourbillonnent dans des bacs, les sacs et les chaussures sur des étagères. Je réfléchis mentalement à ce dont j'ai besoin. Je vais plutôt passer en revue tous les vêtements, si jamais j'ai un coup de cœur. C'est la caverne d'Ali Baba. Je repère des pièces que j'avais vues sur le défilé. Je prends un grand sac en plastique et enfourne tout ce qui me plaît. Il monte une espèce de frénésie collective. Les filles se précipitent pour ne pas rater la bonne affaire, tel des félins bondissant sur leur proie. Contaminée par cette folie, je mets le turbo. Puis, je m'aperçois que je ne suis pas pressée. D'un coup, je suis beaucoup plus détendue. Je pourrai rester ici deux jours si ça me chante. Après avoir fureté un peu partout, j'essaye les vêtements dans le coin improvisé à cet effet. Toutes les filles sont en petites culottes, elles piétinent les fringues étalées partout sur le sol. Un vrai capharnaüm.

Je me fraye un petit chemin jusque devant un miroir. Surexcitée par l'opulence, je commence par essayer un pull chiné rouge. Le col est étroit. Je me trouve jolie dans le reflet du miroir. Il va bien avec ma tenue, je le prends. Je tente de l'enlever mais je reste bloquée les bras en l'air. Cet abruti de col ne veut plus passer. Je me sens tellement dans mon élément, que j'ai complètement oublié que je portais une perruque. Je commence sérieusement à paniquer car si je force, les scotchs vont se décoller et mes cheveux vont atterrir sur l'une de ses bêtes de mode. Impossible de m'isoler. Toutes les fibres de mon corps sont en ébullition, mon sang circule à la vitesse d'une voiture de Formule 1, mon cœur bondit dans ma poitrine. J'ai chaud. J'ai toujours chaud en ce moment, je ne sais pas ce qu'ils ont à mettre le chauffage aussi fort. Je n'aurai jamais dû venir ici, qu'est-ce qui m'a pris ? ! Je ne peux m'en prendre qu'à moi-même. Tout ça pour des vêtements, alors que mes placards débordent. Ça devrait être le cadet de mes soucis. Je suis coincée, je tente de reprendre mon calme. Il faut absolument que je trouve un moyen d'enlever ce pull sans arracher ma perruque. Je la maintiens fermement d'une main sur ma tête, pendant que je retire le pull. Ouf ! Mon visage est plus rouge que le pull. Je suis passée à deux doigts d'une catastrophe intersidérale. Je repars en sautillant avec un sac plein à craquer. Ça me change les idées ces nouveaux vêtements. Je suis un peu comme les autres filles. Ce soir je dîne chez

Charlotte, je pourrai mettre l'une des jupes avec le pull écru que j'ai acheté.

En sortant je tombe nez à nez avec une journaliste. Impossible de l'éviter. Elle demande comment je vais. Elle parle d'un *shooting* à Saint-Barth. J'abrège la conversation. Au moment de la quitter elle me dit : « Tu verras, après, ta vie va tellement changer. » Je n'en peux plus d'entendre que ma vie va changer après le cancer. On dirait un vieux disque rayé. Ça devient lassant à la longue. Ils n'ont qu'à changer de vie, eux, si ça les amuse. Moi je n'ai rien demandé. Je ne veux pas changer de vie, je veux juste rester en vie si ce n'est pas trop exiger. Les gens ne sont jamais contents de ce qu'ils ont. Jamais comblés. Ils veulent toujours plus. Plus de temps, d'argent, de bonheur, de pouvoir, d'amour, de sérénité, de soleil, de reconnaissance, de calme, de fringues, plus de tout. Ils veulent tout plaquer, tout envoyer valser, pour des projets abracadabrantesques : fabriquer des colliers de nouilles au Brésil, ouvrir une baraque à frites à Los Angeles, un club de plongée à Zanzibar. Et ils n'osent pas prendre le large, sortir de leur petite vie étriquée à laquelle ils sont enchaînés, alors que moi, avec mon cancer, je peux me lancer dans l'aventure, bien sûr. Le combat pour la vie est entouré d'une aura quasi mystique, mais contrairement à ce que les gens pensent, le cancer n'a rien d'une bénédiction, ce n'est pas le bon génie de la lampe d'Aladin. Le prochain qui me sort que le cancer rend meilleur ou plus fort, je l'étrangle. Tout le monde s'immisce dans ma vie, tout le monde veut ajouter son grain de sel, tout le monde y va de son commentaire.

Sous prétexte qu'ils ont une tante, la grand-mère d'une amie, une belle-sœur, la fille de la concierge qui l'a eu, ils me donnent des conseils sans que je leur demande. C'est fou, je ne savais pas que tous ces gens étaient experts en cancer. Rien ne m'exaspère plus que de m'entendre dire que j'ai le cancer qui se soigne le mieux, qu'il a été détecté à temps, comme si je devais m'estimer chanceuse. Si je pouvais les contaminer rien qu'en les touchant !

Ce soir, j'ai envie d'être jolie. J'ai envie de mettre mes nouveaux vêtements. Voilà des semaines que je n'ai pas passé autant de temps dans la salle de bains à me préparer. Je porte une jupe courte, des collants opaques, des bottes noires à talons hauts et un pull court écru. En me maquillant, je retrouve cette sensation perdue, ce sentiment de liesse que je ressentais avant un rendez-vous. Je descends l'escalier en sautillant, excitée à l'idée de ce dîner. Le bonheur d'avant. Dans la rue, l'air glacial de la nuit me revigore. Mon ombre gracile se reflète sur le trottoir : les talons, les cheveux qui dansent dans le vent. Je me sens féminine et d'humeur festive. Avec ces cheveux longs qui cachent toutes les mutilations du cancer, mon crâne chauve et mon absence de cils, de sourcils, je me sens à l'abri.

À mon arrivée, une bougie répand l'odeur chaleureuse de la cire. Je suis d'humeur légère et ça se remarque à la manière dont je me pavane devant mes amis en total look Isabel Marant. Je me sens bien, je suis heureuse. Presque tous mes amis sont là. Anne-Cha apporte avec elle un cubi de vin blanc comme si elle avait peur de manquer d'alcool. Émilie arrive en retard, les cheveux brillants de givre, les joues rosies par le froid. David dit que je suis belle. « N'importe quoi », je réponds en rougissant. Et il fait mine de s'énerver comme s'il ne comprenait pas de quoi je parle. J'imagine que l'amitié consiste parfois à mentir envers et contre tout. Mes amis sont capables de me mentir sans vergogne en me regardant droit dans les yeux. C'est ainsi, entre amis on se raconte des histoires, on masque la vérité derrière une montagne de tendresse. De jolis mensonges, doux comme des bonbons au miel, qui ne font de mal à personne. Je passe une bonne soirée, comme au bon vieux temps. Tout le monde picole, s'agite. Tout n'est qu'ivresse et réjouissances. Dès que les verres sont vides, David ressert du vin. Je respire, fais tourner le nectar rouge dans mon verre, le déguste comme si c'était un grand cru. Il me semble presque par moments que la vie me comble de joie. Paradoxalement, on n'accorde jamais autant d'importance à la vie, que lorsque celle-ci est clairement menacée. Quand on reste alité pendant des jours, le moindre dîner prend des proportions démesurées. Une sortie, un apéritif ou un simple goûter font partie des miracles de la vie. Je me réjouis de minuscules surprises. Tout ce qui me semblait banal auparavant me procure un plaisir invraisemblable comme une bouffée délirante. Ma vie me fait penser à une grande plage de désespoir balayée par des vagues de grâce. Je fais la chasse à la moindre particule de bonheur puis je la laisse infuser parce que je sais que je n'ai que quelques instants de répit avant que la douleur ressurgisse à nouveau, comme si j'étais une intermittente de la vie.

Tout le monde est d'humeur joyeuse et détendue à part Marin qui, depuis sa rupture, traverse une période difficile. Il est anéanti. C'est au moment où Charlotte apporte les sauces, qu'un voile de tristesse passe dans son regard, que sa voix déraille et qu'il s'effondre brusquement devant le poêlon de la fondue bourguignonne. Il y a des bris de verre sur le sol, du vin sur la table, des larmes dans l'assiette. Je me demande si le chagrin d'amour ne détruit pas autant que le cancer. Au moins il souffre, il est en vie. Depuis que son monde s'est écroulé, il se débat dans sa solitude, multiplie les aventures sans lendemain pour se sentir exister. Il ne supporte pas de dormir seul, d'avancer seul. Ce qu'il aime c'est faire partie d'un tout indivisible, c'est aimer à en perdre la raison, c'est cuisiner pour deux des tians de légumes le dimanche. Marin a une drôle de conception de la vie. Il n'a aucune considération pour le travail, il ne vit que pour l'amour. On dirait qu'il a été conçu uniquement pour aimer et être aimé, on dirait que le mot Amour a été inventé pour lui. Ça me fend le cœur de le voir dans cet état, même si je ne me sens pas assez forte pour porter une autre douleur que la mienne. Cela pèserait trop lourd sur mes épaules.

Ils parlent fort. Je lutte contre le sommeil, je me sens aussi vieille qu'un dinosaure, mes yeux piquent parce que je n'ai plus de cils et qu'ils fument tous comme des pompiers mais je ne veux pas rentrer me coucher parce que, auprès d'eux, je me sens vivante. Ils remplissent la pièce de sourires et de fantaisie. J'écoute leurs récits comme s'il s'agissait d'histoires incroyables, d'épopées fantastiques. Je suis un vampire qui se nourrit de la vie des autres. Ils ne s'en rendent pas compte, mais au fur et à mesure ils ont de plus en plus de difficultés à s'exprimer. Engourdies d'alcool, les voix déraillent. Chloé vrille, elle veut se raser la tête en geste de solidarité. Depuis des mois, je vois souvent mes amis ivres sans que je le sois. Je me dis à chaque fois en les écoutant que j'ai dû débiter pas mal de conneries pendant toutes ces années. Non pas qu'ils m'aient interdit l'alcool à l'hôpital, la chimio me fait passer l'envie de boire. C'est aussi simple que cela.

Évidemment, tous mes amis étaient mercredi soir au Centre Georges-Pompidou pour la soirée grandiose d'H & M. Ils n'ont pas pris la peine de me proposer d'y aller avec eux parce que je suis emmurée dans mon appartement comme dans un sarcophage. Anne-Cha joue les conteuses d'histoires, elle détaille tout le contexte de la soirée, prenant plaisir à monopoliser l'attention. Qui disait quoi, qui portait quoi, qui était avec qui. Elle finit par raconter qu'elle s'est sentie mal parce qu'elle était sortie tous les soirs depuis deux semaines et comment elle a vomi devant tout le monde avec sa coupe dans la main alors qu'elle discutait avec une journaliste d'*Elle*. Je me mets à rire en imaginant la scène. Tout le gratin était là. J'ai vu les photos sur Saywho : Audrey Marnay, Daphné Bürki, Leïla Bekhti, Géraldine Nakache, les Brigitte, Sébastien Tellier, Élodie Bouchez, Jacquemus, John Nollet, Pierre Sarkozy, Eva Lala en bottes métallisées dorées et robe de chambre. Heureusement le ridicule n'a jamais tué personne. David se rue alors dans le dressing de Charlotte. Il revient dans le salon en se dandinant. Il porte des bottes à talons hauts, son peignoir de bain, une cigarette électronique, un boa imaginaire, il imite Eva Lala, provoquant rires et applaudissements. Le rire d'Anne-Cha couvre tous les autres. L'ambiance est agitée, c'est le cirque. Ils sèment des fleurs et de la gaieté dans tout l'appartement. Leurs rires me font du bien, ils ressuscitent ma joie de vivre. Les instants de ravissement comme celui-ci chassent toutes les douleurs. Tout ce qui compte, c'est que nous soyons ensemble. Je me nourris de la force d'Anne-Cha, de l'humour de David, du peps de Vanessa, de la sensibilité d'Émilie et de la bienveillance de Chloé. Mes amis me donnent de l'énergie. Ils sont mon soleil, le phare qui brille dans la nuit.

22

Ce qu'il y a de bien avec le cancer, c'est qu'il n'y a pas de réveil. Le matin, je m'étire et traîne paresseusement au lit, je me douche à l'heure que je veux, et je peux vider le ballon d'eau chaude tellement j'ai de temps. Quand je n'ai pas envie de faire quoi que ce soit ou que je n'ai rien à faire de spécial, je ne me douche pas de la journée. Parfois on se fait une petite séance « bain téléphone » avec Vanessa. Elle me donne des nouvelles de tous les gens que je connais et que je ne vois plus. Je barbote dans l'eau très chaude imprégnée de quelques gouttes d'huile essentielle de jasmin rapportée de Thaïlande. Un jour l'iPhone va finir par couler et on aura tout gagné. Nous papotons toujours longtemps parce que je tiens à savoir absolument tout ce qui se passe. Si longtemps que mes doigts sont fripés. Quand je sors de l'eau, je m'essuie délicatement parce que ma peau me fait mal en permanence comme si elle était couverte de bleus invisibles. J'étale ma crème à la fleur d'oranger pour masquer l'odeur écœurante d'oignon qui transpire de mon corps. Cela faisait quinze ans que je travaillais, que je n'avais jamais de temps pour moi, avec le cancer, je goûte une certaine liberté qui m'était jusqu'alors inconnue, celle d'organiser mon temps comme je le souhaite. J'apprécie ces moments passés à la maison. Je profite que je sois malade pour vivre à mon rythme, je déjeune à 15 heures ou à 17 heures, quand j'ai faim. Moi qui n'avais jamais de temps mort, je ne cours plus, j'écoute mon corps.

L'autre point positif du cancer c'est que tout le monde est aux petits soins avec moi. Tout le monde me connaît à la pharmacie. Ils s'enquièrent de ma santé, la patronne m'offre des gels douche et des échantillons en m'encourageant. Tout le monde m'appelle par un petit nom doux : ma biche, ma poulette, ma chérie, petit chat, kiki. Tout le monde m'offre mon Nestea, m'invite à déjeuner. Tout le monde me demande inlassablement si ça va, si j'ai besoin de quelque chose. Mes parents m'infantilisent et déploient des trésors de patience et de gentillesse. Mes amis me chaperonnent, débordant de bons sentiments. Vanessa est venue me voir. Elle a apporté des gélules d'huile de foie de requin qui seraient capables de renforcer les défenses immunitaires. Dernièrement, j'ai remarqué on m'offre d'étranges cadeaux : des livres bienfaiteurs, des cristaux ésotériques, des pierres énergétiques, des pendentifs porte-bonheur, des marrons à porter dans les poches comme des talismans. Je n'ai pas l'habitude de susciter tant de compassion. J'ai toujours l'impression que les gens sont gentils avec moi parce qu'ils s'imaginent que j'ai déjà un pied dans la tombe. C'est vrai quoi, seule la crainte de perdre quelqu'un peut déclencher autant d'inquiétude. Je me sens sous haute surveillance comme une œuvre d'art ou une espèce en voie d'extinction. Chaque jour j'ai l'impression que c'est mon anniversaire. Je suis celle qu'on appelle, celle à qui l'on fait attention, celle à qui l'on apporte des gâteaux. Je suis celle qui pourrait bien mourir avant les autres. J'en suis presque à me demander si les oiseaux dans la cour ne vont pas donner un concert en mon honneur, si les arbres ne vont pas faire la révérence sur mon passage. Tout le monde me parle comme si j'étais en sucre. Je peux annuler, décaler des rendez-vous, personne ne trouve jamais rien à y redire. J'ai tous les droits, le cancer a le dos large. C'est bien l'unique fois dans ma vie où je peux jouer les divas. Je pourrais bien être la pire des chieuses que la terre n'ait jamais portée, tout le monde céderait à tous mes caprices. Ces amis qui ont toujours été là pour faire la fête et picoler tous les soirs sont sur le pied de guerre. Mes amis ne m'ayant pas juré fidélité, je m'attends parfois à être laissée pour compte, cependant je ne le suis jamais. Bien au contraire, ils manigancent tendrement derrière mon dos pour ne jamais me laisser seule sauf quand je l'ai décidé. Depuis le 13 juin, même si par définition la maladie vous isole du reste du monde, je suis plus entourée que jamais, presque surprise de déclencher autant d'intérêt, de gestes de douceur, de soutien indéfectible, de témoignages d'affection.

Il est temps de rejoindre Chloé pour aller se balader. Un soleil radieux m'accompagne rue des Petits-Hôtels.

Je la retrouve au croisement du boulevard Magenta et de la rue du Faubourg-Saint-Denis. Je me laisse toujours guider par mon amie qui connaît toutes les rues de Paris comme sa poche à force de les sillonner à vélo. Chloé est cultivée, elle s'intéresse à tout, elle voyage d'expos en brocantes, de ventes aux enchères en salles de cinéma, de cours de yoga en cours de céramique. C'est l'une de ces personnes qui savent plein de choses sur tout. Elle connaît tous les restaurants de Paris, le prix du kilo de pêches, elle sait le nom des ministres et le nom des fleurs. Ce qui ne l'empêche pas de se poser tout un tas de questions, sur son avenir, son amoureux, son prochain voyage au Japon, sur ce qu'elle va cuisiner. On écume le 10ᵉ arrondissement, on s'arrête en terrasse pour partager un *cheesecake* et un thé vert. En fin de journée, je l'accompagne au marché de Saint-Quentin acheter du poisson et des légumes. On déambule entre les allées multicolores. J'apprécie de plus en plus ces moments simples. En admirant les pyramides d'oranges et les grappes de raisin qui s'accumulent comme des cornes d'abondance de la Rome antique, j'éprouve la réjouissance d'un enfant qui prend son premier bain de mer. Peut-être que le bonheur ne tient à pas grand-chose finalement. De temps en temps, dans ma planète hostile où il fait toujours nuit, où le sol est fabriqué de roches volcaniques sombres, un rayon de soleil se faufile et l'herbe se fraie un chemin entre les couches arides de la terre. Je suis bien vivante quelques jours par-ci, par-là. Avec tout ce que je subis quand je ne suis pas bien, je ne culpabilise plus de traîner dans Paris. Je me sens parfaitement en droit de glander.

J'ai le sentiment qu'on me le doit ce bon temps, que je ne l'ai pas volé. Je l'ai gagné, durement gagné même.

En ce moment je ne pense qu'à manger. J'ai tout le temps faim. Le soir dans mon lit, je dévore des bonbons qui piquent et qui laissent plein de sucre dans les draps. Mes papilles gustatives perdent les pédales. De gigantesques parts de tarte au citron meringuée valsent dans ma tête, alors que j'ai toujours détesté ça. Toute mon attention est focalisée sur la nourriture. Chloé m'emmène à la crêperie près du canal Saint-Martin. L'obsession que je me mets à développer pour les crêpes relève presque de l'asile psychiatrique. Ce jour-là nous ne parlons que de bouffe. On dresse l'inventaire de tous les restaurants qu'on voudrait tester. On s'échange des recettes de cuisine. Le lendemain j'emmène Marin manger des crêpes, puis Lucie deux jours plus tard. Chaque jour je veux aller à la crêperie.

J'ai une nouvelle lubie. Pour compenser le calme plat de ma vie amoureuse, je me lance à corps perdu dans la cuisine. J'ai du temps à combler, j'ai envie de faire plaisir à mes amis qui travaillent toute la journée, alors je décide d'organiser des dîners en petit comité. Mon état d'esprit est totalement positif. Préparer des petits festins m'occupe toute la journée tant et si bien que je ne vois pas le temps passer. Entre deux siestes, je mobilise toute mon énergie pour faire les courses au marché puis je me mets aux fourneaux, ça m'empêche de penser à autre chose. J'essaie de continuer à vivre. Éplucher, couper, taillader, touiller, goûter, saler, rien ne me semble plus rassurant que les tâches ordinaires. Je me surprends à apprécier des plaisirs simples de la vie comme mitonner des bricks au chèvre et des grenadins de veau pour David et Cédric, du sauté de veau au chorizo pour Chloé et Jacques, du risotto aux trois champignons pour Chrystelle et Charles, du risotto pour les filles du bureau. Je suis la reine du risotto. Ces instants fantastiques passés entre amis durant lesquels je me laisse envahir par une vague de plénitude contrebalancent les phases de désespoir. Pour le dessert, je mitonne des crumbles. Je malaxe avec délectation le beurre et la farine jusqu'à obtenir une pâte sableuse. Pendant que je m'affaire à éplucher les pommes, les couper en morceaux, le nouvel album des Brigitte, doux comme des pralines roses, tourne en boucle. Jamais d'autres chansons. Les chansons m'évoquent toujours des souvenirs nostalgiques de ma vie d'avant, quand j'allais bien, alors je préfère écouter de la musique qui ne me rappelle rien. Mieux vaut ne pas passer l'iPod en mode aléatoire au risque de tomber sur la voix fantomatique de Dalida, qui me donnerait la chair de poule au point de me faire dresser les poils que je n'ai plus sur les bras. La nostalgie et les désillusions de cette femme, dont la beauté et la sensibilité m'émeuvent comme de la poésie, me bouleversent systématiquement. Ça me fait du bien de cuisiner, c'est ma solution pour mettre à distance les choses graves, lutter contre les doutes qui se télescopent sous mon crâne. L'odeur des pommes chaudes et sucrées me permet de masquer le monde. J'éprouve un sentiment de sérénité à préparer une jolie table, arranger les fleurs dans les vases, allumer les bougies rassurantes et enfiler une robe juste avant qu'ils arrivent.

Quand je ne cuisine pas, je prends le temps de lire et je m'occupe de mon intérieur. Par manque de temps, j'avais simplement transvasé les meubles de mon ancien appartement. Maintenant que j'ai du temps à revendre, à ne plus savoir qu'en faire, j'achète un buffet scandinave blanc, une lampe en forme d'ananas, une nouvelle table basse bleu canard, un tapis cotonneux. J'accroche au mur des illustrations végétales tirées d'anciennes planches scolaires. Je prends le métro en direction d'une jolie boutique où j'ai repéré un miroir qui ressemble à un soleil. J'observe toutes les filles dans la rame. Des mines de croque-morts. Ça me fait toujours bizarre quand je vois des gens avec l'air malheureux alors qu'ils n'ont sans doute pas de raison de l'être. J'envie ces filles autour de moi. Fascinée par les queues-de-cheval, les cheveux blonds emmêlés, les boucles brunes, les baguettes chinoises et les chignons défaits, j'en oublie de descendre à mon arrêt. La féminité ça fait mal quand on l'a perdue. Je dois reprendre la ligne 5 en sens inverse. Je ne suis pas pressée, je ne suis attendue nulle part. En arrivant à Saint-Germain, je me sens dans le coaltar. J'ai du mal à marcher droit. J'essaie de me concentrer pour maintenir mon équilibre en imaginant une ligne droite sur le sol. Mes yeux me jouent des tours, les contours des immeubles deviennent flous, les gens flottent les bras chargés de paquets, les guirlandes scintillantes et les boules aux reflets d'argent de toutes les couleurs se dédoublent.

Dans la boutique Caravane, je déambule entre les tables recouvertes de vases, bougies, chandeliers et vaisselle comme dans un décor en trompe-l'œil. Le miroir que j'ai repéré sur Internet semble léviter au-dessus d'un canapé. Il fait si chaud dans cette boutique que j'enlève mon manteau. J'étouffe sous ma perruque. Je suis en nage. Les pulsations de mon pouls bourdonnent dans mes tempes, les battements de mon cœur martèlent ma poitrine. Je choisis des photophores semblables à des petits mirages lumineux en plein désert pour mon frère et ma belle-sœur. Quand je demande à la vendeuse de décrocher le miroir, ma voix me paraît très lointaine. Pour me faire comprendre, je dois répéter. Pendant qu'elle l'emballe, j'appelle un taxi. Je me sens de plus en plus mal, j'ai la sensation de traverser le Sahara. Je vois mon visage blême dans une glace. Plus je m'approche du miroir, plus je me dis qu'il y a quelque chose qui n'est pas normal. Les yeux ourlés de noir, des gouttes de sueur dégoulinent sur mes joues, ma frange est trempée. J'essuie avec le revers de ma main le dessus de mes lèvres et mon front. Je me rends compte que ça ne vient pas du chauffage mais de mon propre corps. Je dois faire une poussée de fièvre. Mes mains tremblent, mes jambes me portent à peine. Quand je me mets à tanguer de cette manière, j'ai peur de ce qui va arriver. Il faut que je rentre chez moi au plus vite. Le chauffeur de taxi m'aide à porter mon énorme carton dans le coffre.

Dans la voiture, je reprends mon calme, je m'efforce à regarder Paris qui défile sous mes yeux. Tout est blanc comme si une bombe de sucre glace avait explosé. Depuis quand l'hiver est arrivé ? Le cycle immuable des saisons et de la vie continue. Les arbres ressemblent à des anges, les trottoirs scintillent comme du cristal, les piétons soufflent de la vapeur. Dans les rues il y a de la musique et des étoiles d'argent, l'air est léger, l'atmosphère effervescente. Paris donne un spectacle féerique, d'une poésie à fendre le cœur. Ouvrir la fenêtre pour inspirer l'air froid. Ces coups de chaud surviennent à n'importe quel moment, surtout la nuit. Les sueurs nocturnes sont terribles. Je me réveille trempée de sueur, je me sens comme un homard vivant qu'on jette dans un court-bouillon. Enlever son tee-shirt, le jeter par terre, soulever la couette, ouvrir la fenêtre. Attendre que ça passe. Ce sont des bouffées de chaleur. Avec effroi, je m'aperçois que je n'ai plus mes règles depuis des semaines. L'impression de me dissoudre et toujours incapable de verser une larme. J'ai 38 ans et je ne saigne plus. J'ai 38 ans et je suis ménopausée. J'ai 38 ans et je suis stérile. L'idée de ne plus voir ce sang qui coule tous les mois, qui nous différencie des hommes, me démoralise. J'ai la sensation d'être victime d'une terrible injustice. Je n'aurais jamais imaginé être si triste de ne plus avoir mes règles. Il faut affronter tant de pertes : l'énergie, le désir, les cheveux, la fécondité. Tous les attributs qui faisaient de moi une femme ont été saccagés les uns après les autres. Comment peut-on encore se sentir féminine avec un sein malade, un cathéter dans le corps ? Comment fait-on pour être une femme quand on est privée de ses cheveux, de son désir, de sa fécondité ?

23

Ce soir je vais au concert de Kylie Minogue à Bercy. Ça fait des mois qu'on a noté cette date dans nos agendas avec Patrick et Marin. J'étais loin de penser à ce moment-là que j'aurais bien plus de points communs avec Kylie que je ne pouvais l'imaginer. Évidemment le concert revêt un caractère d'autant plus particulier maintenant que nous avons des cicatrices communes. Je ne l'aurais manqué pour rien au monde. Je ne me sens pas en grande forme juste avant de partir. Quelqu'un m'a rouée de coups, ce n'est pas possible autrement. Je sais comment deux comprimés de cortisone peuvent me remettre sur pied. Je boucle mes cheveux au fer, je mets du rouge à lèvres, j'enfile des collants et un top noir en guise de robe avant d'attacher les sangles de mes bottines bleu nuit. Quand je suis encadrée par ma garde rapprochée, il ne peut rien m'arriver.

Dans l'immense amphithéâtre, l'ambiance est chaude et humide, il pourrait pousser une forêt équatorienne.

Les gens font la ola, tapent des mains et des pieds en faisant gronder le sol. Des gradins, je vois la foule, marée humaine, se presser vers la scène. Je danse, je crie, je n'ai plus de voix, mon cœur se gonfle d'espoir. Je ne sais pas si c'est Kylie en microrobe, dans une pose lascive, piégée au cœur d'une bouche rouge géante qui me fait cet effet-là, mais j'ai la sensation de me consumer, d'être une torche humaine. Elle chante, elle danse, elle porte une guêpière et des boucles blondes, virevolte comme une patineuse. Il n'y a pas que des vieilles peaux qui ont des cancers du sein. Il y a des femmes comme vous et moi, des femmes qui se battent, qui s'en sortent, puis qui laissent exploser leur sensualité comme des feux d'artifice.

À mon réveil le lendemain, je ne peux ni parler, ni manger. Toute la muqueuse à vif. Chaque mot prononcé est un supplice, chaque bouchée avalée une torture. J'ai expérimenté la douleur par paliers successifs depuis le 13 juin, aujourd'hui elle atteint son apogée. Si l'enfer existe, c'est à ça qu'il doit ressembler. Je communique par SMS avec ma mère qui me pousse à aller aux urgences. Les bains de bouche n'ont pas suffi à enrayer la mucite. Cet effet secondaire tant redouté des cancéreux a contaminé le moindre millimètre carré de ma bouche. J'ai la sensation de prendre conscience de chacun de mes organes. La douleur se propage à la vitesse d'un incendie. Mon corps entier est un brasier : œsophage, tube digestif, estomac, intestin. L'eau que j'avale pour me soulager est une flamme. Une souffrance que je ne souhaiterais pas à mon pire ennemi. J'ai mal à en pleurer. Ma joue gauche se met à enfler, m'irradiant l'oreille. Je ressemble à un hamster chauve.

J'ai bien conscience que ça ne va pas du tout, mais je ne veux pas attendre des heures, seule aux urgences. Nous sommes dimanche, je n'ose pas déranger mes amis qui se reposent. Mon téléphone sonne. C'est Chloé qui m'appelle comme chaque jour pour prendre de mes nouvelles. J'essaie d'articuler quelques mots. Évidemment elle ne comprend pas pourquoi je ne l'ai pas prévenue. Moi-même je me sens un peu ridicule de ne pas l'avoir appelée alors qu'elle a toujours du temps pour moi. Chaque jour qui passe, Chloé me porte et combat à mes côtés. Elle me bouscule un peu et finit par me convaincre de m'accompagner aux urgences. Je n'ai plus la force de prendre des décisions, de dire oui ou non, je me repose entièrement sur elle. Chloé passe me prendre en taxi, direction l'hôpital.

Je m'attends à des médecins et infirmiers qui s'agitent, du sang, des cris, des mains coupées, des yeux qui sortent de leurs orbites. J'arrive, stupéfaite, dans un petit hall on ne peut plus calme. Rien à voir avec un épisode de *Grey's Anatomy*. Pas la peine d'avoir fait médecine pour voir que j'ai l'air la plus malade : le teint de Dracula, la joue d'Elephant Man, un foulard autour de la tête. J'aurais aussi bien pu défiler avec une pancarte marquée CANCER autour du cou. Je me plante droit devant le type des admissions, les poings sur les hanches, dans une tentative d'intimidation. Je lui explique laborieusement que ma bouche me brûle et que je ne veux pas attendre. Il me dévisage une fraction de seconde d'un air interdit, il me prend pour une folle parce que je me tiens comme une actrice qui voudrait obtenir le premier rôle. Il dit ici on ne passe pas par ordre d'arrivée mais par ordre de priorité. Vous êtes la prochaine. Il me tend un masque de papier. Je suis la seule à en porter. Je comprends que tous ces malades sont pour moi des dangers en puissance. Chloé m'observe, une lueur maternelle brille dans ses pupilles. C'est non sans une certaine fierté que je grille tous les gens de la salle d'attente.

On m'allonge, on me fait une prise de sang, on me pose des questions, on me met sous morphine pour apaiser la sensation de brûlure. Le docteur diagnostique une mucite sévère, mais ne comprend pas pourquoi ma joue ressemble à une balle de tennis. On doit attendre quelques heures les résultats des analyses. J'aimerais rentrer chez moi mais j'ai l'impression que je ne vais pas sortir de sitôt. Anne-Cha arrive pour prendre la relève. Quand le docteur revient deux heures plus tard, il m'annonce qu'il m'a trouvé une place en oncologie comme si j'avais gagné une nuit dans un palace. Il ne manquait plus que ça. J'essaie de négocier en expliquant que je n'avais pas prévu de rester, que je n'ai pas d'affaires, qu'il y a mon chat, que j'habite juste à côté, que je peux revenir demain matin, mais ça ne marche pas. Un infirmier m'installe dans un fauteuil roulant avec une couverture comme une petite vieille. Je lance à Anne-Cha mon regard le plus triste pour qu'elle prenne l'ascenseur avec nous. Anne-Cha a peur de l'ascenseur, peur de l'avion, peur de manquer d'air. L'homme en blouse blanche nous conduit dans une chambre déserte. Une chambre bleue, froide, dépouillée. Après dix minutes de tergiversations sur le choix du lit, je m'allonge dans celui près des toilettes.

Un autre infirmier arrive avec une chemise de nuit en papier. Anne-Cha l'aide à me déshabiller et ce n'est pas simple avec l'aiguille plantée dans le bras, reliée par les tuyaux au pied à perfusion. Il faut faire passer la poche de morphine dans la manche de mon pull. Anne-Cha m'aide à retirer mon jean et s'étonne de voir que je porte un string en dentelle noire.

J'ai la tête qui tourne. Je me sens de plus en plus mal. Anne-Cha s'énerve parce que personne ne répond au téléphone. « C'est quoi ce bordel, on peut pas avoir la télé un dimanche soir ici !? » Elle appelle avec acharnement dix fois de suite. Je ne sais pas pourquoi elle pense que je veux regarder la télé mais je ne la contrarie pas parce qu'elle s'est donné pour mission de me rendre la vie plus facile avec la dévotion d'un pape et le cœur d'une reine.

En proie aux hallucinations de la morphine, il me semble que mon esprit se dissocie de mon corps. Je me vois allongée dans le lit, le visage déformé. Anne-Cha est en train de vernir précautionneusement mes ongles d'un rose layette en parfaite harmonie avec le bleu pisseux de la chambre. Je nous revois à Formentera. Cette scène inversée, qui dépasse l'entendement, provoque en moi un électrochoc de dix mille volts. Un dimanche soir glauque comme jamais, un élan d'amitié instinctif qui vous lie pour l'éternité m'étrangle la gorge brûlée au dixième degré. J'avale ma soupe comme une enfant, sans artifice, perruque et foulard au placard, banchée au pied à perfusion aussi bruyant qu'une mobylette.

Il est 21 heures, Anne-Cha doit partir. Je regarde mon amie, qui depuis le début a pris mon cancer à bras-le-corps avec la détermination d'une guerrière, enfiler lentement son manteau de tweed, récupérer son sac, tandis que mes yeux s'emplissent de larmes. Ne pas pleurer pour ne pas la faire culpabiliser. Même si j'en ai envie, je ne peux pas la retenir. Ce n'est pas de sa faute si je suis dans ce lit d'hôpital un dimanche soir de décembre.

Son départ me glace le sang. Derrière la fenêtre, la nuit est noire, les silhouettes des arbres ressemblent à des ombres terrifiantes. Dans la chambre, un peu trop grande pour moi, le silence siffle comme un serpent menaçant. Il n'existe pas de pire sensation que de se sentir seule au monde. Les dimanches soir sont toujours sinistres : Paris, ville fantôme où rien ne bouge, chaque fin de week-end c'est la même rengaine, une boule d'angoisse nous prend au ventre, l'idée de recommencer une semaine encore et encore, et le spleen dominical s'installe. Loin du vague à l'âme auquel personne n'échappe, un chagrin infini m'enveloppe sous les éclairages sordides des néons. Accablée de tristesse, je reste un long moment complètement paumée, les yeux dans le vide. Ce dimanche soir, croyez-moi, est le plus triste de toute mon existence. Et le plus triste, voyez-vous, c'est que je n'ai plus de lundi matin, chaque soir étant identique au soir précédent. Je me promets de ne plus jamais me plaindre le dimanche soir, quand je serai guérie.

Ma meilleure amie, l'infirmière, frappe à la porte : « Bonsoir ma belle. Comment ça va ? » La pauvre est complètement miro. Elle me demande d'évaluer ma douleur sur une échelle de zéro à dix. Quand je dis huit, elle répond personne ne doit souffrir de nos jours et remplace la poche de morphine. L'antidouleur commence sa petite course dans le tuyau. La soupe verte remonte telle une vague dans tout mon être. J'ai juste le temps de courir aux toilettes pour vomir. Je retourne m'allonger en position fœtale dans le lit. À nouveau, je cours pour me vider. Une troisième fois encore. Je n'ai pas mangé depuis des jours, je n'ai rien de solide à vomir. C'est un torrent de dignité, de douleur et de féminité, qui déferle. Quand mon corps s'apaise, quand il n'y a plus rien à tirer de moi, j'ai l'impression que mon œsophage est brûlé au chalumeau pour le restant de mes jours. Je me sens encore plus mal qu'avant d'arriver à l'hôpital. Heureusement que j'ai choisi le lit le plus proche des toilettes, que le câble du pied à perfusion est suffisamment long, sinon je me serais arraché le bras au passage. Si mon drap avait un cœur, il m'enlacerait pour que je me sente moins seule.

L'hôpital est bien le dernier endroit où l'on peut se reposer. Toutes les cinq heures une infirmière passe prendre mes constantes et je dois tout le temps me lever pour qu'elle retape mes oreillers. À quoi bon puisque je vais me recoucher. Dans les couloirs, ça papote toute la nuit, c'est la valse des chariots qui livrent médicaments et plateaux infâmes, la samba des serpillières.

Ce matin le stomatologue, passé en coup de vent, a diagnostiqué une parotidite, nom savant d'une infection des glandes salivaires. J'ai droit à huit antibios par jour. Une femme gentille, avec son sourire greffé en permanence sur le visage, a pris possession du lit vacant près de la fenêtre. Elle doit venir souvent ici car elle appelle toutes les infirmières par leurs prénoms, comme si elles étaient des amies. Je ne sais pas ce qu'elle a à sourire comme ça. Il n'y a pas de quoi se réjouir. Elle est chauve comme un œuf. Elle est ici parce que son corps est métastasé et qu'ils ne sont pas foutus de trouver la tumeur primitive. Moi je ne souris pas, comme ses vieilles femmes acariâtres qui bougonnent toute la journée. J'ai la sensation que l'intérieur de mon organisme est entièrement ébouillanté. La colère me submerge. C'en est trop. La douleur gonfle mon cœur de haine et ma tête de jurons, que j'envoie mentalement à la docteure C. comme des sortilèges. Il faut bien en vouloir à quelqu'un et il me semble que tout ce qui arrive est sa faute. Je lui en veux comme je n'en ai jamais voulu à quiconque. C'est méchant bien sûr, mais si on n'y prend pas garde, la souffrance peut vite vous aigrir.

Ma mère n'est pas allée travailler aujourd'hui, elle s'est levée tôt pour prendre le premier train ce matin pour Paris. Elle est passée chez moi en coup de vent pour m'apporter quelques affaires et mon ordinateur. Je vais pouvoir écrire toute la rage qui coule dans mes veines. Je ne peux plus parler mais je peux écrire. C'est ma petite victoire. Que se passe-t-il dans la tête de maman lorsqu'elle me voit amaigrie, sans cheveux, le visage déformé, accrochée à une poche de morphine ? Est-ce qu'elle en veut elle aussi à la docteure C. ?

Un matin, l'interne frappe à la porte de ma chambre, m'annonce qu'ils vont baisser les dosages de ma chimio et me donne l'autorisation de sortie. Il ne faut pas me le dire deux fois. Je me lève d'un bond du matelas, avec lequel je fais corps depuis trois jours, rassemblant mes affaires si rapidement qu'on pourrait croire que j'ai des aiguilles sous les fesses. Interloqué, le médecin me dit de prendre mon temps. Très aimable, mais je ne vois pas pourquoi j'aurais envie de rester cinq minutes de plus ici. J'en ai assez des tubes de néon qui discutent en morse. Retrouver le cocon douillet de mon appartement et de mon édredon, voilà la seule chose à laquelle j'aspire.

La chimio me malmène. Je me prends claque sur claque. Dès que je remonte la pente, elle m'assène à chaque fois un plus grand coup pour me montrer que c'est elle la plus forte. C'est un peu le but du jeu, me direz-vous. Je suis au fond du trou, impossible de descendre plus bas à moins que le toboggan sur lequel je me sens glisser inéluctablement soit sans fin. Je ne peux plus manger et chaque mot prononcé me coûte une nouvelle ulcération au fond de la mâchoire.

24

La docteure C. est satisfaite de son traitement. Il est efficace. Au fur et à mesure, les cellules cancéreuses s'étouffent, le risque de métastase s'émiette. Seulement il ne me reste plus rien de joli. Il ne me reste plus rien de féminin. Depuis des semaines j'évite de regarder les miroirs qui me rappellent tout ce que j'ai perdu. Six chimios m'ont démoli le visage. C'est effroyable de ne pas se reconnaître. Mon regard ne me ressemble plus. Des pupilles éteintes. Comme mortes. Je déteste ma tête. On dirait qu'un aveugle infirme m'a coiffée avec un scalpel. Un massacre. Mes cils et mes sourcils se sont maintenant envolés. Mes yeux pleurent sans relâche. L'air glacial pique l'iris, l'écran de l'ordinateur brûle mes yeux embués en permanence. Se passer de cils est beaucoup plus complexe qu'on ne le croit. Ils ne sont pas là que pour faire joli, ils nous protègent des agressions extérieures. La fatigue s'est logée dans tous les recoins de mon corps.

On pourrait penser que je n'ai pas dormi depuis mille ans. La peau, si fine autour de mes yeux, ressemble à de la terre asséchée et craquelée de part en part. Mes lèvres sont fissurées. J'ai pris dix ans en quelques semaines. On croirait que quelqu'un a appuyé sur la touche avance rapide de mon organisme. Un processus chimique d'une extrême perversité, sur lequel je n'ai aucun contrôle, engendre ma dégradation physique et je m'observe dépérir petit à petit sans rien pouvoir y changer. Où passe l'estime de soi quand on a cette tête-là ?

Mon visage défiguré s'altère aussi rapidement que les roses flétries, oubliées dans les vases. On s'habitue à tout, à l'exception de la laideur qui vous saute au cœur, vous crève les yeux. Le reflet de mon visage en ruine m'est insupportable. Il me ravage de l'intérieur pareil à de l'acide qui dévorerait mes entrailles. Je ne peux plus descendre au Monoprix comme ça. Mes cheveux ne suffisent plus à me cacher. Essayer de ressembler à quelque chose devient chaque jour un défi un peu plus grand. Je dois passer de plus en plus de temps à me peinturlurer, redessiner soigneusement le contour de mes yeux d'alien avec la précision d'un chirurgien. Je dois déployer des efforts monstres afin d'avoir un visage acceptable. Seulement voilà, je n'ai pas toujours la force de tricher. Si je dois sortir, j'attends les heures creuses, celles où je ne risque pas de croiser les voisins, et je dévale les quatre étages en courant comme si quelqu'un me poursuivait armé d'un couteau, un bonnet jusque sous les yeux et une écharpe jusqu'au-dessus du nez. Je voudrais être invisible. Je déteste cette maladie que me rend hideuse.

Esclave de mon apparence, absorbée par la futilité de ma vie, j'avais toujours accordé beaucoup d'importance à mon image, me noyant dans mon propre reflet, me regardant le nombril, courant après ma beauté, cherchant à attirer tous les regards, me lamentant après ma jeunesse perdue. Quand je repense à ces petites imperfections qui m'occupaient l'esprit toute la journée, je ne peux pas vous dire comme je me sens aujourd'hui. Pour une fille comme moi, aussi coquette et dépendante de son pouvoir de séduction, la souffrance que l'on ressent est innommable, indescriptible. Ma vie n'a plus aucun sens, comme si je n'existais en fait qu'à travers le regard des garçons.

Chaque jour, mon image se détériore, friable comme de la roche tendre. Je m'efforce d'avoir l'air présentable quand je sors, pour ne pas imposer aux autres une image de femme malade et déclencher des regards de pitié. Je trompe mon apparence à coups de pinceau, de crayon et de rouge à lèvres essayant de cacher tous les signes qui font de moi une cancéreuse. Je n'essaie pas d'être jolie, j'essaie de ne pas avoir l'air malade. J'enfile ma perruque comme si j'enfilai un masque. Les avants/après sont bluffants, comme si on avait photoshopé mon image. Je suis presque belle. L'abîme entre la vision que j'ai de moi et mon avatar est si grand que je me sens un peu comme une schizophrène. J'ai l'impression d'être deux identités qui cohabitent dans un seul corps. J'avais tout de suite été très perturbée par ma perruque parce qu'elle était si réaliste que j'en étais troublée au point de ne plus savoir qui j'étais. L'ennui, c'est que je n'accepte pas celle qui se cache sous cette chevelure de rêve. J'envoie ma doublure dans les dîners.

Ce double dont je suis incapable de reconnaître le reflet dans les vitrines des magasins ou l'ombre sur l'asphalte. Lorsqu'elle descend le boulevard Magenta, ses longs cheveux dansent au gré du vent sur ses épaules. Les hommes la dévisagent et se retournent sur son passage. Elle baisse la tête sur le trottoir, les yeux fuyants pour échapper aux regards lubriques, comme si les gens pouvaient lire en elle comme dans un livre ouvert. Elle ne minaude plus. Croyez-moi, elle ne fait plus la belle maintenant. Elle marche avec moins d'aisance, ses épaules croulent sous le poids de la honte, comme si elle voulait disparaître. Elle n'est belle et désirable que dans cette vitrine et dans les yeux des hommes, mais elle trompe tout le monde, sauf elle. Elle ne s'attarde plus devant les miroirs, les ignore, incapable d'affronter la réalité. Chaque matin, elle fait couler l'eau de la douche si longtemps que sa salle de bains se transforme en sauna et que la glace embuée ne reflète plus son visage. Il faut regarder les choses en face, cette fille n'est qu'une illusion, une imposture.

25

Le jour de l'an, je le passe chez Sam avec ma clique. Pour la première fois depuis le mois d'août, j'ai envie de danser. Toute la nuit, dans ma robe Alexander Wang. Je ne suis même pas fatiguée. Mes nerfs me tiennent debout. Mon corps tient le choc. Je lève ma coupe et fais mes adieux à cette année de merde. Cette année où j'ai passé les pires moments de mon existence. Dans ma tête, je suis déjà libérée du carcan de la chimio. Minuit. David m'embrasse sur la bouche. Chrystelle me serre dans ses bras. Sam me fait virevolter. Je suis tellement enthousiaste que je danse, je danse, je danse. Marin et Chloé me font des déclarations : « Je t'aime » ; « Tu es ma meilleure amie » ; « Tu es si forte » ; « Je suis tellement fier de toi » ; « Ma chérie ». L'amour inonde mon cerveau. Le premier SMS que je reçois vient d'Émilie. Elle est à Los Angeles : « Mes larmes coulent à l'idée de ne pas te serrer dans mes bras à l'approche de cette nouvelle vie qui commence pour toi mais mon cœur reste auprès de toi quoi qu'il arrive et où que je sois. Cette année a été celle du combat et regarde comme tu l'as terrassée. Pense à tout ce qui t'attend maintenant et profites-en jusqu'à l'ivresse. Je t'aime tellement, même si je ne sais pas toujours le montrer. Bonne, plus que bonne et encore méga bonne année. Ta copine en plastique. » Bravo, bravo, vous m'avez tous fait pleurer.

Pendant que vous listez vos bonnes résolutions et envoyez vos SMS pour souhaiter aux gens une année moins épouvantable que la précédente, je me prépare pour mon avant-dernière chimio. C'est presque fini. Le temps a passé vite finalement.

Ce matin, les pépites de soleil qui se baladent sur les cheveux de Vanessa, les bavardages et les tasses de thé donnent à la salle d'attente une allure de salon de coiffure. Une atmosphère légère, presque festive, règne à Chimioland aujourd'hui. La dame en face de moi me dit que je suis très courageuse. Je lui dis « merci » au lieu de répondre « vous aussi ». Vanessa s'impatiente, son sac Céline sur les genoux. Ses cheveux sont si longs qu'elle me fait penser à Raiponce. J'ai rarement vu quelqu'un avec d'aussi beaux cheveux et surtout je ne connais personne avec des cheveux qui poussent aussi vite que les siens. Si seulement ça pouvait m'arriver… Les infirmières ne sont pas pressées. Pas plus que d'habitude me direz-vous. Elles marchent au ralenti en traînant les pieds. Moi je suis pressée mesdames. Pressée d'en finir.

Alors allons-y. Lorsque l'infirmière vient me chercher, Vanessa se déploie de toute sa longueur et traverse le couloir en balançant ses cheveux jusqu'en bas des reins. En passant devant leur salle de pause, j'en vois quelques-unes papoter autour d'une boîte de Quality Street. Vanessa franchit la chambre la première en s'écriant : « Génial on a une chambre individuelle ! C'est Hollywood. » J'éclate de rire. Aujourd'hui mon amie illumine le monde de touches d'or et de malice. Un infirmier me taquine quand j'ôte ma perruque : « Dommage que ce ne soit pas à la mode votre coupe de cheveux, ça vous va bien. » Ici on sert des blagues et des petits jus d'orange en brique pour dédramatiser.

On continue de papoter. On en a des choses à se dire. On se moque de l'infirmière qui a dû laisser sa tête à la maison aujourd'hui. Elle ne cesse de faire des allers-retours : thermomètre, compresses, tensiomètre. Et voilà, c'est parti pour une heure trente. Glou glou glou fait la pompe qui déverse le liquide toxique. On plaisante au sujet d'un voisin que j'ai croisé hier avec ma perruque courte, aujourd'hui avec ma perruque longue, il doit me prendre pour une escort. On se met à rire sans pouvoir s'arrêter. Les alarmes de la pompe nous cassent la tête. Dès qu'il y a une bulle d'air, il faut appeler une infirmière. Alors on se bouche les oreilles en rigolant, on appuie sur la sonnette en attendant qu'arrive la molle du genou.

Ça y est. Il n'en reste plus qu'une. Dans trois semaines je serai délivrée, libre comme l'air. Je m'imagine danser toutes les nuits pour fêter mon retour à la vie normale. Je suis prête à retourner Paris. Je serai de toutes les fêtes.

Tout va redevenir comme avant. J'ai l'intime conviction que tout va être formidable.

Après quelques jours passés au lit, complètement sonnée, la solitude de mon cœur et de mes chairs me pousse à renouer des contacts. Depuis des semaines mon corps est un bloc de glace, je ne pense plus aux garçons, je ne pense plus au sexe, comme si tout ça n'avait jamais existé. Aujourd'hui je veux recommencer à séduire. Pour la première fois depuis longtemps mes hormones se réveillent, s'agitent. Elles font des saltos, avant, arrière. Je joue sur Tinder, réponds aux avances virtuelles de Rémy. C'est consternant de recommencer toujours les mêmes erreurs. Sans doute excitée par la fin du traitement qui se profile, je me surprends moi-même. Ma vraie nature reprend vite le dessus. Au moins Rémy, il ne me considère pas comme une cancéreuse. C'est reparti pour les sextos et photos qui ressuscitent mon désir éteint, enseveli sous des tonnes d'amertume. Depuis mes 16 ans, je n'ai jamais connu une aussi longue période d'abstinence. Le néant. La perspective de la fin de la chimio relance ma libido.

Avec ses messages, Rémy attise ma fièvre comme on souffle sur les braises. Son petit jeu recommence toujours de la même manière. Ses paroles flattent mon ego. Il me balance des mots et des photos de plus en plus indécentes défiant toutes les lois de la moralité. Des images interdites au moins de 18 ans qui feraient rougir une statue. Je commence par lui dire que je ne peux pas, que je ne suis pas en état. Ce qui me trouble, c'est qu'il s'en balance de mes cheveux. Ça va repousser, il dit. Il me trouve trop obsédée par tout ça. Pour lui, ça ne fait aucune différence. C'est mon corps qui l'excite. Ce sont mes jambes qui le font bander. Il insiste, il connaît le mode d'emploi par cœur. Je ne connais personne d'aussi persuasif, d'aussi diablement entêté, il sait comment me faire céder. À voir son corps nu, ses épaules, son torse rassurant, son sexe dressé comme un bâton je sens monter en moi une explosion de désir. La seule chose qu'il me reste, c'est le sexe virtuel. Je peux sentir la brûlure de sa barbe sur ma peau, ses mains courir sur tout mon corps, mes lèvres délicieusement torturées, mon sang bouillonner. Allongée sur le dos, les cheveux étalés sur le lit, je prends des photos de moi dans des poses suggestives. Ma peau lisse comme celle d'une enfant, les yeux charbonneux, les lèvres humides, les courbes de mon corps – paysage d'une douceur provocante. Les jambes pliées, je sens des gouttes de sueur glisser le long de mes cuisses. Nous sommes aussi excités l'un que l'autre. Notre lien me procure un plaisir immense, nous avons construit une telle intimité qu'avec lui je me sens en toute confiance.

Puis je relance Hamid. Je suis choquée par sa réponse : « Ça fait un bail. » C'était hier. Qu'est-ce qu'il raconte ? Il m'appelle et m'envoie des messages toute la semaine entre 2 heures et 6 heures du matin. Évidemment, à cette heure-ci je dors. Une nuit je décroche. Je lui dis que je ne peux pas le voir parce que je porte une perruque. Sa voix assassine me fait toujours autant d'effet. Je pourrais la reconnaître entre mille. Je ferme les yeux, imaginant ses prunelles noires insondables comme une tombe. Son regard qui ne parle pas, qui ne dit rien. Il me demande si j'ai perdu mes cheveux à cause de la chimio. C'est l'heure à laquelle il n'a plus une once d'intelligence. Trop d'alcool, trop de drogues. Tout sens commun semble avoir déserté son cerveau amorphe. J'ai envie de lui répondre que non, que c'est à cause de la pollution. Une autre nuit, il insiste. Je lui réponds non à contrecœur parce que j'ai peur mais je dis qu'il est trop tard. Il me répond que je suis trop protocolaire avec une pointe de défi dans la voix et raccroche. Comment ça. Ça va pas la tête. Quelle insulte. C'est tout sauf moi. Je t'en collerai du protocolaire. Je ne suis pas protocolaire. Je suis chauve. Et toi, tu ne m'appelles que quand tu es défoncé.

Les jeunes garçons de Tinder me disent qu'ils aiment les femmes mûres comme un fruit et bien entretenues, comme une belle plante. Je me cache derrière le petit écran du téléphone. Ce n'est pas vraiment moi. Je peux m'amuser à être quelqu'un d'autre. Tour à tour romancière, débordée, farouche, assoiffée de sexe, salope, odieuse, angélique, caractérielle, impatiente, sage comme une image. Ils sont toujours plein de bonnes intentions. Le matin, ils veulent m'apporter le petit déjeuner au lit, le soir une bonne bouteille de vin, et quand je me couche ils proposent de venir me border. Et ils insistent. Moins je réponds, plus ils m'envoient de messages, fantasmant sur mes photos d'avant, n'ayant pas la moindre idée de ce que je traverse et de ce à quoi je peux ressembler réellement. Ils n'imaginent pas combien ma peau est fanée, combien mon crâne est déplumé comme celui d'un oisillon. Ils me font penser à ces enfants qui vous tannent pendant des mois pour avoir le dernier robot à Noël. Et on sait très bien qu'une fois ouvert, ils l'abandonnent en cinq minutes. À moi de jouer maintenant. Je les fais tourner en bourrique. Je ne veux pas les voir. Je ne suis pas prête. Je cherche juste des bribes d'affection, c'est tout. Le simple fait de discuter avec eux me donne l'illusion qu'il se passe quelque chose dans ma vie. Je voudrais seulement prendre un verre, flirter, recevoir des messages mais ils me demandent quelles sont mes positions préférées.

Et puis il y en a un à qui je dis O.K. O.K. pour boire un verre. Je l'ai rencontré sur Happn. Nicolas, 35 ans, graphiste, huit amis en commun. Très mignon sur les photos. Mais bon, je le sais mieux que quiconque, les apparences sont parfois trompeuses. La conversation s'est orientée très rapidement sur nos centres d'intérêt communs. Notre point d'accroche a été notre milieu. Moi, attachée de presse dans la mode. Lui, graphiste passionné d'art contemporain, musique, cinéma et bonne bouffe. Sur le papier ça a l'air prometteur. Enfin, je n'ai pas précisé que j'étais en arrêt maladie. Si j'avais dit la vérité dès le début, il n'aurait pas eu envie de creuser la relation. Et puis, après tout, je suis sur le point de guérir, à ce stade je peux me considérer comme sortie d'affaire. Disons que le plus dur est passé. Seulement voilà, je n'ai pas de cheveux. Ni cils, ni sourcils. Il m'a demandé où j'habitais. Gare du Nord. Il a précisé, avec un *smiley*, qu'il était tout près. République. Dès le lendemain, il me donne son numéro de téléphone sans que je lui demande. Nous nous écrivons pendant deux semaines. Ça a commencé par des messages le matin dans lesquels il me souhaite une bonne journée. Je ne lui réponds pas tout de suite pour donner l'impression de la fille débordée. Et surtout parce qu'à 8 heures je dors encore. On fait connaissance naturellement. Comme moi il travaille beaucoup, aime les restaurants et le bon vin. Il aime les voyages, il se dit ouvert d'esprit. On se découvre des points communs au fil des conversations. Il a un esprit créatif. Moi aussi avec mon projet de livre, sur le désir, la féminité. Un livre témoignage. Il répond avec un *smiley* qu'il sera peut-être dedans. À sa façon d'écrire, et ses sous-entendus pudiques sur notre avenir possible, je me dis que c'est un mec bien. Contrairement aux autres, il n'y a jamais rien de sexuel dans ses messages. Ça me réconforte qu'un garçon s'intéresse à moi pour ce que je suis, il ne me juge pas seulement sur des critères physiques. Ça sent le mec qui veut se caser. Il est content d'être tombé sur moi. Quand il me dit qu'il me trouve mignonne, je me sens un peu mal à l'aise. Certes, il a une image de moi qui n'est pas tout à fait la bonne. Que dirait-il s'il me voyait comme je suis ? Il ne m'enverrait sans doute plus de messages, même si ce qui semble l'attirer davantage que mon physique, c'est ma façon de voir les choses, nos goûts communs. Au départ, échanger avec lui était une manière comme une autre de passer le temps, puis je me suis prise rapidement au jeu. Cette relation platonique me réchauffe le cœur. Chaque jour notre complicité se renforce et j'attends ses messages avec impatience. Chaque jour j'ai envie de me confier à lui mais je m'en empêche car j'ai peur qu'il change d'attitude. Quand il va au cinéma, il me parle du talent du réalisateur ou de tel ou tel acteur. Il est critique sur la B.O., les lumières, le scénario. Malheureusement, il n'y va pas aussi souvent qu'il le voudrait. Il est débordé par une nouvelle campagne. Il regrette de ne pas avoir de temps à me consacrer en ce moment. S'il pouvait ne pas avoir une minute à lui pendant les deux prochains mois, le temps pour mes cheveux de commencer à pousser, ça m'arrangerait. Moi je m'invente un emploi du temps de ministre. Cependant, je n'ai pas le sentiment de mentir sur toute la ligne. Si l'on met cette période entre parenthèses, c'est véritablement la vie que je mène au quotidien. Il me pose des questions sur l'avancée de mon livre. Je sens que ça lui plaît de m'imaginer écrire. J'ai l'impression qu'il me raccroche à la réalité, qu'il donne du sens à ma vie. L'impression d'avoir un semblant de vie sociale. Un semblant de vie tout court. Je finis moi-même par me convaincre que je ne suis pas malade. Après deux semaines d'échanges, il commence sérieusement à évoquer l'idée d'un rendez-vous autour d'un verre de vin. De mon côté, je ne me précipite pas, j'essaye de gagner du temps. Je me dis que si j'arrive à le faire patienter quelques semaines, il ne se rendra compte de rien. Un jour il me propose de prendre un verre, bien sûr j'accepte mais j'en suis arrivée à un stade où, même avec ma perruque, je ne fais plus illusion très longtemps, je ne peux pas lui faire avaler des couleuvres, alors je panique. Si jamais il m'embrasse au premier rendez-vous, si jamais il passe sa main dans ma nuque, si jamais, si jamais, si jamais… Sans réfléchir, la veille de notre verre je lui ai avoué que je portais une perruque, que j'avais un cancer. J'ai précisé que c'était la fin. Et je ne sais pas ce qui m'a pris, j'ai ajouté : « Bientôt on me retire mon cathéter. » Je n'aurais pas pu trouver une phrase plus débile pour le faire partir en courant. Aussitôt j'ai regretté, mais le mal était fait. Sur le coup il a répondu avec sa délicatesse habituelle que ça ne le dérangeait pas le moins du monde. Il m'a semblé très compréhensif et rassurant. Dans l'après-midi, il m'a envoyé un message pour me prévenir qu'il avait un problème de portable, qu'il devait passer chez Apple mais qu'il me rejoindrait après. Je l'attends encore. Ça m'apprendra à dire la vérité. Disgraciée pour port de perruque. Est-ce que c'est si terrible de s'imaginer prendre un verre avec une cancéreuse, monsieur « ouvert d'esprit » ! Ce qui m'énerve, c'est qu'il n'envoie même pas un message pour s'excuser. Aucun garçon n'est capable d'envisager une relation avec une fille malade. Pourquoi se compliquer la vie avec une fille qui a un cancer ? Il ne faut pas trop leur en demander aux garçons. Je m'en fous, je m'en contrefous qu'il ne me parle plus, qu'il aille se faire voir. Je ne les aimais déjà pas beaucoup avant les garçons, maintenant je les méprise. Ils ont peur de tout, un rien les effraie, ils ont peur de leur ombre. Je n'ai nullement besoin d'un trouillard. Est-ce que j'ai peur moi ? Ça ne fait rien, ce n'est pas grave qu'il ne vienne pas, ça ne me fait ni chaud ni froid. Je ne ressens qu'un immense vide, plus rien ne m'atteint, plus rien ne me touche. Tout glisse sur moi comme l'eau sur les plumes d'un canard. J'ai le cœur sec, imperméable, anesthésié. Une pierre à la place du cœur.

26

Mon sentiment d'optimisme n'a pas duré, laissant place à une humeur massacrante. Je ne supporte plus rien ni personne. Ah mais je sais ce que je vais faire après mon cancer. J'ai trouvé. Puisqu'ils avaient l'air si intéressés ces gens, je devrais leur envoyer un communiqué de presse : attention je vais dégommer tout le monde. Tous aux abris. Retenez-moi, retenez-moi, je vais tout casser !

Voilà qu'arrive la fin de la chimio et qu'au lieu de se sentir mieux, on a les nerfs à fleur de peau, on est excédée pour un oui ou pour un non. On n'en peut plus, on est à bout, à cran, on s'agace pour un rien. On ne supporte plus rien ni personne. On rêve d'enfoncer des ciseaux dans le regard niais de la vendeuse des Galeries Lafayette qui met trois heures à faire un paquet cadeau, balancer par la fenêtre le téléphone qui sonne toutes les deux secondes, pousser dans le canal Saint-Martin la morue et sa poussette qui n'avancent pas, étrangler son voisin, avec les cordes de sa guitare, démantibuler le distributeur qui ne donne pas les billets assez vite, jeter dans un nid de vipères cette conne qui nous bouscule sans s'excuser, trucider la vieille qui manque d'arracher la perruque avec son parapluie ! On attrape le chat qui n'arrête pas de miauler pour ses fichues croquettes et on le lance dans la baignoire pleine d'eau. Et d'un ! À qui le tour ?

Je change d'humeur tout le temps. Je suis triste puis dix minutes après en colère et par moments surexcitée par je ne sais quoi. Mes émotions surgissent et meurent comme une pluie d'étoiles filantes. Ces hauts et ces bas me laissent à penser que je suis peut-être devenue folle. Peut-être que la chimio a provoqué des dommages irréversibles dans mon cerveau et que je ne serai plus jamais normale. Parfois, je perds tout espoir et dans ces moments de découragement Anne-Cha me pousse à me battre, elle me donne de l'élan, elle croit en moi, elle me bourre de pensées positives, m'encourage à me dépasser. Lorsque je suis assaillie par un bataillon de doutes, elle me donne de la force, de la volonté, du courage. Dans les phases difficiles, elle m'apprend la ténacité.

Entre ces longs moments de réflexion et de doutes où je me renferme sur moi-même, je m'accorde quelques échappatoires. Aujourd'hui Chloé fête le premier anniversaire de son fils. Je me souviens précisément de sa naissance. Avec Émilie nous bouclions nos valises pour la Thaïlande. Je n'étais pas malade, du moins je ne l'étais pas dans ma tête car le cancer était certainement déjà à l'œuvre, comme le ver dans la pomme, invisible. Je suis peut-être malade depuis très longtemps, à l'hôpital ils n'ont aucun moyen de le savoir. J'étais heureuse de quitter Paris pour plonger dans un paysage de carte postale, mais je me souviens des violents vertiges qui me saisissaient sans raison. Un an après, je me sens si déprimée devant ma part de galette des rois que je pourrais me noyer dans le champagne. Ce qui devrait être un rendez-vous heureux me plonge dans un abîme de souffrance et de solitude. Plus le jour de la dernière chimio approche, plus mon angoisse monte d'un cran. Je vois Chrystelle et d'autres gens que j'aime. Des gens que je n'ai pas vus depuis longtemps. Voir tous ces gens si fiers de moi, ça me fout encore plus le cafard. Je sens un mélange de peine et de tendresse dans les regards parce que, arrivé à la fin du traitement, on ne ressemble plus à rien, on n'est plus que l'ombre de soi-même. Je n'arrive plus à me regarder dans un miroir tant je suis défigurée.

Le soir, je vais dîner chez Laetitia. Dans un élan un peu fou, on réserve des billets pour Bali pour cet été. J'ai tant de mal à voir devant moi, à envisager un avenir serein que j'ai besoin de perspectives d'évasion. Aussi loin que je me souvienne, j'ai toujours rêvé d'aller à Bali. Rien que le mot, comme un chant d'oiseau exotique, m'a toujours fasciné. Ce projet m'émoustille l'espace de quelques minutes. Sur le chemin du retour, *La vie en rose* résonne dans le taxi. Le chauffeur me demande si j'aime Piaf. Je réponds oui et je me dis qu'elle n'est pas rose ma vie à moi. Plutôt grise. Ni noire ni rose quoi. Une couleur bâtarde en demi-teinte. Une demi-mesure. Une demi-vie. J'essaie de rester positive mais mon enthousiasme n'arrive pas à prendre le dessus. En rentrant à la maison, je me déshabille, je me réfugie sous la couette. Un chagrin inexplicable s'abat sur moi. Je n'arrive pas à m'expliquer pourquoi je suis si triste alors que j'attendais cette fin de chimio depuis tant de temps. Je n'ai plus d'entrain pour rien. Autant d'énergie qu'une bourriche d'huîtres. Une curieuse sensation d'être à la fois forte et brisée. Je me sens comme un paquet de biscuits sablés qu'on aurait secoué dans tous les sens, en morceaux. Alors que je pensais qu'il n'y avait plus ni peur ni tristesse en moi, je n'arrête plus de pleurer, je ne sais même plus pourquoi je pleure. C'est bruyant, c'est brûlant, ça coule de partout, de mes yeux, de ma gorge, de mon nez. Mon corps est secoué par des spasmes. Je cherche ma respiration, je n'arrive plus à trouver d'air parce que je m'étouffe avec ma rage, mes larmes, ma morve et le sang qui dégouline de mes narines. Sur le plan psychologique je suis au plus mal. Les phases d'euphorie et d'anéantissement se succèdent formant des boucles comme celles des circuits électriques, mes espoirs se fissurent et une bourrasque de tristesse s'engouffre en moi. Depuis des mois je tente par tous les moyens de ne pas me laisser gagner par cette maudite tristesse mais elle m'a rattrapée par surprise comme une météorite qui serait tombée du ciel, au moment où je m'y attendais le moins. Je suis triste parce que j'ai perdu le contrôle de ma vie, que plus rien n'est comme avant et que plus rien ne sera jamais comme avant.

J'ai serré les dents pendant six mois, et là, alors que ce n'est pas le moment de lâcher, j'arrive au bout, en bout de course, je craque. C'est trop dur. J'ouvre les vannes, et le barrage que j'ai bâti autour de moi s'écroule.

Tout remonte à la surface, toutes les émotions contenues pendant six mois de traitement resurgissent d'un coup : la peur, la douleur, la colère, comme les sacs plastique, les chaussures oubliées, les poissons morts dans la rivière.

Je ne me suis pas demandé comment j'allais pendant six mois. Je n'ai pas véritablement vécu, branchée en mode survie, fatiguée de mettre un pied devant l'autre, de prendre une douche, de boire un verre d'eau. Je suis si éreintée que je me sens fondre. Quand je vais au ciné, il me semble que j'ai passé dix jours au Festival de Cannes, quand je vais au Monop, il me semble que j'ai couru le marathon de New York, quand je sors dîner à Belleville, il me semble que j'ai voyagé jusqu'en Chine. Chaque geste du quotidien est une épreuve, une bataille à livrer. Ce dernier round, je l'ai tant attendu qu'il me terrifie. Je repense à tout ce que j'ai traversé et j'ai si peur de regagner le monde des vivants et de devoir subir une nouvelle chimio que je préférerais continuer à encaisser plutôt que de supporter ça. J'étouffe, je me sens oppressée. J'ai du mal à respirer, je manque d'air, comme si le réservoir d'oxygène s'épuisait.

Quelques jours avant ma dernière chimio, au moment où Vanessa m'apprend que la mère de Patrick a un cancer du sein, je jurerais entendre cette comptine démoniaque dans ma tête : Plouf, Plouf, ça sera toi qui y seras, mais comme le roi ne le veut pas tu n'y seras pas, et comme la reine a bien voulu, ça sera toi. J'appelle Patrick qui n'a pas osé m'annoncer la nouvelle sur-le-champ. Une tumeur dans chaque sein. Sa mère est arrivée chez lui un jour glacial de décembre avec les cheveux très courts. Plus courts que jamais. Elle venait pour lui parler. Il n'a pas osé le croire. Ne me dis pas maman que… ? Si. Cancer. Patrick connaît la chanson : opération, chimio, radiothérapie. Il se demande pourquoi cette maladie menace son amie et sa mère ? Il me pose quelques questions sur les médecines parallèles, les effets secondaires, les perruques. Je me rends compte que je suis devenue incollable sur le sujet. Les gens ne savent pas ce qu'est une chimio, qu'on ne pourra plus avoir d'enfants, qu'on ne pourra pas faire de prêt pour acheter un appartement, que la taille de la tumeur n'a rien à voir avec son agressivité. Moi non plus je ne savais pas, ça ne m'intéressait pas. J'aurais préféré rester dans mon ignorance. Ça n'a rien de passionnant le cancer. Vraiment rien.

Je sens mon ami désemparé. Moi, puis sa mère, à quelques mois d'intervalle, c'est beaucoup. Beaucoup trop. Patrick ne veut définitivement plus partir vivre à Londres. Mon univers, aussi sucré que mon parfum *Songes*, a littéralement volé en éclats mais le cancer bouleverse aussi l'existence des gens qui vous entourent. Il détourne les chemins, modifie les trajectoires. Merci d'emprunter l'itinéraire de déviation. Au moment où ma chimio prend fin, la sienne va commencer. Je n'aurais jamais imaginé céder ma place à sa mère.

C'est la dernière fois que je maquille mes ongles, que j'avale les antivomitifs, la cortisone, que je pose le patch anesthésiant sur le cathéter. C'est la dernière fois que j'effectue tous ces gestes familiers comme un rituel.

Je vais courber l'échine une dernière fois. Anne-Cha passe me prendre en taxi. Cette ultime cure, hautement symbolique, je la lui ai réservée. Un peu comme un cadeau. J'avais passé ma première soirée d'annonce avec elle, alors je voulais qu'elle soit là pour l'injection finale. Je sais qu'elle prend sur elle parce qu'elle déteste les hôpitaux. J'espère qu'elle ne va pas tourner de l'œil en me voyant branchée à tous ces tuyaux. Je suis d'humeur joyeuse, même si j'ai du mal à réaliser que je ne reviendrais plus.

Nous attendons dans la salle d'attente comme d'habitude. Cette salle d'attente où mes cheveux s'étaient envolés cinq mois auparavant avec Chloé à mes côtés. J'aurais pensé être plus émue que je ne le suis. Surprise de l'ambiance qui règne dans la minuscule pièce, Anne-Cha s'installe à côté de moi entourée de pipelettes. Nous ignorons tout les unes des autres, mais nous échangeons des regards complices en souriant. Et quand l'infirmière arrive en criant : « Madame Cendrier », sans que personne lui réponde, on éclate toutes de rire. Personne ne peut comprendre le lien indescriptible qui nous unit. Nous avons toutes une histoire et un parcours différents, mais face à la maladie nous sommes toutes égales. Bien que je sois souvent la plus jeune, j'ai désormais le sentiment de partager avec elles des chemins secrets. Nous possédons un pouvoir que les autres n'ont pas. Nous sommes les seules à voir certaines choses comme si la peur ou la souffrance avait ouvert de nouveaux horizons, comme si avant nous vivions avec un voile devant les yeux. Nous en savons plus sur la vie que les gens qui n'ont jamais eu à se battre pour la garder. Nous savons qu'elle est sacrée.

L'infirmière m'appelle, elle est heureuse pour moi, elle m'installe dans la chambre comme d'habitude. Mais il y a quelque chose qui n'est pas comme d'habitude. Il y a une femme horrifiée allongée dans l'autre lit derrière le rideau qui tremble. Une femme qui a encore ses cheveux. Elle est avec une amie. Sa terreur ricoche sur les murs de la chambre. Je ne les écoute pas, préférant parler avec Anne-Cha des vacances de cet été, de ma vie d'après. Cap sur l'avenir. Ne pas regarder en arrière. Et je parle, je parle pour oublier ce qui se dit derrière le rideau. Nous savons très bien de quoi elles discutent parce que nous avons eu la même conversation il y a quelques mois. Je me concentre sur mes projets. J'ai réservé mes billets pour Bali avec Laeti. Et toi, tu vas à Formentera cet été ? J'y vais aussi. On cherche une maison avec Chrystelle. Je pars à Marrakech avec les filles du bureau en juillet, je pars en Thaïlande avec Julie dès que j'ai fini la radiothérapie. Un seul désir : faire le tour du monde, m'évader, vivre.

D'un côté du rideau, la vie, les projets, l'assurance, les éclats de rire, la joie. De l'autre côté, la peur, l'angoisse, les questions, les murmures, les craintes, les doutes.

Quand sa pompe sonne la fin de la séance, l'infirmière demande aux accompagnants de sortir de la chambre. Voilà, c'est fini pour aujourd'hui. Ça a été ? Pour l'instant ça va mais… L'infirmière s'en va. Je me retrouve seule avec cette femme qui a le trouillomètre à zéro à repasser des plis imaginaires sur mon jean. C'est votre dernière ? Comment ça s'est passé ? Gros blanc. Je craignais qu'elle ne me pose cette question piège à laquelle je n'avais aucune envie de répondre. Je me revois il y a six mois.

Dans ma tête c'est le chambardement. Qu'aurai-je voulu entendre ? Pas un mensonge en tout cas. J'aimerais la rassurer mais c'est difficile. Alors je lui réponds avec un pincement au cœur que ça passe vite. Parce que c'est vrai et parce que je ne le croyais pas quand l'oncologue me l'a juré, mais j'aurais cru une patiente sur parole. Et pendant ce temps-là, dans la salle d'attente, son amie pose exactement la même question à Anne-Cha. Elle ment un petit peu, elle lui dit que tout s'est bien passé. Elle lui raconte l'histoire de la collecte pour la perruque. L'amie trouve que c'est une idée formidable d'offrir des cheveux. Et toutes les deux nous passons le flambeau. De patiente à patiente. D'amie à amie. De femme à femme.

Voilà, c'est fini. Je n'ose à peine y croire. Ce n'est que quand l'infirmière me débranche et dit « j'espère ne jamais vous revoir » que des petites larmes mouillent mes yeux, que mon cœur s'arrête de battre et que mon sang se cristallise dans mes veines. Un mélange de soulagement et de peur. La peur panique de revenir. Les infirmières de chimio sont bien les seules personnes au monde qu'on souhaite ne jamais revoir. Jamais. Et si j'avais gagné une bataille mais pas la guerre ? Anne-Cha me serre pudiquement dans ses bras. Pas trop fort parce que je pourrai bien m'effondrer sur le lino et ne jamais me relever, je ne suis plus bien sûre d'être vivante. Je m'oblige à ne pas pleurer. J'essaie de tenir debout et cela me semble relever d'un exploit. Après tout, j'ai gagné, allons-y, quittons le service Trèfle sans nous retourner pendant que les pompes de chimio continuent de sonner. La vie m'a distribué de mauvaises cartes, je ne veux plus jamais de trèfle. J'espère avoir assez de cœur entre les mains pour finir la partie. Bizarrement, en poussant triomphalement la porte, je savoure ma victoire, je me sens superpuissante, indestructible. Fière d'avoir traversé cet océan de souffrances. J'ai l'impression d'avoir escaladé l'Everest à mains nues ou un truc dans le genre. Mes meilleurs amis m'attendent chez Madame Gen pour fêter cette victoire.

Oui vous avez bien lu. Meilleurs amis au pluriel. Le sens commun a décrété qu'on ne pouvait avoir qu'un ou qu'une meilleure amie comme un sacrement qu'on attribue à une personne. On entend ça à tout bout de champ. Ma meilleure amie par-ci, mon meilleur ami par-là. Mais sur quels critères on se base pour gratifier quelqu'un ? Est-ce que c'est la personne avec laquelle on passe le plus de temps, celle qu'on connaît depuis le plus longtemps, celle avec qui on rigole ou pleure le plus, celle à qui l'on confie tous ses secrets les plus intimes ? Eh bien moi j'ai plusieurs meilleurs amis. Je les compte sur les doigts de mes deux mains. Je trouve qu'on ne devrait pas avoir à choisir. Et ce soir, ils trinquent à mon triomphe qui est aussi le leur. Jamais je n'aurais réussi sans eux, sans mes parents. Ils m'ont maintenu en vie, la tête juste au bord du chagrin. Ils ont plié ma terreur comme de l'origami, ils en ont fait des cocottes que j'ai transformées en hommage de papier. Ce sont eux qui m'ont fait tenir debout, qui m'ont fait oublier les brûlures, le goût du métal, la camisole chimique. C'est grâce à eux que je me suis accrochée à mon livre comme on s'accroche à une corde dans un précipice.

Et voilà que David traite Vanessa de mère indigne parce qu'elle emmène Oscar, qui a 6 mois, dans les bars. Marin a retrouvé le sourire parce qu'il a un nouvel amoureux. Chloé qui s'était promis d'arrêter de boire a les lèvres tachées de vin rouge. Chrystelle négocie avec un vendeur de rue une rose blanche et un poisson en plastique rose fluo qui chante et frétille en remuant la queue. Anne-Cha commence demain un régime, en attendant elle se jette sur la planche de charcuterie. Patrick, éternellement bloqué dans son Eurostar, nous envoie des bisous. Au bout de deux heures, comme d'habitude, c'est le grand n'importe quoi, une anarchie joyeuse, un chaos éclatant aux couleurs de l'arc-en-ciel autour de moi. Nous sommes douze mais nous faisons autant de bruit qu'une fanfare. C'est à celui qui parlera le plus fort. Le monde pourrait s'écrouler, nous ne l'entendrions pas. Mes amis sont tous un peu dérangés. Une joyeuse bande d'illuminés avec une petite case en moins ou en plus, une tribu solide mais turbulente. Émilie débarque avec quatre heures de retard quand tout le monde s'en va parce que 18 heures ou 22 heures quelle différence ça fait au final ? Le principal, c'est toujours d'arriver.

27

Depuis quelques jours, je suis obligée d'aller chaque matin à l'hôpital pour des séances de radiothérapie. J'y vais sans réfléchir, avec autant d'appréhension que si j'allais acheter une baguette à la boulangerie. À l'entrée de l'hôpital, j'embrasse d'un seul regard le hall. Relais presse, relais café, Urgences, distributeur de canettes en panne, cabines téléphoniques des années 1980, admissions/sorties, accueil, taxi, jardinière de fleurs artificielles. Je traverse d'un pas décidé sans regarder ni à droite ni à gauche, je me dirige directement vers l'escalier qui mène au sous-sol. Désormais je connais par cœur l'hôpital dont le dédale de couloirs paralyse les jambes quand on arrive pour sa première consultation d'oncologie. Le bâtiment me semble plus petit que la première fois où je suis venue, j'ai même dû m'habituer à l'odeur parce que je ne trouve plus que ça sente une odeur particulièrement désagréable. Dehors il fait froid, mais là-bas il fait toujours bien chaud, au fond on n'y est pas si mal. Est-ce que je ne vais pas mourir si je ne vais plus à l'hôpital ? Depuis plusieurs mois, je suis coupée du monde, j'ai l'impression de vivre en sécurité sous une cloche de verre et je me sens un peu tendue à l'idée de retourner au bureau, de reprendre ma vie d'avant. Je suis bien dans mon 10ᵉ arrondissement, j'y ai tous mes repères. Combien de fois ai-je traversé le canal Saint-Martin pour me rendre à l'hôpital Saint-Louis ? Paris c'est un peu grand pour moi. Est-ce que j'ai envie de retourner à ma vie d'avant ? Courir dans tous les sens, mais courir après quoi au juste. Me plier de nouveau à des contraintes alors que je n'ai plus de compte à rendre, à personne. Je fais ce qui me plaît quand ça me plaît. Je suis toujours entourée des mêmes amis, je répète chaque jour les mêmes gestes. Mon univers est calme et rassurant. J'ai bâti un minimonde au fil des mois, une sorte de refuge avec mes petites habitudes, un coffre-fort que je ne suis plus certaine de vouloir déverrouiller. La maladie m'a isolée de l'extérieur, faisant de moi l'être le plus précieux de mon entourage et là, comme ça, on me demande de quitter mon statut de malade, ma tour d'ivoire, mon royaume miniature et de reprendre mon existence trépidante. Ce n'est pas que je veuille rester dans mon lit mais ne me bousculez pas trop parce que je ne suis pas totalement guérie. Vous pouvez continuer à m'offrir des fleurs, des cadeaux, des dîners, des gâteaux et des madeleines, je ne pourrai pas me réinsérer dans la vie normale en un claquement de doigt. Je suis éreintée. C'est incroyable, j'avais peur de mourir, et là je me sens effrayée à l'idée de vivre. Je ne comprends pas pourquoi mais je ne sais plus très bien où j'en suis.

Dans la salle d'attente surchauffée une infirmière vient me chercher. Je dois me mettre torse nu pour m'allonger dans une drôle de machine. Les manipulateurs me positionnent à l'aide de règles et d'équerres, le bras droit en l'air. Ils me laissent seule dans la pièce avec cette machine qui a l'air de vouloir m'avaler. Elekta. Un bien joli nom pour cet engin. Je me sens comme Anne Hathaway dans *Interstellar*. J'ai vu ce film il y a quelques semaines et je dois bien admettre que je n'ai pas compris tous les tenants et aboutissants, complètement larguée par ces failles spatio-temporelles. Le bras d'acier d'Elekta pivote dangereusement autour de moi en projetant sur les murs des rayons laser verts qui font des bruits forts et étranges. Il ne faut pas bouger d'un millimètre. Après la chimiothérapie, la radiothérapie me semble presque agréable.

Plus d'un mois s'est écoulé depuis la dernière chimio. Mes cheveux n'ont pas poussé d'un nanomètre malgré l'huile de ricin dont je me tartine toute la journée comme si l'effet était miraculeux. Je ne suis pas belle à voir. Rendez-moi mes cheveux, mes cils, mes sourcils. Ça suffit maintenant. Combien de temps me faudra-t-il pour retrouver une apparence humaine ?

Aujourd'hui c'est mon anniversaire. Vendredi 13 mars. Une date que j'attendais avec tant d'impatience. D'un côté, je suis bien contente de passer à 39 ans car on ne peut pas dire que le nombre trente-huit m'a particulièrement bien réussi. Je m'en souviendrais longtemps de cette année, même si j'aimerais mieux m'en débarrasser comme on se débarrasse de piles usagées, de bouteilles en verre, ou de vieux vêtements. Malheureusement il n'y a pas de containers pour déposer ses mauvais souvenirs et où que j'aille, je les emporterai toujours avec moi. Des souvenirs durs comme du béton armé que seul le temps pourra peut-être adoucir. De l'autre côté, ça ne me réjouit pas du tout d'approcher de la quarantaine. Ça n'a pas changé ça, je me trouve toujours trop vieille, trop adulte. Une trop grande personne.

Aujourd'hui, comme un clin d'œil du destin, cela fait tout juste neuf mois jour pour jour que ma gynéco a prononcé ces mots affûtés comme des lames de rasoirs : « Vous avez un cancer du sein. » Je revois sa mine dépitée, j'entends sa voix résonner cruellement dans ma tête. Cette phrase restera gravée à jamais dans ma carte mémoire pareille à une tache de vin incrustée sur une nappe blanche. Indélébile. Je ressens encore distinctement la douleur, la peur, l'effroi, le vide.

Neuf mois se sont écoulés. Un été, un automne, un hiver ont passé. Un millier d'années. Le cycle de la vie a continué sans moi. Mais ce printemps c'est le mien. Les journées s'allongent, les oiseaux sont revenus d'un long voyage, les arbres se couvrent de minuscules bourgeons. Tandis que les autres femmes se réjouissent d'une promotion, d'une nouvelle paire d'escarpins, des premiers pas du petit dernier, j'en suis réduite à scruter chaque jour un duvet qui apparaîtrait sur ma tête. Personne ne revient dans le monde des vivants aussi facilement. Il faut se régénérer petit à petit. Se réintégrer. Tout doucement.

Neuf mois ce n'est pas seulement trois saisons. Neuf mois, c'est le temps qu'il faut pour donner la vie. Aujourd'hui je fête aussi un peu ma renaissance. C'est un peu une deuxième vie qui commence, une deuxième chance. Depuis quelques jours j'ai décidé pour cette occasion si particulière de revoir Benoît avant la soirée d'anniversaire que je passerai avec mes amis. Ça ne peut être que bénéfique pour moi. J'en ai assez d'attendre d'aller mieux, je veux à nouveau croquer la vie à pleines dents. Je me sens vide, je ressens le besoin irrépressible d'être désirée, je veux redevenir une femme. C'est l'unique moyen de reprendre contact avec la vie, la seule manière que je connaisse pour revenir dans le monde. Le sexe comme de la survie. Je dois retrouver cette femme qui prenait tant plaisir à vivre. Peut-être que Benoît sera capable de raviver la flamme. Je revois son sourire rassurant, son regard pénétrant, son corps robuste, ses tatouages sur le torse, dans le dos, sur les bras. À m'imaginer la manière dont il donne et reçoit à la fois, mon cœur s'affole, mon sang brûle dans mes veines. C'est un garçon qui aime les femmes. Il y a si longtemps que je n'ai pas fait l'amour… J'ai oublié la sensation du corps d'un homme, alors quand je repense à la puissance de ces hanches entre mes cuisses, je me sens rougir. Je porte un jean, un body et des escarpins. Pleine d'inquiétude, je me suis tartiné les yeux de noir et le visage de fond de teint pour faire diversion. Impossible de me montrer au naturel. J'ai mis deux fois plus de ruban adhésif que d'habitude pour faire tenir ma perruque. En l'attendant, je marche de long en large dans le salon, un verre à la main. Même si des scénarios catastrophes dans lesquels ma perruque ne tient pas en place m'ont hantée toute la nuit, ce rendez-vous inespéré je l'attends comme un nouveau départ. Il n'est que 17 heures mais j'ai ouvert une bouteille de vin blanc pour me donner du courage. Même si je suis fière de mon allure sensuelle, j'ai peur qu'il me trouve trop changée. La nervosité rend mes mains moites. L'espace d'un instant je me demande même ce qui m'a pris de le relancer. Dans ma bouche je sens l'alcool brûler toute la muqueuse comme si le vin m'ébouillantait. À force d'avoir mal, j'ai fini par m'approprier la douleur, j'ai oublié ce que c'est de ne pas avoir mal.

Ce qui me rassure instantanément en ouvrant la porte, c'est son sourire. Il n'a pas l'air surpris par mon apparence du moins il ne le montre pas. On s'installe dans le salon. Il s'assied sur le canapé. Il est toujours aussi beau. Je me tiens debout devant lui, les bras ballants, je n'ose pas m'asseoir à côté de lui alors je me pose sur un fauteuil juste en face. Je ne sais pas quoi lui dire. Je m'épuise à lui parler de la maladie. Si je voulais le dégoûter de moi, je ne m'y prendrais pas autrement. Pendant que je parle, je ne risque rien, il ne va pas essayer de me toucher, de m'embrasser. J'essaie de gagner du temps. Il ne reconnaît pas la femme qu'il connaissait, il me trouve farouche. J'essaie de vaincre ma timidité, de prendre de l'assurance. Je m'approche de lui, je m'assieds sur lui à califourchon. Ses cuisses sont larges. Ça fait plaisir, c'est rassurant toute cette vie qui palpite pour moi sous le jean tendu. Je n'en reviens pas qu'il soit là. Je n'en reviens pas de ce miraculeux désir. J'y vais franchement, je ne passe pas par quatre chemins, je m'accroupis devant lui, j'ouvre le jean, baisse le caleçon, et je prends le sexe doux entre mes lèvres. Quand il commence à poser ses mains sur ma tête pour me caresser les cheveux en gémissant, je me raidis, je les retire. Je ne me souvenais plus de cette manie qu'ont les garçons de jouer avec nos cheveux quand ils s'oublient au fond de notre gorge. Avec la transpiration, je sens les rubans adhésifs se décoller un à un sur mon crâne. Ses mains reviennent, il insiste. C'est un bras de fer entre nous. Je me lève d'un bond pour l'embrasser. Il attrape ma tête. Je pensais pouvoir faire abstraction de tout ça mais mon cou se tend. Un baiser interminable. Sa main glisse dans ma nuque. Alerte rouge. Je le repousse. Il me déshabille et m'allonge sur le canapé. Par peur que ma perruque ne bouge, je reste raide comme un piquet. Sa langue qui lèche mon sexe ne me procure aucune sensation. J'ai beau essayer de ne penser à rien, je ne parviens pas à me laisser aller. Je le traîne par la main dans la pénombre de ma chambre. La seule chose que je puisse faire c'est l'allonger et rester sur lui. Je le maintiens fermement de manière à ce que ses mains ne puissent pas atteindre mes cheveux. Je les place délibérément devant mes épaules pour cacher le cathéter. Je rêvais de légèreté, je voulais me sentir libre, me voilà figée comme une statue à contrôler chacun de mes mouvements. Son sexe dur me déchire le ventre. Ma tête tourne d'une douleur incandescente. Ses mains empoignent si fermement mes fesses que j'aurai des bleus sur le corps. Chaque va-et-vient apporte sa dose de tension. C'est chaud, visqueux, liquide. Ce n'est pas normal, j'ai l'impression de faire l'amour dans un bain brûlant. Avec ma main je replace son sexe qui a glissé. Même dans la pénombre la vue de mes doigts noirs répand de la terreur dans tout mon être. Je me lève brutalement, je le pousse, j'allume la lampe de chevet. Une mare rouge. Les draps, mes cuisses, son ventre, son sexe qui se recroqueville. Tout est souillé, imbibé de sang. Il n'y a qu'une image pour décrire la situation : une scène de crime. Je suis à la fois morte de honte et complètement paniquée. Benoît est compréhensif, il reste calme, me rassure. Après s'être douché, il s'habille et me donne un baiser furtif avant de partir. On ne m'a rien dit à l'hôpital. On ne m'a pas dit que toutes les muqueuses de mon corps étaient à vif. Même si on peut considérer cette expérience comme un lamentable échec, je ne vais pas me laisser gâcher la fête pour autant. J'avais vu cette date comme un signe mais j'ai voulu aller plus vite que la musique, j'attendrai un peu avant de vouloir jouer les femmes fatales. Pour autant, je ne me laisse pas abattre, mon inquiétude est vite balayée. Avec énergie, je colle tous les draps dans la machine à quatre-vingt-dix degrés et je me prépare pour rejoindre mes amis qui m'attendent pour fêter mon anniversaire.

Ma robe en dentelle blanche me donnerait presque l'air d'une sainte avec mon auréole de cheveux. Consciente de ma vulnérabilité, j'ai choisi un lieu rassurant pour célébrer l'événement avec tous mes amis. Chez Madame Gen, le rade du quartier où je vais tout le temps. Il règne une atmosphère surréaliste ce soir. Le bar, investi par tous mes proches, est parcouru d'ondes aux couleurs dragée. Tout le monde sourit, tout le monde se connaît, tout le monde a l'air merveilleusement heureux.

Même moi dans le miroir, j'ai l'air radieuse. L'instinct de survie est plus fort que tout. Je n'ai pas lésiné sur le crayon noir autour des yeux et les poudres de perlimpinpin sur le visage. Je virevolte, grisée par l'ambiance folle, je ne vois pas la soirée passer, je parle avec tous mes amis et j'ai l'impression de ne parler à personne. Deux verres de vin suffisent à m'étourdir gaiement. Quand les lumières s'éteignent, une quarantaine de personnes entonnent « Joyeux anniversaire ». Jamais ils n'ont mis autant de cœur dans cette chanson. Jamais autant de force, de conviction. Ne pas pleurer. L'émotion est palpable, des bulles d'amour éclatent dans l'air enchanté. Une explosion d'étreintes magiques, de câlins merveilleux, de sourires en pagaille, de baisers sonores, de regards de fierté, de regards embués, des larmes comme des diamants au coin des yeux. Tout le monde plane comme si on était tous shootés. Comme si quelqu'un avait vaporisé de l'euphorie dans l'air et versé des philtres d'amour dans le vin.

Ils m'offrent le secrétaire scandinave vintage dont je rêvais pour mon entrée. Mais le cadeau inestimable encadre mon visage ému. Je souffle les bougies du gâteau à l'effigie de Kylie Minogue parce qu'il ne pouvait pas y avoir d'autre gâteau d'anniversaire, en remerciant le ciel d'avoir des amis comme ça, en le priant de me rendre la vie plus belle et en attrapant au vol toutes ces ondes positives. À partir de maintenant, je vais œuvrer à mon bonheur. Plus question de remettre ma vie entre les mains du hasard. On ne m'y reprendra pas deux fois.

Puis tout le monde veut prolonger la fête. Envie d'aller danser dans un nouveau club rue des Petites-Écuries.

L'endroit un peu déglingue a presque l'air ringard mais quand je regarde autour de moi je n'aperçois que des têtes connues, des gens de la mode et des hipsters. Je n'ai pas dansé comme ça depuis des lustres j'ai l'impression de faire mon retour dans le monde des vivants. Pendant que je commande des vodkas Get Perrier au bar, j'entends le DJ crier dans le micro « Bon anniversaire Marjorie » et je ne sais plus où me mettre. D'instinct, je sais que c'est Chrystelle qui fait des siennes, la discrétion n'est pas son fort. Une fois, deux fois… dix fois. Mes amis sont hystériques sur la minipiste de danse. Je me trémousse, serrée contre des torses transpirants, au son des tubes des années 1990, en m'observant dans le miroir. Je n'ai pas oublié comment onduler des hanches, comment secouer la tête, tentant désespérément de donner un souffle de vie à mes longs cheveux. J'ai l'air comme tout le monde. Les rayons laser changent la couleur de ma robe, les stroboscopes éclairent par flash les visages perlés de sueur. À ce moment-là, le monde se résume à une espèce de transe collective, un tourbillon de sensualité. Se laisser griser, se perdre dans la musique, les corps agglutinés, imbriqués les uns aux autres, le cœur battant à l'unisson, respirant dans un même souffle comme une tribu d'indigènes ancestrale. Les garçons sont jolis mais je n'ose pas trop les approcher ni les regarder dans les yeux parce qu'ils pourraient voir que de près je ne suis pas tout à fait comme les autres filles. Il fait chaud avec cette perruque.

Je suis fatiguée, il est temps de rentrer. En disant au revoir à Chrystelle dans le petit couloir qui mène au fumoir, une pétasse me bouscule et me demande de me pousser parce que je gêne le passage. Une colère fulgurante monte alors jusqu'à mon cerveau et se transforme en haine. Le sang qui sillonne mes artères est brûlant. « Tu peux répéter s'te plaît ? » « J'te dis de te bouger. » Et je crie : « Répète pour voir ? » Elle ne se laisse pas démonter pour autant, elle ne sait pas à qui elle a affaire. Je viens de résister à six mois de chimio, alors ce n'est pas cette pauvre fille qui va me dicter ma conduite. Une violence inouïe surgie de nulle part m'avale tout entière. Une force intérieure que je ne soupçonnais pas comme un volcan en éruption. Je deviens hystérique, habitée, une furie en robe de dentelle blanche. Bouillante de rage, les yeux exorbités, les veines du cou gonflées, les poings serrés, les cheveux dressés, je rugis : CONNASSE, pendant qu'elle passe son chemin dans un sillage de dédain. J'ai ressenti une pulsion de meurtre, l'envie de l'attraper par le cou d'une main, la soulever du sol, la démolir, la pulvériser contre le mur, pourtant je n'ai jamais été particulièrement sanguine auparavant.

Alors je prends conscience que je ne suis plus tout à fait la même personne qu'avant. Que cette personne-là n'existe plus. Je me demande qui je suis et si je vais bien m'entendre avec mon nouveau moi. Tout a changé. On ne ressort pas indemne d'être passé à la lisière de la mort. Cette expérience a fait de moi un être à jamais différent, à l'image d'un parcours initiatique, un chemin de croix au bout duquel il faut se reconstruire en tant que femme.

Je remonte à pied jusque chez moi. L'air froid se glisse dans mes poumons et me fait du bien. C'était la meilleure soirée d'anniversaire qu'on puisse avoir. De retour dans mon appartement, j'ouvre le carnet sur lequel tous mes amis ont écrit des messages. Des messages d'amour. Et il y en a un si joli qu'il me fait pleurer plus que les autres.

« Joyeux anniversaire ma Marje ! Je voulais profiter de ce moment particulier pour te dire merci. Merci pour cette belle leçon de vie. Merci pour ton amitié aussi forte malgré les obstacles. Merci de ta joie de vivre. Merci de me montrer qu'envers et contre tout il faut croire en soi et en ses projets. Merci de ces moments de joie, confidences et larmes parfois. Et merci de m'aimer. Et merci de me faire les ongles. Je sais, c'est fou cette histoire, ce moment de vie m'a fait réaliser la chance que j'ai de t'avoir et comme tu es une personne vraiment à part. Tu deviens un modèle pour moi, tu étais une personne très importante à mes yeux, aujourd'hui tu es encore bien plus. Je t'aime et je suis fière de toi. Anne-Charlotte. »

Submergée par des flots de sensations : l'amour, la fierté, la peur, la joie. Tout s'emmêle dans ma tête. Toutes les émotions contenues toute la soirée remontent sans prévenir. Et la colère aussi, tapie au fond de moi depuis des mois. La colère qui est remontée tout à l'heure de manière si soudaine, si imprévisible. J'ai presque eu peur de moi-même. En fait je comprends que je n'ai plus peur de rien. Je ne regarde plus sous mon lit, je ne crains plus que quelqu'un ne se glisse derrière la porte de l'immeuble et les prises de sang me font l'effet d'une douce caresse. Cette fille avait dû me prendre pour une mauviette avec mon allure angélique en dentelle blanche. Qui que ce soit m'aurait donné le bon Dieu sans confession. Je voulais étriper cette garce pour lui prouver qu'elle ne me faisait pas peur. La seule chose qui me terrifie, c'est cette ombre noire. Cette ombre qui rôdait et qui m'a poursuivie pendant des mois. Elle est partie comme elle est venue, sans faire de bruit, sur la pointe des pieds. Envolée. Oh bien sûr j'ai pleinement conscience qu'elle va revenir un jour.

Laisse-moi le temps de danser, rire, séduire, contempler le ciel et peut-être décongeler mes petits œufs. Laisse le temps à mes cheveux de pousser jusqu'aux pieds. Si tu pouvais revenir dans cent ans. Cent ans c'est bien.

Dix-huit mois plus tard...

Si le cancer n'a pas été une partie de plaisir, les mois qui ont suivi ne se sont pas réellement passés comme je l'avais imaginé. Je me suis jetée dans ma vie pensant la reprendre exactement là où je l'avais laissée comme si le cancer n'avait jamais existé. Être patiente, on me disait. L'ennui, c'est que je n'ai jamais eu beaucoup de patience. Je voulais appuyer sur l'accélérateur, je voulais me sentir bien tout de suite. Il fallait se remettre à vivre. J'ai recommencé à travailler, je suis sortie du 10e arrondissement, je me suis remise à voir des garçons. J'ai repris mon travail en mi-temps thérapeutique. Pour mon premier jour de bureau, je suis allée travailler sans ma perruque, avec le crâne rasé. Tout le monde a été gentil, j'ai été bien accueillie, avec des fleurs, des jus vitaminés, des sourires et un agenda Hermès rose pastel en cuir grainé de la part de ma boss. J'étais confiante, je me suis dit que tout allait bien se passer. Quand je me suis regardée pour la première fois dans le miroir des toilettes après tout ce temps, j'ai eu l'impression qu'on me piétinait le cœur. J'avais beau me chercher, je ne me reconnaissais pas. J'étais grise, j'avais perdu l'éclat. Même si toutes les journalistes qui passaient au bureau durant ces premières semaines me disaient que j'avais de la chance, que le crâne rasé m'allait bien, que ce n'était pas donné à tout le monde, ce n'était pas moi. Mon jean, mes Converse, mon tee-shirt large et l'absence de maquillage me donnaient l'allure d'un garçon manqué. Le lendemain, je suis allée au bureau avec ma perruque parce que avec la tête rasée on livre entièrement son visage, ses rides, sa mauvaise mine, ses sourcils tracés au crayon et j'avais encore envie de me cacher. Mon jean ultramoulant, les sandales noires à talons et le rouge à lèvres me donnaient un air beaucoup plus femme. Pendant plusieurs semaines j'ai jonglé ainsi, ne me sentant véritablement à l'aise dans aucun des deux registres. Le maquillage, les talons, les tenues féminines me semblaient hors sujet. Je culpabilisais de porter encore une perruque alors que j'avais des cheveux mais je n'assumais pas ma nouvelle allure postchimio. Je ne savais plus quoi faire de mes mains, de mes jambes, je les croisais puis les décroisais, je ne savais pas comment m'asseoir, comment marcher, j'étais mal à l'aise avec mon physique, je ne savais plus quoi faire de ce corps qui ne fabriquait plus aucune hormone. Je ne savais plus de quelle matière j'étais faite. Je me demandais quelle était ma place au bureau qui s'était réorganisé sans moi, quelle était ma place dans le monde. J'étais toujours dans la retenue, ni heureuse ni malheureuse, la centrale des émotions paralysée. Quelque chose était mort en moi : la légèreté et l'insouciance. Je n'étais pas dans la projection, je me sentais comme suspendue à un fil fragile, celui de la récidive.

Quand le mois de juin est arrivé, je n'ai pas sorti mes robes du placard et j'ai gardé mes Converse parce qu'un matin, assise sur le carrelage de la salle de bains, alors que je frottais l'ongle de mon gros orteil droit avec un coton imbibé de dissolvant, il m'est resté dans la main. Je ne peux pas vous dire le choc que j'ai ressenti à ce moment-là. Quatre mois après la fin de la chimio, c'était suffisamment dur à vivre de voir ses cheveux repousser n'importe comment, tout frisés et presque noirs, je n'avais pas besoin de perdre mes ongles. Avec le recul, cet épisode m'a paru bien plus barbare et dramatique qu'il ne l'était en réalité, mais je ne sais pas pourquoi, perdre mes ongles m'a terrifiée, j'ai eu l'impression que c'était la fin du monde, que le sort s'acharnait sur moi. J'ai pleuré sans pouvoir m'arrêter en entourant tous mes doigts de pieds de minuscules pansements que j'ai cachés tout l'été comme quelque chose d'inavouable.

Mon corps et ma tête étaient en proie à d'immenses changements physiologiques et psychologiques. En plus du manque de sommeil lié aux bouffées de chaleur nocturnes, on ne voyait pas les efforts que je devais faire pour accomplir le même travail qu'avant. D'une part, j'avais perdu l'habitude de faire dix mille choses à la fois et, d'autre part, il m'aurait fallu deux cerveaux pour gérer mes clients internationaux en travaillant moins. Il semblait que c'était un problème impossible à résoudre.

On m'a reproché de me plaindre de crouler sous le travail, on a déploré mon manque d'investissement, mon manque d'enthousiasme démotivant pour les autres collaborateurs. Non seulement j'avais perdu mon identité au fond d'un puits, mais ma confiance en moi et en mes compétences professionnelles se fissurait peu à peu, je n'arrivais pas à reprendre mes marques dans cette ambiance pesante. Après trois mois de mi-temps thérapeutique, il n'y avait plus de place pour la compréhension, encore moins la bienveillance, plus de place pour l'humain. Pourtant, ce n'est pas parce qu'elle ne se voit plus que la souffrance n'est plus là. Je m'étais figuré que la vie allait reprendre ses droits. J'ai cru que mes cheveux allaient revenir aussi vite qu'ils s'étaient envolés, que mes cellules seraient si heureuses de renaître qu'elles allaient pétiller dans tout mon être mais la réalité, c'est que je me sentais épuisée. J'étais déçue de ne pas retrouver plus rapidement mon énergie.

Dans un besoin impérieux de plaire, pour voir si les cheveux courts pouvaient séduire, j'ai rencontré un garçon avec qui j'avais matché sur Tinder. Bien sûr je ne lui ai pas parlé du cancer, j'ai dit que j'avais coupé mes cheveux sur un coup de tête. J'ai cherché ma féminité lacérée dans ses bras mais ses caresses m'ont laissée indifférente. J'avais beau réussir à séduire, ce n'est pas pour autant que je me plaisais. Le sexe qui donnait autrefois du relief à ma vie ne m'intéressait plus. Tout ce qui me plaisait ou auquel je ne prêtais pas attention avant m'irritait. Je trouvais au vin blanc un goût amer, au vin rouge un goût âcre. Le vacarme des bars m'agressait les tympans. Je ne supportais plus qu'on me marche sur les pieds dans le métro, ni qu'on me bouscule dans la rue. Je ne voulais plus qu'on me touche. Mon corps avait besoin de repos, il avait besoin de ne plus être sollicité pour rien. Il n'aspirait qu'à une existence douce et paisible, il ne voulait plus donner, plus recevoir, plus de douleur, plus de plaisir.

Paradoxalement, le cancer avait fait entrer dans ma vie le calme et la sérénité, et je ne voulais plus les perdre. Après avoir laissé les gens pénétrer dans mon intimité pendant des mois, j'ai éprouvé le besoin de protéger mon espace vital. Alors que j'étais libre à nouveau, je ne cherchais plus à boire des verres, à être sur la liste pour la soirée où tout le monde faisait des pieds et des mains pour aller, à rencontrer de nouveaux garçons. Je n'avais qu'une envie : me réfugier dans mon cocon. Cet isolement me plaisait et m'apportait un grand réconfort. J'avais besoin de temps pour la contemplation. Acheter des fleurs, lire des romans, regarder les lumières de la ville la nuit, préparer des gâteaux au yaourt pour le petit déjeuner, me procuraient un sentiment de bien-être. Pendant une année j'ai eu besoin de me recentrer sur moi, je me sentais bien seule dans mon appartement, ces plaisirs simples suffisaient à mon équilibre.

Les mois qui ont suivi ont été très calmes. Le bureau qui me faisait l'effet d'un parc austère entouré de barbelés m'ennuyait de plus en plus. À force de me reprocher mon manque d'investissement, j'ai fini par ne plus m'investir réellement, et les critiques, les airs méprisants qu'adoptent certaines personnes qui travaillent dans la mode ne faisaient que glisser sur moi. Les seuls moments où je me sentais vivre étaient ceux où je voyageais. Au cours de mes périples à Marrakech, je sentais au son du muezzin, à la lumière, au rythme à la fois doux et battant de la ville, une vague de paix monter en moi. Chaque fois, en revenant au bureau, je regardais par la fenêtre et j'avais l'impression que la vie se passait à l'extérieur.

S'il me fallait garder un seul souvenir marquant de ces journées au bureau qui se ressemblaient toutes, ce serait le jour où, assise devant mon ordinateur, j'ai senti un flux brûlant couler entre mes jambes. Immédiatement j'ai reconnu cette sensation lointaine et je me suis précipitée aux toilettes comme s'il y avait le feu. J'ai fait sauter les boutons de mon jean et baissé ma culotte trempée à la vitesse de l'éclair. En regardant longuement couler le sang dans les toilettes, j'ai senti une onde de satisfaction voyager dans tout mon corps et des larmes de soulagement couler sur mes joues. Un an après la fin des traitements, j'ai eu l'impression que toute la mécanique de mon corps se remettait à fonctionner. À l'heure du déjeuner, c'est en sautillant que je me suis rendue au supermarché pour dévaliser le rayon des tampons et des serviettes hygiéniques. Puis tout le reste de l'après-midi, j'ai erré dans le bureau un sourire aux lèvres, le ventre dur noué par des spasmes de douleur jusqu'à me donner le vertige comme à l'adolescence. Mes ovaires qui se tordaient, mon ventre qui se contractait m'ont procuré un sentiment de joie proche de l'ivresse. Durant cette journée, je n'ai pris aucun antidouleur pour mieux sentir mon corps revivre.

Au fil des mois mes cheveux ont poussé. J'ai passé de longues heures chez le coiffeur à les lisser et les éclaircir. À force de patience j'ai fini par retrouver mes cils et mes sourcils. Peu à peu la joie et l'envie ont pris le dessus sur la mélancolie, le spectre de la rechute qui me hantait au début s'est éloigné parce qu'on ne peut pas vivre dans la peur en permanence, on ne peut pas vivre en sursis. Au moment où le soleil baissait dans le ciel, je retrouvais des amis aux terrasses des bars qui se remplissaient à toute vitesse avec les fortes chaleurs. Après plusieurs mois sans nouvelle, un soir alors que je me trouvais rue Étienne-Marcel un verre de rosé à la main avec des copines, j'ai reçu un SMS de Rémy qui était à Paris. Depuis des mois je ne pensais plus aux garçons, je n'avais plus de désir et ce soir-là, l'ivresse aidant, j'ai accepté de le voir, je lui ai donné rendez-vous chez moi. J'avais envie qu'il me raconte sa nouvelle vie à Dubai où il vivait désormais. Pendant des mois je n'ai eu ni l'envie ni la force de créer une nouvelle intimité avec quelqu'un mais ce soir-là j'ai senti à nouveau des papillons dans mon ventre en revoyant ses yeux, ses mains, son sourire. On ne s'était pas parlé depuis des mois, mais dès que nous nous sommes retrouvés, nous étions à nouveau très proches, comme des amis de longue date, nous avons immédiatement retrouvé notre complicité. J'ai pris toujours autant de plaisir à discuter avec lui. J'ai retrouvé notre connivence charnelle, son corps qui s'ajuste au mien comme dans un ballet parfaitement réglé. Je ne voulais pas d'un autre garçon, j'avais besoin d'un corps, d'une peau, de gestes que je connaissais, j'avais besoin de renouer avec une odeur familière et cette légèreté qui a toujours accompagné nos ébats. Quand je me suis laissée aller au contact de sa peau, j'ai eu la sensation qu'une brise soufflait des plumes dans ma poitrine. Cette nuit-là m'a réconciliée avec mon corps, j'avais besoin de lui pour me débloquer.

Cet été m'a tout simplement réconcilié avec moi-même. Pendant ce mois de vacances loin du bureau des envies de liberté et de lumière ont surgi en moi. Après une année de lutte, je comprends que je suis l'otage d'une vie qui ne me correspond plus, j'ai le sentiment de ne plus être à la bonne place. J'ai essayé de me glisser dans ma vie d'avant comme dans une robe qu'on ressort d'un placard et qui ne vous va plus. J'ai essayé de forcer mais ma vie est devenue trop étroite pour moi. La vie est si courte que je n'ai pas à m'infliger un état d'esprit qui ne me ressemble plus, je n'ai pas à me laisser embarquer dans une direction qui ne m'apporte aucun rayonnement. Ma vie comme je l'ai laissée avant le cancer ne répond plus à mes attentes d'aujourd'hui. Il a suffi d'une boule de deux centimètres pour bouleverser toute ma vie comme si le cancer m'avait gommé, comme si j'étais vierge à nouveau, comme neuve, comme une page blanche. Je ne me posais jamais de questions existentielles avant et voilà que je cherche à donner un sens à ma vie. Je sais maintenant ce qui est important pour moi, et ce ne sont ni les garçons, ni les fringues, ni les soirées mondaines. Les garçons n'ont plus aucune influence sur mes états d'âme, ils sont le cadet de mes soucis. Aujourd'hui, j'ai bien d'autres désirs que ceux qui ont régi ma vie jusqu'à présent. Le cancer a changé ma perception de la vie. J'ai besoin de temps pour moi, pour rêver, pour lire, pour écrire, pour cuisiner, pour me balader, pour regarder le ciel et les gens. Changer de vie c'est appréhender les choses différemment, savourer des moments simples, c'est peut-être ça le bonheur suprême, il ne faut pas chercher plus loin.

Ce qui a changé chez moi, c'est que j'ai pris conscience de ma condition de mortelle, ma chance d'être en vie. Je sais que le monde autour de moi ne sera plus jamais stable, que tout repose sur un équilibre fragile. J'ai appris qu'il fallait profiter de chaque moment intensément comme si c'était le dernier. J'ai compris que la vie n'est pas une autoroute mais un chemin de traverse. J'ai la sensation d'avoir basculé du monde léger et insouciant de l'adolescence à la vie d'adulte. Le cancer a marqué une brèche dans ma vie, j'ai le sentiment d'être au seuil d'une nouvelle ère. C'est une aventure qui m'a ouvert les yeux sur l'humain, sur moi. Oui j'ai changé, car l'impression d'avoir touché la mort du bout des doigts vous confère une espèce d'assurance, un sentiment qui fait de vous un être plus fort. La souffrance vous taille un nouveau mental de pierre. Aujourd'hui, à l'heure où j'écris, j'ai quitté mon travail sans perspective précise mais quelqu'un qui ne tente rien ne peut pas avoir de regrets. J'ai besoin de réfléchir à un projet personnel pour m'épanouir, j'ai besoin d'un nouveau décor, d'un nouveau challenge à relever, j'ai décidé de reprendre ma vie en main. Je me sens pleine d'un sang nouveau, pleine de ressources, riche et armée pour faire face à toutes les situations. J'ai l'intuition qu'un avenir meilleur existe ailleurs.

Composition :
L'atelier des glyphes

Dépôt légal : février 2019
IMPRIMÉ EN FRANCE

Achevé d'imprimer le 4 février 2019
sur les presses de l'imprimerie « La Source d'Or »
63039 CLERMONT-FERRAND
Imprimeur n° 21036K